桃花灯

杨立秋

著

作家出版社

图书在版编目（CIP）数据

桃花灯／杨立秋著 . -- 北京：作家出版社，2024.11
-- ISBN 978 - 7 - 5212 - 3041 - 3

Ⅰ. I247.5

中国国家版本馆 CIP 数据核字第 2024GW3544 号

桃花灯

作　　者：杨立秋
责任编辑：李亚梓
封面设计：琥珀视觉
出版发行：作家出版社有限公司
社　　址：北京农展馆南里 10 号　　　邮　　编：100125
电话传真：86 - 10 - 65067186（发行中心）
　　　　　86 - 10 - 65004079（总编室）
E - mail: zuojia@zuojia. net. cn
http: // www. zuojiachubanshe.com
印　　刷：唐山玺诚印务有限公司
成品尺寸：145 × 210
字　　数：243 千
印　　张：10.125
版　　次：2024 年 11 月第 1 版
印　　次：2024 年 11 月第 1 次印刷
ISBN 978 - 7 - 5212 - 3041 - 3
定　　价：58.00 元

I

电磁炉上的玻璃茶壶，咕嘟咕嘟翻滚着水花，像是充满了激情和亢奋似的冲撞着整个壶壁，使得壶盖也就像得到了无比快感似的抖动着，发着串串愉悦的欢叫。

吱的一声，电源自动切断，壶中翻滚的开水，立刻就平息了下来。但壶中的水，依然滚烫着还没有降下沸点。

这时，一只戴着金刚菩提手串的手，轻轻把壶提了起来——它没有冷落烧开的水和待泡的茶，开始有条不紊地摸索起茶道器皿，手指在茶道六君子间，按茶道的顺序，完成一系列泡茶的过程。

这是男人的手。由手的特写铺展开看，这男人整体形象和容貌，与这手、这茶舍、这氛围，很是匹配。他寸头、方脸，不重不淡的剑眉下，是一双不大不小的眼睛。高挺的鼻梁，棱角分明的嘴唇，细腻光洁的面庞。干净的两腮显现出经过剃须刀认真处理后的青灰，看上去，年龄也就 40 岁。

他穿了一件宽松立领瓦灰色的民族风布衫，两个挽着的袖口处，露出两截洁白的衬里，探出袖口的两只手，安静地搭在茶杯左右，恬淡、安静，又多少带点仙风道骨之气。

他默默地看茶叶在透明茶杯中伸展腰身，默默地翕动着鼻翼呼吸着袅袅茶香，又默默地把玩着褪下手腕的菩提手串，独自一人，在充满着茶香的寂静中，默默地体味着只有他自己知道的思绪和感触。

从打这茶舍在这个破旧、偏僻、被人们称作贫民窟的居民楼区里开业那天起，卢山，就被所有看见过这茶舍牌匾的人，说成是"脑袋进水了""脑袋瓜子让门给挤了""脑袋纯粹是叫驴踢了"……在这样一个兔子都不拉屎的地方开茶舍，肯定是有什么猫腻的。不然，怎么会在这又偏、又背、又破的地方开茶舍！这也难怪别人说三道四，出了这块破地方，不足半里地，就是古城中心街区，古色古香，建城千年有余，捡块砖头都有考古价值。可卢山是有钱难买我愿意。

这些日子，卢山更是每天都要看着老婆拉长的冷脸，听着老婆一遍一遍重复地数落："一个从农村出来的没念过几年书的人，想自己当老板开茶舍？真是不知道多大屁股该穿多大的裤衩子。就稳稳当当跟连桥卖海带得了，咋的也还能稳赚一家人吃喝的。你可倒好，每天只出不进，一个劲儿往里赔钱！现在能有多少人闲着没事去喝茶的！"

不光是老婆没完没了地磨叨、反对，还有女儿的不解，老妈的埋怨……这一家四口，三比一的比例，卢山成了孤家寡人。

卢山是个认死理的人，铁了心也要把这茶舍按他自己的想法开下去。开这个茶舍卢山并不是心血来潮，他就是想，自己是奔五的男人，当老板做个实体生意也实现一下自身的价值。别看卢山没念几年书，但却是长了一副书生的面相，也有着一股肯学上进的劲头儿。

当他有了开茶舍的想法之后，就开始在互联网，在抖音和快手上，学习有关茶道和茶文化的一系列知识。筹划、盘算着茶舍的格局和细节，很有一种兵马未动粮草先行的架势。

他的老婆知道了卢山的打算，看到他没白没夜捧着手机学习的情形之后，就像在用一盆盆的冷水浇灭着一束束燃起的火苗一样，一个劲儿地打击着卢山的积极性和满腔的热望，翻来覆去地磨叨着让卢山耳朵听出了茧子的那套嗑儿。但无论她怎样反对和挖苦，卢山硬是顶着家人们的阻挠把这个小茶舍开了起来。

可是，开业一个多月了，没有一个顾客走进过茶舍。倒是在门外时常有晃动的人影。特别是茶余饭后出于好奇心的居民，还会特意走近茶舍，对这茶舍指指点点、交头接耳着。

有说这茶舍是挂羊头卖狗肉，去做见不得人的皮肉生意；有说没准是做拉皮条的接头站，不然，谁会把一个茶舍开在这么个又破、又背，还时时散发着臭气的犄角旮旯里？有说这可能是一个什么传销的窝点；有说这可能是一个秘密赌场；还有的说，弄不好是一个什么转运站。反正说什么的都有。凡是对这茶舍存有猎奇心的，就会杜撰出好多他们想象出来的情形。卢山老婆听了这些议论，更是气不打一处来。

茶舍开在一栋居民楼的一楼。没开茶舍前一直闲置着，灰土垢面的。它隐在偏僻、破旧的居民住宅区最里面。因为该居民区紧邻一条又脏又臭的污水河，也就起名叫作河沿小区。这茶舍就在这居民区东部的最端头。端头的那一边，是一个已经倒闭的化工厂的铁路专用线。透过上锈的铁栅栏，看得见长满了荒草的破败厂区，成了小巷茶舍独特的背景。

为了给这茶舍起个相应的、雅致一点的名字，卢山想了好多好多的词，可都觉得不妥。就好比把一件件漂亮鲜艳的衣服硬穿在一个丑陋、没型的女人身上一样，咋看咋别扭。几番思忖，最后才定名为"小巷茶舍"。

他没敢叫茶馆。他觉得，茶馆是有一定分量和意义的，是一个很有内容和层次的。而自己开的这个茶舍，就如乱石堆里长出来的小草。

其实，就是用"小巷茶舍"命名，都让卢山感到有点言过其实的味道了。说是小巷，至少得有个小巷的样子和长度。可这小茶舍，就是个秃尾。但为了多少能给人的思路拓宽一段距离，也给这小茶舍，添上一点幽的色彩和雅的意味，卢山还是把"巷"硬加进去了。

除了东端荒芜废弃的铁路专用线，其他几个方位，也都是半死不活的景象，尽收眼底的，是一片寂寥和苍凉。

在几乎没什么绿植的灰色调中，一幢幢斑驳的楼体，像是生了秃疮似的，彰显着苍老和破败。铺着红砖的地面，也凹凸不平、龇牙露齿的，若是赶上下雨天，从砖缝儿溢出的泥浆就把小区内的道路，挥抹得不成样子，每迈一步脚，鞋底子，都要粘上黄乎乎的烂泥巴。

因为是预定好的开业日子，所以，也不能因为下着雨就改变了。只好按计划进行了。其实，也没什么大计划，更没有大规模，属实是低调开业的。除了茶舍里的一切是经过卢山好多日子亲自精心布置的，外面的门脸、墙壁和招牌，都是他女儿和同班的几个美术系的同学绘画、书写的。不算太好，可也绝对不赖，配这小巷茶舍绰绰有余。

除了女儿找的这几个同学，没有别的外人。卢山谁也没告诉。他不想让自己的亲朋好友，看到他这个寒酸的小茶舍，不想往外掏招待吃喝的费用。尽管谁来都是随着礼的，但卢山更不想欠下这一份份人情债。凡是债，都是要有利息偿还的。对于眼下囊中羞涩的自己，卢山不能不去算这个经济账。至于女儿那几个同学倒是好答对，他们给牌匾揭开红布，里外拾掇一番，按吉利的钟点放完了一挂鞭炮，就由女儿领着去了他们想去的地方。或者是肯德基，或者是麦当劳，或者是一个什么快餐店。

开业那天，先是淅淅沥沥地下着小雨，而后，雨丝中就夹杂起零星的、残冬的小雪花。这样的天气，倒是把只有四个人开业的场面和清冷的尴尬给掩盖了。因为谁也不愿意在这样的天里来看热闹。即便是透过楼窗，能够看到小巷茶舍的人，他们也会认为前来赶场的人们，因为下着雨雪都躲在屋里了，外面忙活的人还都打着伞呢。

卢山如此这般想着，心里也就松快了一些。但隐隐地还在为响了一半就被雨水浸湿而哑巴的鞭炮而不悦。他就觉得不太顺利。他只好顶着雨，再次撅起屁股，把鞭炮点燃。尽管受了潮湿不再那样响亮，但毕竟稀稀拉拉算是把这一半放完了。

小巷茶舍开业这天，卢山的老婆居然没有去。但同样是反对派的卢山的老妈倒是想去，可是天不好，卢山就没让她下楼。只是接过老妈送给他的一个绑着红绳的大葫芦。老妈说：葫芦喜庆，招财纳福。她让卢山挂在茶舍里高过人头的门旁。

卢山那样不被人们理解地选在这个被称作贫民窟的居民区里开茶舍，就是因为租金太便宜。作为一个门市房，一个月才 300 元，一年才 3600 元。如果是在别的略微好一点的地方开茶舍，一年的租金就要八九千；若是更好一点的，就得上万或更多。

他一直信奉着：酒香不怕巷子深。他也认定：茶香照样不怕巷子深。他总是自信，经过自己深思熟虑的经营路子，一定能行。

卢山知道，水是茶之父。为了泡出地道的好茶，卢山买了市面上最贵的桶装山泉水。为了茶的纯粹和固有的香气，也为了面对每一位能走进茶舍的顾客，卢山戒掉了香烟，也不再吃葱、姜、蒜、辣椒之类有异味的食物。

虽然茶舍外观很小，地点又那样地差，但茶舍内还是被卢山布置得挺雅致的。这除了他固有的一种对艺术的审美情结，主要是网络时代给他提供了一个无尽的学习、借鉴和选择的平台。茶舍里的茶品、布局、陈设、装点，无一不是卢山在网上精挑细选的。材质上没能力选择贵重的，但在款式上他绝对是要讲究的。物美价廉，是卢山购买的准则。

卢山的老婆在卢山开业的头天晚上，就告诉他自己所在的超市忙、店员少，请不下来假，不能去参与小巷茶舍的开业了。说这番话的时候，她仍然是拉长着脸。其实，从打卢山有了开茶舍的想法时，她的脸就一直是这个德行。

卢山料到她不会去，所以一点不感到意外，便顺嘴答道："没事儿，领导，你忙你的。"

卢山对老婆这样的称呼，可是有些年头了。八年前，他把老妈从二哥家接到他家里之后，这称呼就常挂在他嘴上了。无论是在家里还是在外面，只要提及老婆，或招呼老婆，就一口一个"领导"。在外面向别人介绍自己老婆时也会这样说："这是我家领导。"如果是召唤或要对老婆说什么，也一定把"领导"二字率先叫出来，然后，再言归正传。

因为卢山生性喜欢幽默调侃，所以，听到的人对于他这样的称呼，也就当是逗趣幽默了。但在一家四口中，这"领导"还是真有些实际分量的。除了开茶舍这事没听老婆的，其余什么事情卢山对老婆都是言听计从、百依百顺。

从打他把老妈接到家里，卢山的老婆就整日耷拉着脸，时不时就口头禅似的数落着卢山："你上有哥姐，下有弟妹，咋也轮不到是你养着老妈吧？虽然他们都在农村，你来到了城里，可他们的日子过得比咱好多了，为啥你非得接来？"

卢山就说："母生九子，各有不同，老妈就愿意上我这儿，一定有她愿意上我这儿的缘由。什么缘由，我不必明了，但我明白的是：我是她的儿子，不管她有几个儿女，既然她奔着我来，我就要养着她，孝敬她。"

在回应上，卢山是这样理直气壮地对媳妇说，但在行为上，对老婆就别提有多好了。百依百顺不说，还把家里的一切家务全都包了。他这是为了讨好老婆，免得婆媳关系紧张，可老娘看在眼里就气不打一处来了。她一边用拐杖敲着地板，一边气咻咻地对卢山吼道："你天天给我捶背、洗脚、做好吃的，那是应该的，我是你娘！是老子！可你干吗天天对她也跟对我似的？难不成是和我平起平坐了？这还有个大小辈分没？"

老娘的导火索一拉开，这婆媳俩的冷战、热战也就源源不断了。卢山就平衡木似的，在老妈和媳妇之间来回穿梭，平衡着婆媳俩内心的天平。为了平息战争，他就两下讨好，让婆媳二人都觉得是站在自己一边的。

在老婆那里，他就一边给老婆按摩着脚丫子，一边悄声说："我妈都 80 来岁了，还能陪咱们多少年啊？可你就不同了，你可是要陪我走到生命尽头，并且是给我生养了闺女的老婆。咱闺女，那可是咱俩的啊！二合一的。你说谁亲谁近啊？妈老了，你就别和她一般见识了，你就当是哄她，对她好些，你对她好，我对你更好！但为了不让我妈吃醋，当着她面儿我得收敛点，甚至故意对你冷些，你心里知道就行。"

卢山这样说的，也真是这样做的。洗衣做饭收拾屋子，都是他抢着做。每天晚上老婆下班回家，都是饭菜摆好，饭后，刷碗收拾桌子从不让老婆沾手。老婆喜欢吃零食，茶几上瓜子、点心总不间断。老婆这边吃着、嗑着，他那边就一个劲儿地往垃圾桶里划拉着。而一旦老妈从她屋子里出来，卢山就立马收起对老婆毕恭毕敬的样子。

其实，每每卢山老婆在家里时，他老妈因懒得看见儿媳，大多还是躲在自己房间里。卢山就一会儿进去一趟，和在客厅里对待媳妇一样，给老妈剥瓜子仁、削水果皮、捶背、按摩、洗脚。为了让老妈心里舒坦，这边同样悄声地对老妈说："妈，我是你生的、你养的，这个世界上你才是我最亲的人。你说我能不对你好吗？老婆怎么比得了？老婆可以换、可以取代，可妈就一个，任何人替代不了。你说我能对你不好吗？我知道，老妈心疼我，你绝不会让我从中犯难，受夹板气吧？所以，你面儿上对她也温和着点，我也就少受点夹板气。我对她好，其实是为了她能对你好……"

卢山就是如此这般在两个女人之间说着安抚似的贴心话，这婆媳俩也都感到在理儿，尽管火星还是时时迸发，但战火，终归没有熊熊燃烧起来。

2

从打卢山开了茶舍，他老婆中午就干脆不回家吃饭了。她知道，只要她回去，卢山肯定是要坚守在茶舍的，那么中午饭就得她做。反正女儿住校不回家，那她绝不会单单去给婆婆做饭，更不愿意跟婆婆面对面吃饭。虽然她家离她上班的生鲜超市很近，也就一里多地，但她也跻身在带饭上班的同事当中。那儿有电磁炉，无论是带饭，还是就地取材买着吃都很方便。

可是，这对卢山就不方便了。中午，他就必须得关门回家给老妈做饭。每当"咔嚓"一声把门锁上，心就如同被这门扣狠狠挤压了一次。卢山总是在想，兴许就在他关门的这段空当里有顾客来呢！他宁愿自己分秒不离地空守在茶舍，也不愿在关门的空当里，让前来的顾客吃闭门羹。

为了最大限度减少中午关门的时间，卢山早上就把午饭做出来，中午回去给老妈热一下，自己则匆匆扒拉几口，就匆匆赶回茶舍。

开业快俩月了依然没有顾客进门，这就更成了老婆挖苦、埋怨的话柄："你看看，看看！现在这个家，要靠着我挣钱支撑着了，你不但挣不来钱，反倒每天往里搭钱。四张嘴，哪天不得吃喝啊！现在什么不涨价啊！就连大葱都卖到好几块钱一斤了……"

面对老婆絮絮叨叨无休止的埋怨、数落，卢山心里虽然不是滋味，但也从不恼火，总是平静地安抚说："做生意，总要有个过程嘛，不能总先想到赚钱，也得能做到面对赔钱时的从容。你放心，别急，茶舍不会总这样的，以后会慢慢好起来的。"

卢山不管心里是怎样的乌云翻滚，面上却总是充满阳光的，他半是调侃、半是认真地对老婆说："为了节省一点家里的开销，我从今儿起，由原来的三顿饭，减掉一顿，改成两顿饭。一天减少一顿，一年就是减少了三百六十五顿，这总该能节省一些吧！"卢山故意带着轻松调侃的话，也只换回了老婆从鼻子里迸出的一个声音："哼！"

卢山真的就减掉了一顿饭。但茶舍里泡茶的水，依旧是买最好的。各种茶的质量，依旧是不能含糊的。在没有顾客空守的日子里，他一边在网上不断地学习有关茶的知识，一边实际操作着茶道的一系列流程。

只要卢山踏进小巷茶舍，茶壶就绝不会因为没有顾客就冰冷着，茶道六君子，绝不会因为没有顾客就闲置着，在卢山的指挥下，它们永远奏着和谐的交响曲。

虽然卢山减去了中午饭，但他还是临近中午，就匆匆关上门，匆匆赶回家给老妈热饭。老妈问他咋不吃，卢山就谎说在茶舍吃过了。当妈的毕竟心疼着儿子。她倒是不知道卢山减掉了午饭，单就看到日渐消瘦的儿子，心就不好受了，就说："饭我自己能热，以后你中午就别来回跑了。电饭锅、煤气炉，我也都会用。"

"那可不行！你用煤气、电器我怎能放心？"听了老妈的话，卢山焦急地回绝了她。

"咋就不行！你实在不放心，就把早上的饭菜放到电饭锅里保温，不就行了吗？"老妈坚定着她的想法。卢山再反对，老妈就又操起拐棍要往地板上捣。见状，卢山只好答应了。

在卢山减掉了中午饭没几天后，他老婆第一次踏进了小巷茶舍的门槛。在她正走近茶舍还没有开门的时候，卢山就看到了她。他立马离开茶台迎上前去。他感觉此时走进茶舍的人，不是他老婆而是茶客，他以接待茶客的心态和状态迎上前去："女士，里面请！"卢山一手拉开玻璃门，一手做着请的手势。

昔日，一直被称呼成领导的老婆，听了卢山对她"女士"的称呼和客气的样子，先是愣了一下："咋？盼茶客盼迷糊了吧？把我看成茶客了？"说着，就傲然直奔茶台的座椅，一屁股坐下了。

"在家里，你是领导；在这里，你就是上帝，至少别人看到了，会认为咱茶舍终于逐渐有茶客了，至少也给这茶舍增添点人气。"

卢山一边说着，一边真就像接待茶客似的，演示起泡茶的全过程。这也是他经过这两个多月的学习和实操后，第一次展示与人。

"你少给我整这些没用的词儿，还真把我当茶客了？我可不喜欢喝茶，我也没啥兴趣看你这个茶舍。我是顺路走到这，随便进来扎一头，也顺便给你带两个面包和香肠。"卢山老婆边说，边从一个塑料方便兜里掏出面包和香肠。她清晰记得卢山已经断午餐四天了。她的心里隐隐地有点犯疼。但终归还是气潎的。

"谢谢领导的关心，面包我吃，香肠就免了，别让香肠的蒜蓉味掺杂在茶香里。"卢山唯恐香肠的味道沁出来，边说边赶紧塞回到方便兜里。在塞回兜的过程里，他用手隔着塑料兜，使劲地捏了捏。似乎通过这一捏，就能把这诱人的香肠吞进肚里，以解垂涎之馋！

别说是断了午饭，就是早餐和晚餐，他也都是吃得很少了，即便是家里餐桌上，偶尔有点荤腥，他也都让着老婆和老妈吃。至于住校的女儿娇娇，也是从牙缝儿里挤出的钱，作为她的餐费和学杂费。本已对家感到很愧疚的卢山，只能口攒肚挪，从自身上节省一些。

既然卢山把坐在对面的老婆看成是茶客，那么，他再饿也不会当着客人面吃东西的。他仍是不停歇地操作着泡茶流程，老婆不喝他就替她喝下去，然后再继续给她斟茶。

"你真不饿啊？面包等着你呢！"老婆说完这话，就起身离座，要走的样子。卢山就赶紧走近她，摁了摁老婆的肩头说："来都来了，就多坐会儿嘛！"

老婆白了他一眼，甩了一下五号头，停住脚步说："我真是服了你了，你这是做的什么生意！开的什么茶舍啊！一个兔子都不拉屎的地方，你还指望着能挣钱？"老婆说着，就势重新坐下来，又开始没完没了磨叨："你看看张华子，你要是继续和他卖海带，多稳当。毕竟是亲戚，是连桥，总不至于栽跟头。现在可倒好，你是分文不挣还天天倒贴，这可是让人家有笑话看了！"

对于老婆如此这般的数落、磨叨，卢山的耳朵早都听出茧子了，他是多么希望老婆能说出一句半句鼓励他的话来啊！哪怕就是不再磨叨、不再数落都行。可是，老婆就是如同孩子让狼吃了犯了磨叨病的祥林嫂。

可尽管如此，卢山还是希望她能够多在茶舍坐一会儿，宁愿继续听她的磨叨，他特别希望外人能够看到茶舍，希望他们误以为终于有了登门的茶客。

但他老婆没有多坐。磨叨、数落完后，就头不抬眼不睁地瞅着地面朝门走去。卢山紧随其后，送出门外。在他老婆走出去后，故意放大了声音说："谢谢光临，欢迎下次再来！"

可他老婆一点也不配合他的用意和演戏，毫无回应地绷着面皮，更是加快了离去的脚步。翕动的嘴唇里狠狠蹦出几个字："神经病！"

合上落地玻璃门返回茶舍的卢山，心里忽然涌起一股难言的苦涩，他扶在门框上仰面看着开业时老妈送给他的大葫芦，眼里竟涌出了泪花儿。想想自己从筹备到开业，从开业到自己耐着性子的空守，心里承受的压力，像不断充气的气球。可是，无论如何，表面上，卢山总是显现出从容的平静，细腻光洁的面庞上，总是挂着阳光和煦的笑容，特别是每天出出进进小巷茶舍的时候。

随着时间的延续，卢山与周边常打照面的居民就礼貌性地打打招呼，有时点点头，有时随便搭言几句。卢山是不笑不说话，一说话，不大的眼睛就笑眯眯的，充满了和气，让人感觉特别和蔼可亲的样子。即便是回到家里，在老婆和老妈面前，卢山也丝毫显现不出生意的冷清带给他的压抑和忧郁，反倒时常说些风趣幽默的话语，调节一下家里气氛，缓解一下老妈和老婆的冷场。可卢山的内心却是苦楚的。他越来越觉得，用微笑包裹的痛苦，更痛苦。

卢山的老婆自从那天去过茶舍一趟后，第二天又去了一趟。她知道卢山不肯吃带任何味道的食品，就给他拿去了一小箱饼干和好几袋面包，都是他们超市刚进的，并且是进价购买的。

还没等卢山再重复上次的一系列接待流程，老婆就匆匆离开了。她实在不愿意看到卢山故弄玄虚的样子，就说是工作中偷空跑出来的，得赶紧回去。与上次一样重复的是，卢山仍送出门外，仍旧放大了声音说："谢谢光临，欢迎下次再来！"

可这一次之后，他老婆就再没有光临。因为家里又爆发了新一轮更加激烈的战争。

那是晚饭后，卢山跟老婆说了他的一个更大胆的想法。他本是不想跟她说的，可是觉得作为夫妻，还是应该跟她透个气儿。当然，卢山并不是要和她商量，而是已经决定的一个做法，那就是告诉她：他要在卖茶的经营中，添加上免费喝茶、陪聊陪说的经营模式。要用这种模式打破僵局。

这可真是非同小可，老婆听了卢山这个打算后，瞪大了眼珠子，哆嗦着嘴唇说："我看你简直是疯了！你还嫌赔得不够多是吧？就眼下看，水电租金工商税收等等一切费用，已经是赔得快底朝天了，你咋还能想到再免费喝茶？你这是要往死里赔啊！坚决不行！"

老婆最后一句话的尾音，是随着玻璃杯摔在地上的破碎声结束的。这声脆响，如同开战前吹响的号角，卢山的老妈拄着拐杖从小屋里蹿出来，一扫往日的慢慢腾腾，几步就蹿到儿媳面前，用拐杖使劲儿捣着地面，瞪着眼睛，几乎脸贴上脸地吼道："看我儿子现在瘦成啥样了？你还和他吹胡子瞪眼！这个家还轮不到你摔东砸西的，整天价，你丧丧着脸子，像个丧门神似的！你这才是败家相！"

"妈，你回屋，没事的，玻璃杯是我摔的。"卢山扶着老妈硬要往屋里推时，卢山的老婆毫不示弱地嚷道："杯子是我摔的，咋的？！这个家，你能待就待，不能待，就回你那些儿女那儿，这些年我忍得够说了！"

听了儿媳这番话，卢山老妈使劲从儿子的推拉中挣脱着身子，扭过脖子，伸着手指点着儿媳说："你他妈算哪根葱？这是我儿子家，这家姓卢，你姓啥？你不就叫孙兰香吗？要走，也该是你走！"

"卢山，你听见了吧！这可是她摔的我，好！我走，这个家，我是待不下去了！"

卢山老婆边说，边冲进自己房间，翻箱倒柜，抓起一些衣物，就往一个拉杆箱里塞。

"你们能不能不吵了？你们这是要把我压成豆饼是不是？"卢山

一边到老婆房间，夺下拉杆箱，一边又跑回到老妈屋里，揉着老妈气喘吁吁的心口窝。那一刻，他忽然感到自己好像是一根正被婆媳两个女人锯拉着的木头，眼前似乎飘飞着细密的木屑。

本来，在卢山打算开茶舍时，婆媳俩完全是统一战线，这也是在一起生活八年间，唯有一次的统一联盟和齐心协力。可当卢山的茶舍真的开业了之后，卢山老妈立马改变了立场，完全站在儿子卢山这边了。她觉得反正也开了，再反对也没用，也就顺从了儿子。天好的时候，她还自己偷偷走下三楼，跟左邻右舍的邻居介绍着说："咱这河沿小区，新开了一个小巷茶舍，可好呢，你们谁家要需要茶，就上那买吧，茶好，价格也便宜。"

卢山是咋也不会想到老妈竟然还为他的茶舍做广告宣传，更不会想到当初的反对者，现在成了他的同盟。如果不是那天晚上的战争，卢山的老婆也不会想到同样反对卢山开茶舍的婆婆，居然站到了卢山这一边。

卢山的老婆一气之下，趁卢山安抚婆婆时，拉起拉杆箱夺门而出。当卢山欲追出去时，身后，传来老妈的吼声："回来！你别叫她！就让她走！你要软了这一回，以后，她就会总用这个拿捏你。你要是我儿子，就听我的！"

无奈的卢山，真的就不敢追出去了，他怕老妈会因为他追出去在家里有什么闪失。可他也担忧着老婆，只好躲进卫生间，给老婆的妹妹发了微信，让她劝劝她姐姐，也让她出去接接姐姐，卢山知道，她一定是回了公交车能有两站地远的娘家。

卢山给老婆发微信不回打电话不接，就想第二天去丈母娘家，劝劝老婆接她回家。可是，想到老妈的样子和态度，以及对他绝不能接她回来的"忠告"，卢山就打消了这个念头。觉得冷却一下也好，如果在这个节骨眼儿接她回来，肯定是战火更加凶猛。再说，自己也实在抽不出身陷入无休止的家战当中。

尽管是因为自己这个决定，引发了家战的硝烟，卢山还是执意在小巷茶舍的门口立出了"免费喝茶，陪同聊天"的招牌。卢山是想打出"免费品茶"的，可一斟酌，觉得"品"字不够大方，不够豪爽。"品"与"喝"在感觉上是不一样的。"品"，是有限制性的"尝"，而"喝"就不同了，可以放开地、边聊天边没有限制性地喝。男人不就该讲究个豪放？那干脆就大大方方的。于是，卢山就把原本"免费品茶"，改成了"免费喝茶"。

别说，还挺奏效。刚立出没多一会儿，真就来人了。竟然是一个漂亮的女人。也就是这个女人，像一粒投进了湖面的石子儿，给后来的小巷茶舍，带来了层层涟漪。给小巷茶舍带来了转机和生机，也给卢山的内心世界，带来了前所未有的体验和感受。

那天，这个女人不是直奔主题踏进小巷茶舍的，而是在外面徘徊了一阵后，一边抬头看着门脸上方的"小巷茶舍"的牌匾，一边又看着立在门旁的"免费喝茶，陪同聊天"的木牌，迟疑着把脚步挪进来的。

这女人一切的举动，早就映入了卢山的视野，只是卢山并不确定她能否走进茶舍。

这是一个丰满的女人，但绝不属于臃肿。高高的个子，披散着乌黑的长发。杏黄色的毛衣外，随意搭着一个长过膝盖的卡其色披肩，黑色的长裙，一双棕色的半跟皮鞋。

当卢山从她挪动的脚步判定出是要踏进茶舍的刹那，卢山就霍地离座，迎向门前。还没等他把门拉开，门就已经被那女人推开了。同样，还没等卢山说出"欢迎光临"，这女人浑厚的女中音率先飘进卢山的耳鼓："能在这样的地方看见茶舍，并且还能免费喝茶、陪同聊天，我真是第一次见。这地方，开茶舍，行吗？"

进了茶舍的这个女人，连珠炮似的道完这番疑问，就对茶舍上下左右地打量起来。

"女士，欢迎光临，先请坐！"卢山规范地道出服务用语。可这会儿，他的心有些莫名地狂跳起来，他对老婆模拟过的那种自然流畅的接待程序，在这个女人面前，变得有些局促了，毕竟这是开业两个多月来，第一个走进来的客人，并且，是这样一位漂亮性感的女人。

女人大方落座，卢山适时地接过她的小坤包，挂在衣帽架的挂钩上，然后，净手，洗杯，摁了电水壶的通电键。一边准备着泡茶的器皿和用具，一边回答着女人进屋时的那番话语："也许，正因为这是你从来没见过的茶舍模式，所以，才有可能在这样的地方立足生根吧？"

"这是你的副业吧？看你的样子，文质彬彬，像个很有文化的知识分子。"长发女人一边饶有兴致地看卢山忙活着沏茶的一系列流程，一边搭言道。

"呵呵，什么知识分子啊？就是一个从农村出来没几年的农民。在这之前一直卖海带来着。"卢山的目光一直随着手的忙活游移着。

"不像，你可不像是从农村出来的人。我感觉你很像电视剧里看过的一个演员，叫什么名字，一时还说不上来了，但的确像！"长发女人略微偏着头说。

"是吗？哦，那一定是个跑龙套的，所以，不会让人记得。"卢山说这话时微笑着，抬眼看了一下长发女人。

"不是不是，可不是跑龙套的，是主演呢！瞧我这记性，就在嘴边，就是叫不上来。"

"那就不想了，像不像，又能咋的？又不像茶。茶若是味道好了，你一定就能记住茶的名字。请问女士，想喝什么茶？我这有红茶、绿茶、白茶、黑茶、黄茶、花茶、乌龙茶。绿茶主要有西湖龙井、信阳毛尖、碧螺春，红茶主要有滇红、祁门红，白茶主要有白牡丹、白毫银针，黄茶主要有君山银针、霍山黄芽，乌龙茶主要有铁观音、大红袍。还有花茶，花茶主要有茉莉花茶、玫瑰花茶、菊花茶、玉兰花茶、花果茶。"

卢山能如此这番详细地介绍，也是在自我检测一下初次招待茶客的说口能力。他觉得卖啥吆喝啥，卖茶就得对茶有充分的了解。

这边，听得云山雾罩的长发女人，茫然地把目光从卢山的面庞移到陈列在博古架中的那些满满登登的茶上，她索性站起身走到近前浏览。其实，她平时很少喝茶，对茶根本没什么了解。她能够走进小巷茶舍，纯属出于好奇。所以，当她听了卢山这样多的介绍、面临这么多种茶时，真的不知道该说喝哪种茶，就一边看一边对卢山说："随便吧，什么都行。"

这时的卢山已经站在长发女人的身旁，现出等待她挑选的状态。听长发女人说随便，就温和地笑了笑说："喝茶，可不能是随便。它可是要依照个人的口味和喜好，当然也包括季节和时令。这样吧，我给你泡壶铁观音吧。如果是夏季，女士大多喜欢喝花或绿茶，那现在是冬末春初，天还比较凉，我给你先泡壶铁观音茶喝喝，看看你感觉怎么样！"

卢山说着，就拿过一盒铁观音，不假思索地打开，然后和那女人一同坐回到茶台旁，开始了沏茶的一系列细节过程。

这女人，目不转睛地看着卢山的双手在茶的器皿中，优雅、利落地忙活着。她觉得看他沏茶的过程，要远比喝茶好。她愿意看他温和的面庞，愿意看他令人清爽的样子，也愿意听他说话的声音。在卢山低眉垂眼沏茶的当口儿，女人的目光就一直关注着卢山，心说，他怎么会是从乡间出来的农村人呢？分明是一个潇洒、挺有男人味的城市靓男啊!

　　这女人这样想着,就意识流地顺嘴溜出一句不着边际的话语:"以后,你不要再对别人说你是农村出来的人。你就是老板,是挺像样的老板。你跟农村人不贴边儿。"

　　话一出口,女人才感觉出自己的失语和唐突,不知该用什么话语弥补一下这种失态。好在卢山似乎觉察出女人的尴尬,就像压根儿没听见这番话似的,一边把泡好的茶递给女人,一边说:"尝尝这茶怎么样,一闻、二品、三喝。喝茶,是急不得的,也就是说,工夫茶,讲究的就是工夫,是过程。只有在这工夫的过程里,才能真正喝出茶的味道来。"

　　卢山的这番话,马上把女人跑偏的思绪拉回到喝茶上,同时也消除了刚刚为失言而感到的尴尬。于是,就赶忙接过茶,说了声谢谢,然后,按卢山说的,先煞有介事地翕动着鼻翼闻了闻,再凑近朱唇,蜻蜓点水似的品了一下,很有感触似的说了句:"嗯,味道不错,挺好的。"她品了几下之后,真的就如口渴了一样大口喝了起来。不等杯空,卢山就再给续上。两人一边喝,一边聊着。不知不觉就喝干了一壶水。卢山又马上续满,再通电烧开。卢山依然一边忙活着烧水、斟茶,一边接着女人的话茬回应着。

　　"我奶奶家也在这个河沿小区,我隔个十天半拉月的就会去看看她。今儿个我是走了另一条路,才看见你开在这的茶舍。开多久了?时间好像不太长吧?"

　　"哦,没多久,两个来月了。"

　　"这地方这么背,茶客多吗?"

　　"会逐渐多起来的。"卢山很艺术地回答。

　　"你除了免费喝茶,还陪同聊天。都聊什么呢?可不可以向你诉诉什么苦衷?心情郁闷了,你能帮着消解消解吗?哪怕就是一个倾听者也行！"

女人的这番话，犹如黑暗中划过天宇的一颗流星，刹那间让卢山心头一亮，"情绪疏导""心灵疏导"，这该是多么诱人的字眼儿啊！因为现在有太多太多的人，需要有人帮助清理心灵垃圾了。

于是，卢山马上回应道："当然可以，对有这样需求的客人，给予心灵疏导、开导，使他们能够卸载一些心里的压抑，得到缓解和轻松。"

卢山简直对自己这番言辞而感到振奋了。他突然觉得有了"心理疏导"这个内容，小巷茶舍的层次，可就不一样了，甚至让他多了一份使命感和社会责任心。忽然间，也觉得自己崇高了起来。

"哦，那可真挺好的！"女人又一口喝干了杯中的茶。卢山就赶紧又把玻璃电水壶注满水，摁了电源键。

女人刚又要说什么，茶舍的落地玻璃拉门，就被两个嘻嘻哈哈的男人拉开，紧跟着铁塔似的两个彪形大汉就风风火火地踏了进来。卢山赶紧迎向前去，笑容可掬道："欢迎光临。"并扬着右手，将二人请到茶台的实木凳上。

"看你这门旁写着免费喝茶，这可挺好，正好，刚搓完麻将，口渴了。就进来喝点。"

"好啊，那看看，二位想喝什么茶啊？"

"中午吃腻了，来壶普洱茶吧，这茶解腻！"其中一个连巴胡子很有针对性地要了这茶。

"好嘞！"卢山应着，就到博古架上取了一罐普洱茶。当这两位落座时，那个长发女人喝干杯中的茶水就起身离座，又在刚才浏览茶的博古架旁浏览起来，拿过刚才开封的那盒铁观音，又拽过衣帽钩上的挎包，塞进去之后，摸出手机，对着贴在博古架旁的微信二维码扫了一下，随着"吱"地一响，卢山的手机就传出"收款80

元"的提示语音。

见状，卢山赶紧奔过来，涨红着脸对长发女人说："这是免费喝茶的，不收费的。就是买咋也得品过几种，有个比较后再买不迟。再说，初次登门的顾客，咋好直接就卖了呢？"

"你服务这么好，这么周到，怎么好意思白喝你的茶呢，正好买回去再接着细品。"

长发女人瞥了一眼等待喝茶的两位大汉，把手机装进挎包就要离去。卢山一边招呼着这边两位大汉稍等，一边随同女人率先拉开店门，把长发女人送出门外，笑容可掬道："欢迎下次光临！谢谢！"

卢山是由衷地甚至是有些激动地道出这番话语的。开业两个多月了，是这个女人第一个让他开了张。

"我会经常过来的，因为我奶奶在这小区。"

卢山冲长发女人微笑着摆摆手，待女人转过身去，才返回屋内又重复起茶道的一系列过程，招待着那两位大汉。

这两位一边大声说笑闲聊着，一边一杯接一杯喝着卢山泡给他们的茶水。那真是名副其实地喝，而不是品了。随着一壶又一壶地烧水，眼见着大塑料桶里山泉水的水位线急剧下降，可卢山依然有条不紊、平静微笑地忙活着泡茶、斟茶，间或迎合着这二位的话茬。

卢山可以耐着他们这不适宜茶舍氛围的大声喧哗，但是却拒绝了他们要吸烟的行为。当他们刚摸出烟卷还没点上，卢山就笑着指了指墙上的"禁止吸烟"的小牌，温和地说："两位朋友对不起，为了不使茶叶串味，茶舍禁止吸烟！"

两位大汉相互瞅了瞅，无奈地把烟卷收了起来，就接着继续喝茶。待喝饱了茶水要撤离的时候，连巴胡子不紧不慢地对卢山说："要是每天都有像我俩这样能喝的主儿，不把你这茶舍喝黄了？那还能挣钱吗?"

卢山就笑答道:"我开茶舍在一两年内,是不打算赚钱的,就当是广交朋友了,也权当是实操经营的练习过程。"

"呵呵,特别!能像你这样做生意的还真没有。够大气的!"

不管怎样茶舍总算是来了茶客,也开了张。是那长发女人第一个给开的张,也是那长发女人成为第一个回头客。

"回头"的时间和"欢迎再次光临",竟没有一点时间的间隔。就在长发女人去过茶舍的第二天,她就再次光临了。并且,不仅仅是"再次"了。

这天早上八点半钟,卢山刚刚打开店门,收拾完卫生,长发女人径直走进了茶舍,向卢山道了一声"早上好",就自行把挎包挂在衣帽钩上,自然、娴熟的样子,一点不像是只来过一次的茶客。卢山回应着,笑容可掬道:"欢迎再次光临。"

"如果我不想'再次',而是天天光临,欢迎不啊?"长发女人一边顺手帮卢山擦抹起茶台,一边歪着头问卢山。听了长发女人的话,卢山略微愣了一下,继而笑答:"当然欢迎啊!"

"但我可不是茶客了,师傅,我想做你的徒弟,你能收下这个徒弟吗?"

长发女人的这声"师傅"和意思的表达,着实让卢山吃了一惊。这可是让卢山无论如何想不到的。"师傅"和"徒弟"的字眼儿和概念,压根儿没在他脑海里想过,何况还是一个性感十足的女人。

卢山顿了一下,斟酌着语句回道:"呵呵,美女这是开玩笑呢!我刚开茶舍不久,自己也是在摸索和学习中,怎敢收什么徒弟?再说,也压根儿没想过收徒弟!是美女高抬鄙人了!"

"不是高抬,我就认为你行,你就教我泡茶,跟我聊天,我需要你对我心灵的疏导。你这茶舍不也有这项目吗?昨天你不是说过对有这样需求的客人，给予心灵疏导、开导，使他们能够卸载一些心里的压抑，得到缓解和轻松吗？我就是这样的人，只是，我不想做你的客人，而是你的徒弟！我姓于，叫于淼，师傅，你就收下这个徒弟吧！"

说罢，不等卢山说什么，就站直身子，双手交叉腹前，虔诚地向卢山深深地施了一礼。这架势，真是让卢山不知所措了。他想不到自己顺水推舟的一句话，竟让自己陷入眼下这尴尬境地。卢山不忍回绝了，因为他突然瞥见于淼期待的双眸中有泪光在闪烁，这泪，瞬间就打湿了卢山心底最柔软的地方。他突然感到眼前的这个女人，一定是心灵上在承受难以排解的压抑，她一定是需要一个释放压抑的突破口，一定是需要排解和疏导。虽然，卢山读不懂这个人，但他却读懂了她眼中闪烁的泪光和那份希冀得到应允的期待。

于是，卢山用力地合一下自己的手掌，好似坚定，又好似无奈地答道："那好吧，我这个不是师傅的师傅，就收下你这个不是徒弟的徒弟了。"

"太好了！师傅，我一定好好跟你学！"

大概于淼是出于兴奋和激动，细腻的面庞浮上两抹淡淡的红晕，使她显得愈加地具有风韵和女人的娇柔。

答应了于淼的卢山，心里并不是爽快，他隐隐为自己的应允感到有些不妥。觉得无形中，又给自己增添了新的内容和压力。他原本只是想自己按自己的思路，开好茶舍，压根儿没要涉猎其他什么东西。

卢山正这样思忖的时候，于淼竟快言快语连珠炮似的说开了："师傅，从今天开始，我就是您的徒弟了，今后茶舍的一切、卫生什么的，您就别亲自动手了，都由徒弟我去做。您能收我为徒，我太谢谢您了。您知道吗？只要我一个人在家里，就像被圈在牢笼里一样，简直憋死个人。我又不喜欢打麻将，也不喜好繁杂的社交圈，整日就是摆弄手机。我老公在外地做生意，一年半载才回来一次。为了孩子能有一个好的学习环境，老公把念初中的儿子接到北京他叔父家寄读，就把我一个人扔在了家，就让我做全职太太，什么都不让我做。我知道，他是在用婚姻捆绑我，是限制我的自由，可我却捆绑不了他。他外面有人，我心知肚明，他对我也不怎么掩饰，甚至明明白白对我说，只要我顾全大局，接受现实，他就绝不会离婚，他会让我过着衣食无忧的全职太太的生活。他仗着有钱，家外有家，丝毫不顾忌我这做妻子的感受。我想过离婚，可为了孩子，为了面子，为了不轻易给外面的那个女人腾地方，我就委曲求全地迁就着、承受着……"

"于淼，先喝杯茶水吧，既然你称我为师傅了，那我就先从如何品茶和泡茶教你吧。"

卢山有意打断了于淼的话，他不想看到她由于情绪的波动而现出的忧戚，更不愿意触碰她内在的隐私和痛处。

可于淼却像是拉开了憋堵了很久很久的闸门，怎么会因为卢山的堵截，就停止奔流呢？她拢了一下划过面颊的长发，幽幽地说："师傅，你是不是嫌我磨叨了？我可从来没向任何一个人说起这些，包括我的亲属。可我就想跟你说。就好像，就好像一个病人，终于碰到了能够治疗她病痛的医生似的。真的，师傅……"

说到这里，于淼的眼睛湿润了。她嗫嚅着嘴唇，似乎想把再要说的话咽回去，又似乎在准备一吐为快。

此时，卢山的心蓦地软了，不忍心再打断她。他知道，一个人能把自己心里话对陌生人说出来，也是需要勇气的。这些年来，自己何曾没有过这样的愿望？只是，自己是个男人，除了自己吞咽着、承受着、积聚着，能向谁倾吐？老婆吗？而给予他压抑和苦闷的，恰恰是老婆。

想到这，卢山一边把沏好的茶水递给于淼，一边轻柔地说："于淼，如果你觉得说出来，能轻松一些，那你就说吧，我听着，有时，人是需要倾诉的。"

"师傅，谢谢你！"

于是，于淼那拉开了闸门的思绪，像是清除掉所有阻拦和堵截的江水，不可抑制地奔涌出来……

那天，于淼意识流地向卢山述说了很多很多，都是关于婚姻家庭方面带给她的孤苦和郁闷。没有一点顾忌，真的就好像久病的人面对自己信任的医生，坦诚地描述着自己的病状、展示着自己的躯体。

卢山觉得作为聆听者，能够认真而专注地倾听，是对陈述者最大的安慰和尊重。在倾听的过程中，卢山也给于淼一些劝慰和开导。就仿佛在于淼漆黑的心房中突然洞开了一扇窗口，让她的心一下子明亮温暖起来。而这也是卢山希望的。

卢山年轻时候也是神交之人，男的、女的、老的、少的，啥德行的人都有。卢山交朋友不相信志同道合，不喜欢物以类聚、人以群分。卢山说交朋友是为了开心，为了找乐子，没必要整那么严肃。想喝酒了就找一帮酒肉朋友，大碗喝酒，大口吃肉；想谈谈国学，就找个茶馆，约上几个文友，从天亮聊到天黑；想唱歌了，就抓几个业余歌唱家，到卡拉 OK 扯着嗓子飙几段高音。

这不，当天晚上，卢山在月亮地里看到天空飞来一只一米来长的巨型灯笼，绚丽的色彩与柔和的月光交织在一起，相映生辉，灯笼离卢山越来越近，细细看来，有粉红色娇美的桃花在灯笼上绽放，旁边还有些许花瓣坠落，如彩蝶飞舞，雪花飘落，显得美好而缠绵。卢山将灯笼接住，拿在手里仔细欣赏了一番，顺手就挂在了茶舍门楣的挂钩上。居然大小合适，与茶舍浑然天成，十分协调。

卢山觉得这事儿挺蹊跷，不过，也没太在意。恰好第二天去古城办事，顺道就去了张二爷家，把这事儿当成趣事说给国学功底颇深的张二爷听。张二爷上下打量着卢山，打趣他说："这是桃花灯，卢山老弟，你可是要走桃花运喽——"

卢山道："二爷，你别拿我开涮了，还桃花呢，我连狗尾巴草都不沾边儿。"

张二爷神秘地说："决必有所遇，故受之以姤。"

卢山笑了，《易经》他也略知一二。这是姤卦里的两句，姤者，遇也，美好的相遇。想到这儿，卢山的脑海里很自然地闪现出那张像瓷器一样细腻而温润的面容……

张二爷住在西三条胡同里，从张二爷家出来时，太阳已经西斜。因为过了旅游旺季，大街上并没有多少行人。一时间卢山也不着急回家，就信马由缰地往前走。整天忙三忙四，这古城也有好些日子没来了。

远远地就看到了挺立在十几丈高的城墙上的魁星阁，在夕阳映衬下，飞檐上五脊六兽的样子格外清晰。俯卧于城中心钟鼓楼，像一位浑身故事的布衣老者，向人们讲述千古传奇。穿过一条古色古香的胡同，一抬眼，卢山发现自己竟然在不知不觉间来到了徐达庙。这里和他小时候见过的样子几乎一模一样。只是门前的那两棵大榆树，比从前更苍劲了些。小时候，卢山经常到徐达庙玩，蒙童天真，无禁无忌。那会儿孩子们都叫它显功寺。显功寺占地只有四五间房那么大小，里面供奉着徐达的塑像。盔甲着身，气宇轩昂，那双圆溜溜的豹子眼睛瞪了六百多年，竟无半点疲惫。

卢山依稀还能记起儿时的往事。有一次和几个小伙伴捉迷藏，他躲到了徐达像后面，小伙伴们谁都没能找到他，时间一长，他就靠着徐达像睡着了，小伙伴们走了都不知道。

睡到半夜，卢山好像听到有人和他说话：你这只小猴崽子，拿着这两样东西回家吧。

醒来时天已大亮，卢山发现怀里多了一只木雕的小猴子和一只缩小版的徐达像。卢山也弄不明白是怎么回事，给徐达塑像鞠了个躬，就急匆匆往家跑。

卢山一宿没回家，家里人都急坏了。脾气暴躁的父亲，看到他不由分说就想动手，是卢山从显功寺带回来的那两样东西救了他。

父亲没有什么文化，但对寺庙里供奉的神佛却格外尊敬。那会儿，大伙儿也不懂，不管什么佛像都一律尊称为佛爷。父亲觉得那两个雕像就是佛爷显灵送的，必须供奉起来。于是就在东屋大板柜上设了一个神龛，把两个木雕一同请了进去，每逢初一十五都要虔诚地上供进香。

父亲去世后，卢山随母亲搬到了农村。因为赶上"破四旧"，母亲害怕被"批斗"，就偷偷把两个雕像藏了起来。

长大后，传统文化又兴盛起来，卢山才从角落里找出了那两个木雕，重新供奉起来。后来研习国学，卢山无意中知道了徐达的属相，徐达是 1332 年生人，那一年是农历壬申年，属猴。想到自己也属猴，卢山吓了一跳，觉得不可思议。

正沉浸在回忆中，一阵响亮的鸟鸣打断了卢山的思绪。一群喜鹊铺天盖地落下来，落在庙前的两棵古树上。卢山正打算从庙里出来，外面就毫无征兆地刮起了大风。顷刻间，一阵噼里啪啦地乱响，被旋风卷起的各种垃圾碎片撞在显功寺的红木窗棂上，那架势，仿佛要把这座古寺吞噬一般。但大风过后，一切完好如初，仿佛什么都没发生过。

卢山痴痴地看着徐达像，自言自语道："这是在提示我要还愿的呀！"

3

　　卢山的老婆孙兰香，跑回娘家已经十多天了。随着时间的延续，她有点沉不住气了，开始盼着卢山能主动接她回去。可是，给孙兰香打过好多电话和微信联系的卢山，因为总吃闭门羹，也就没再自讨没趣。虽然心里不免有些空落，但大多时候还是感到从未有过的宁静和自在。这个家不仅没因为老婆不在造得不成样子，相反倒比她在家时干净、利落得多。这自然都是老妈的功劳。

　　卢山媳妇这一躲回娘家，卢山的老妈，完全变了以往的样子。有媳妇在的时候，她是绝不肯去操持什么家务的，显现出的，都是需要他们去照顾和伺候的架势。尽管大部分家务都是儿子做，心里心疼着儿子，可她也绝不想在媳妇面前，丢掉长辈的做派。可儿媳妇回了娘家，直面自己儿子的时候，卢山的老妈就改变了所有往日的常态。为了让儿子吃得好，心里舒坦些，她每天都变着法儿地给儿子做可口的饭菜。儿子换下的衣服，也会用洗衣机给洗好晾干。家里更是收拾得亮亮堂堂、干干净净。她要让说不上哪天就回来的儿媳妇看看：这个家没有她日子会比以往过得更好，绝不是缺了她这个臭鸡蛋就做不成槽子糕了。

卢山也感到从未有过的轻松和自然。他可以坦然地表现出对老妈的孝顺，可以随意和老妈聊聊天，再也不用寻思着该怎样去做、怎样说话、怎样协调婆媳二人的关系，才不至于遭到媳妇和老妈的不满和埋怨。同时，也不用在媳妇和老妈中间来回地去周旋，讨好、小心翼翼地察言观色。而当他独自面对自己的老妈时，真的一下子轻松了。所以因为空落而产生的对媳妇的期盼，也就越来越淡，甚至完全消失了。

不过，卢山却是想念、牵挂女儿卢姣的。其实，女儿所在的大学离家并不算远，不过两个多小时的车程。但女儿并不经常回来，两三个月或什么大节日才回家一趟，回来也是住一两个晚上就匆匆返校。

因为卢姣实在不愿意陷进令她烦闷、焦躁的家庭氛围中。她看不惯奶奶那种高高在上、指手画脚的老派架势，忍受不了母亲整日没完没了的絮叨和冰冷脸色。看不了父亲在母亲和奶奶之间周旋、无奈的样子，更难以忍受奶奶和母亲随时随地都可能爆发的婆媳大战。这个家对她而言，是不回想回，回去就有够的地方。

卢姣上次回家，还是父亲茶舍开业那次，一转眼又过了两个多月。她偶尔在微信里问问父亲茶舍的经营情况，父亲也都简单地回应着还行还行。他怎么会如实对女儿说出不景气的状况呢。想当初，女儿也是极力反对他开茶舍的啊。

母亲在微信里跟卢姣说了一大堆的话，让卢姣有了一种前所未有的紧迫感，这一次，让她感到不是"该回去"而是"必须回去"了。

孙兰香不能再待在娘家继续耗下去了，她急于想回家去，特别是通过窥探，看到小巷茶舍有了女人晃动的身影后，她心里更是像猫抓的一样难受。可为了面子和自尊，她又绝不能自己悄没声地回家，更不能贸然地去茶舍。于是，她就搬出女儿卢姣做她的救兵。

她除了向女儿述说了一大堆自己的委屈，主要意图是想通过女儿，让她能够理直气壮地回到自己家里。当然，她并不是要女儿劝卢山去把她接回去，她觉得那样自己也是很被动，她是要借助女儿家庭核心这条纽带，把她拉回去。

从于森认卢山为师的那天起，于森就索性住在了奶奶家。这样，她每天到茶舍来就十分方便。茶舍的里里外外都有她忙碌的身影。她觉得作为徒弟就要勤快，就要有做徒弟的样子。所以，早上她都是在师傅到来之前早早来到茶舍。

于森信任卢山，但她也要让卢山信任、了解自己，毕竟是自己贸然认他做师傅的。就在她认卢山为师的当天，临近傍晚在她要离开小巷茶舍时，她就把自己身份证的复印件递给卢山，微笑着说："师傅，我不想做没线的风筝，姓名、住址，都是确切真实的，就像你墙上的营业执照一样，我们都是有线握在彼此手中的。谁都不会像没线的风筝似的，说没影儿就没影儿了。"

"呵呵，看来，你真是有备而来的啊，还事先准备好了身份证复印件。一看，就是个做事认真的人！"

卢山边笑着回应于森，边把身份证复印件捏在手中认真地看了看。为了显得郑重，还把复印件夹在自己的文件包里。然后，从抽屉里拿出两把钥匙，递给于森："这是咱茶舍里外门的钥匙，也给你两把，这样方便些。"

这两把钥匙，让于森感到了师傅对她的信任。特别是卢山的一个"咱"字，让于森听着感到由衷的亲切。她觉得她和卢山好像是很久很久的师徒，她和小巷茶舍也有了不可分割的情结。

每天，于森都是先把门前清扫干净，然后，用自己的手机，播放班得瑞舒缓妙曼的钢琴曲，在缕缕优美的乐曲声中，把茶舍中的茶台、茶具、卫生间等凡是需要清理、收拾的地方，都清洗、擦抹得干干净净、清清爽爽。每当卢山走进茶舍，在茶叶的清香和曼妙的乐曲中，眼前的一切，都让他心里异常地敞亮和舒坦。感到自己的心房，每天都充满了阳光，灵魂每天都得到净化。

于淼为了融进茶舍那清幽、雅致的整体氛围，在她去的第二天，就换掉了自己色彩和款式挺张扬的服装，穿上了与师傅衣服较为和谐一致的浅灰色九分袖衣衫。袖口处，也露出一截雪白的衬衣里袖。为了茶舍中茶香的纯正，她免去了以往香水的喷洒，所用的化妆品，也都换成了淡雅无味。这一微妙的细节，着实让卢山感动，他觉得快言快语看似粗线条的于淼，却有着细腻如丝的一面。他心里感叹着、折服着，但面上，却一直平静如水，温暖和蔼，又不失做师傅的威严。

于淼来了之后，茶舍茶客也逐渐多了起来。有喝茶的，也有买茶的。空闲的时候，卢山就教于淼泡茶的一系列程序，给她讲一些关于茶的知识。这得益于他夜以继日的网上学习。无论是现学现卖，还是自由发挥，卢山讲得都有条不紊、头头是道。于淼总是听得认真入神。在倾听过程中，不时与师傅互动交流。时间久了，卢山真的把自己当成了师傅。

于淼内心积攒的苦闷，在与师傅的互动过程中像垃圾一样被清除了，心灵的那扇尘封许久的窗子被推开，万道阳光直射心底，她的心越来越亮堂，越来越宽敞。

其实，在这种畅快的交流中，卢山也在释放自己。他暗暗地也在感谢着于淼，是她让自己也有了倾诉的对象。他好像是以师傅的身份讲给于淼关于社会、婚姻、家庭的话题，其实也是在讲他自己，剖析自己，疏导自己。

小巷茶舍因为有了于淼，不仅增添了人气，也增添了韵味。卢山特别喜欢看于淼学泡茶的过程，其实，与其说喜欢看她泡茶，不如说是愿意看到她沏茶的神态和动作。那双手白皙圆润十指尖尖，如嫩笋般的手指，在晶莹剔透的茶具中游走，特别是她手腕上的那只鸭蛋青色玉镯，更是让她恬淡、柔美的神态中平添几分典雅古朴。令卢山看得心旌摇曳，有时，竟隐隐感到了心跳加速、喘息急促。一旦有了这种感觉，卢山就立马起身走到门口，抻抻臂膀，佯装做出活动一下筋骨的样子。心里一遍遍地对自己说：为人师者，是不应该对徒弟有这种感觉的。师徒就是师徒。

　　随着日复一日的延续，师徒俩谈及的话题也就越来越多、越来越轻松随意。作为徒弟的于淼，也点点滴滴向师傅提一些关于小巷茶舍的合理化建议。她依然是快言快语、连珠炮似的说话。

　　"师傅，我觉得咱这茶舍不应该死守一摊，现在是网络时代了，咱也可以利用网络平台宣传茶舍，做网上销售。现在各个大大小小的群，都太多太多了，咱可以都加入进去，这样，就会有更多人知道咱小巷茶舍了。把咱小巷茶舍的服务优势都宣传出去，肯定会有更大的收益。"

　　于淼说着，掏出手机，对着卢山认真地说："师傅，你就这样坐着，我给你拍一张照片。"

　　"怎么，要给小巷茶舍做广告了？！"

　　卢山一边笑问，一边下意识地坐直了身子，并且，很配合地微笑着倒起茶。就听"咔"的一声，一幅端庄又有茶舍老板气场的照片定格在了于淼的手机上。于淼马上把照片微信传给师傅，一边操作一边回应卢山："师傅，现在就是要自己宣传自己、推销自己。现在是买方市场，咱不能守株待兔，要主动出击，自己寻找客源。"

　　传完照片，于淼就向卢山提议，把这张照片换作他微信头像。

卢山还真不知道怎么换头像，原来微信里的头像，还都是女儿卢姣给设置的。见师傅面露难色迟疑着，于森就来到师傅身边，指引着卢山操作。此时的卢山竟完全退出师傅模式，倒像是变换了角色的徒弟了。他一步步按照于森的提示，把原来微信头像上的系统默认图像，换成了于森刚拍的照片。见状，于森干脆一鼓作气，把卢山逐个拉到她所有的群里。然后，在一阵阵接受的提示音中，帮着师傅逐一向该群里的朋友打着招呼。

当这一切做完后，于森索性拿起师傅的手机，又对着茶舍，不同角度地拍摄起来。然后，又跑到外面，拍了几张小巷茶舍的门脸儿。回来后，立马让师傅发到微信的朋友圈里，说这样刚进入的那些群里的人，就会通过他的朋友圈，知道小巷茶舍了。

卢山一边按于森的引导操作着，一边暗暗折服着这个成为自己徒弟一周多的于森，心里不由得更加提升了他对于森的认知度。想不到，这个看似单纯的女人，竟有着很前卫的理念和经营意识。

在如此这般的感触中，卢山不由自主地站起身来，把刚刚倒的那杯茶，递给于森微笑着说："忙活了大半天，喝口茶吧。"语气既有着温和的平静，又略带感激的味道。

看到师傅端到自己面前的这杯茶，于森说了声谢谢，就赶忙伸出双手去接。就在这"递"和"接"刚刚"接轨"的节骨眼儿上，卢山的女儿卢姣突然从外面闯了进来。看这来势，显然是在外面窥视了好久。卢姣的闯入，特别是她气滋的样子，让卢山和于森都吃了一惊。于森当然不知来人是谁，一时不知该如何应对。卢山通过女儿看向于森的眼神猜出缘由，赶紧和女儿打招呼："哦，是我闺女回来了？看你这风风火火的样子，一定是没得闲就跑到爸这来了吧？"

卢姣并没有理会卢山，而是目光不善地盯着于森。卢山表情有点不自然，指着于淼向卢姣介绍："来，姣姣，我介绍一下，这是我新收的徒弟，于淼，你叫……"

说到这里卢山顿住了，他不知道该把年轻漂亮、比自己小十来岁的于淼说成"你于姐"，还是"你于姨"，但片刻卡壳后，还是把于淼说成了"你于姨"。

当然，不用卢山介绍卢姣，于淼就知道她是师傅的女儿了，于是，马上笑吟吟地与卢姣打着招呼："姣姣你好，听师傅说起过你，我还想着呢，什么时候能见到你呢，今天见到了，好漂亮哦，我很高兴咱们认识了！"

于淼的这一大堆话，没换回卢姣一句的回应，她只是表情冷漠地上下打量了一下于淼，继而转向卢山，同样幽冷着口气说："爸，你这师傅当的是不是本末倒置了！竟然师傅亲自给徒弟敬茶！没搞错什么吧？！"

卢姣那气啾啾的样子，让卢山猜出几分是她妈给她装了火药，不然平素懂礼貌的卢姣是不会这样子的。这个局面，卢山是咋也不会料到的。于淼更是不晓得为何卢姣会是这个样子出现在自己面前。一时间，尴尬弥漫了整个茶舍。

看到一脸无辜、充满疑惑的于淼，卢山的心特别地沉重，在这意想不到的特殊氛围中，他既要顾及徒弟的自尊，但同时又不能伤了女儿。于是，他冲着于淼说："没事没事，我闺女是懂事的孩子，她今天能这样，一定是在外面又遇到了什么不顺心的事，才把气撒向她老爸的。不是冲你。"

说到这儿，卢山转到卢姣面前，他正好背对着于淼，他用威严又不失慈爱的表情和语调，低沉有力地唤了声："姣姣！你先回家，我知道你愿意吃什么，晚上我做，咱们边吃边聊。"

卢姣没再说什么，她的确被爸爸柔中带刚、温中夹火的气势镇住了。这个打她记事起就一直处于家庭最末尾的、被领导地位的爸爸，今天像换了一个人似的。转念又一想，自己这样做，无非是凭自己的想象和猜测，而且只是听了母亲的一面之词，毕竟自己也是一个大学生了，不能有失风度。为了缓解尴尬的气氛，也为了给父亲一个台阶，卢姣就嘟囔着口气说："爸，你猜对了，我是遇到点不顺心的事儿，等晚上回去跟你说吧！那我走了！"临走前转头冲于淼道了一声："于姨再见！"

立刻，刚刚还浓密的乌云，随着卢姣的这番言语和远去的背影，瞬间就晴空万里了。卢山深深地呼出一口气，一直提在嗓子眼的心，这才蓦地沉了下去。而尴尬、不知所措的于淼，也释然地甩了一下长发。当卢姣道完那声"于姨再见"，她马上回应道："姣姣再见，如果你不急着返校，改天我请你吃饭！"卢姣也回应了句什么，似乎是"谢谢"俩字。

卢姣这次回来，是直接先到小巷茶舍的，她想证实一下母亲跟她说的，那个晃动在小巷茶舍的女人究竟是否存在，是什么样子。

当她怀着猎奇和捕捉的心态悄悄走进小巷茶舍时，正看到于淼很近地站在父亲身旁说着什么，最后，竟看到父亲站起身和那女人接递茶杯的举动。她把这举动想象成了暧昧，于是才冲动地闯了进去。

离开小巷茶舍后，卢姣就直奔了外婆家。因为事先跟母亲说了这天回来，母亲就请假等在了娘家。

见了母亲，卢姣开门见山就是一通数落："妈，你真是糊涂啊！你怎么能说离开家就离开家？还离开这么长时间？你这不是要把我爸推向别的女人吗？"

听了女儿的话，孙兰香一头雾水，脸色有些苍白地问："你去你爸茶舍了？看见那女人了？"

"去了，看见了，还是个挺漂亮的年轻女人！"

孙兰香的脸色由苍白又变成铁青，她哆嗦着嘴唇，想说什么可又没说出来。见母亲这个样子，卢姣马上缓和了口气，安慰说："目前倒是没什么，就是我爸收的徒弟，并且是那女人主动认我爸做师傅的。还不到十天。不过，如果你继续跟我爸冷战，继续待在我姥姥家，那没准儿，你可真要把我爸推给那女人了！"

卢姣说着这话，也不顾姥姥的挽留了，立刻拉起已经收拾好东西的母亲就要离开了。孙兰香一再强调说别让自己被动难堪，卢姣就一个劲地说："放心吧，我知道怎么说。"

这次回家的路，让孙兰香感到竟是这样漫长和难走。冬末的小雪花，夹着细密的雨丝，痒痒地撩拨着她的脸，她不住地挥抹着，让她感到异常闹心。地上的枯叶，沙沙地垂死地在地上翻滚着、飘落着。

走进家的小区，临近所住单元的那幢楼时，孙兰香的目光就一动不动地凝视在自己家的楼窗上。这个再熟悉不过的窗口，这会儿竟让她有着一种无比眷恋的亲切感。离家一个月，让她感觉像是离开了很久很久，好像过了半辈子一样。

随着迈上楼梯的脚步，孙兰香脑海里反复叠影着婆婆和丈夫的面孔，想象着婆婆该是怎样一副嘴脸，丈夫卢山又会说些什么。马上就要到家门前了，孙兰香不由得拽紧了女儿的手。

"当当当！"卢姣敲门了。只三下，门就被卢山打开了，还没等卢山说什么，卢姣劈头就冲身后的母亲，大声嚷嚷着："要不是我硬拉你回来，你还真就永远不回来了。你要是永远不要这个家，那这个家我也就不回来了！"

"回来了就好，母女连心，怎么会分开呢！"卢山说着，就把摆放得整齐的拖鞋，分别递给这母女俩。

"哦，我孙女回来了，你爸给你做了你爱吃的红烧鱼和茄子盒，就等你回来呢！"

卢山的老妈闻声，也从厨房赶过来，可是，她连看都没看孙女身边的儿媳一眼，两只眼睛慈爱地瞅着孙女。她的语句中，只是说"就等你回来"，压根儿就没有儿媳这个"们"。

此时的孙兰香也不知道应该说什么了，卢山正要帮她把拉杆箱提到房间时，老妈那阻止的目光，让卢山立马打消了这个念头。他唯恐有半点火星，再把老妈的药捻子点燃，所以只好顺了老妈的意思，任凭孙兰香自己把拉杆箱拎进了房间里。

这边，卢山不失时机地打着圆场："我去放桌子，好几个菜呢，咱全家再都喝点葡萄酒。"卢山特意用了"全家"俩字，意在让孙兰香明白，他可没有像老妈那样排斥她。

"奶奶，你气色挺好啊！咋？还系上了围裙？能进厨房帮厨了？"卢姣微笑着一语双关地对奶奶说。

"我能干什么啊？这腰、腿都不行事了。"听在耳里的卢山心说：这个老妈呀，也真是能演戏说谎，在孙兰香离家的这一个月里，老妈可是样样家务，都做得干净利索、有条不紊的。可在媳妇面前，她就什么都做不了了。

一直没有言语的孙兰香，看到他们母子、父女、奶孙三人间的融合劲儿，一下子感觉自己是这个家的局外人似的，可她绝不想就这样处于被动附属地位，她可是卢山的老婆，是这个家的女主人，自己总得说点什么，要有个姿态。为了缓解自己的尴尬，她就冲卢姣喊道："娇娇，来，我给你钱，你去楼下超市买两瓶啤酒，你爸愿意喝啤酒。你奶奶喜欢喝可乐，你再给她买两瓶可乐！"

"唉——"

卢姣爽快地答应着，接过妈妈给的钱就出去了。心想，自己没白给她讲那些大道理，脑袋总算开窍了。

孙兰香的开场白，让卢山听着心里十分妥帖，觉得一向霸气的媳妇，能现出今天这样的低调和温和，的确令他意外。特别是听她说让卢姣给她奶奶买可乐，更是让卢山感到欣喜。这是多少年来从未出现过的态度。他下意识去看老妈的神态。

这时，只见老妈慢腾腾地从她屋子里走出来，手里拿着一个沉甸甸的小枕头，她走向孙兰香，不紧不慢、不咸不淡地说："买什么可乐啊！花那钱干啥？"说完，她把手中这个沉甸甸的小豹点布面枕头塞给孙兰香："这是我用洗净晾干的山桃核做的小枕头，说是辟邪又按摩头皮，拿去用吧！"似乎觉得分量还不够似的，停顿了一下又补充一句："给你的。"

孙兰香简直不敢相信眼前这位老太太，就是经常和她水火不容的婆婆，一时竟不知该如何回复了，嘴唇嗫嚅了半天，才脱口说道："妈，这桃核枕头好，我留下了，谢谢妈！"

"净说那没用的，一家人谢什么啊！"

这工夫卢姣回来了，正好看到母亲和奶奶这和谐的一幕，心里别提有多敞亮了。卢山见了更是喜出望外。

卢山老妈虽然面上刻薄、老派，其实心底还是挺柔软的，她是吃软不吃硬。今天，见儿媳妇能对她转变了以往的态度，她的心也就倏地软了下来。儿媳妇不在家这一个月里，她也感到挺空落的，只是为了"较劲儿"，硬是没让儿子去接她，硬是靠到儿媳妇自己回来。

其实，当娘的哪能不知道没有女人的男人，晚上该是多么孤独寂寞啊！老娘再好毕竟替代不了媳妇啊！就是仅仅冲这个，她也是希望儿媳妇回来的，她不想让儿子过着没有老婆陪伴的日子。她知道在儿子心目中，老娘永远是赶不上老婆。

好几道菜已经摆上了桌子，一下子融合的氛围，让这一家四口都有了欢快的样子。

　　孙兰香的心中却生起几缕疑云。在她的料想中，这个家在她离开一个月后，一定是造得不成样子。那样才合乎逻辑。可是，从她进到家门，到眼前仔细观察家中的每一个细节，都是那样干净那样有条理，远远超过她在家的时候，倏然间，她就想起那个晃动在小巷茶舍、被卢山称作徒弟的女人。难道是她来到了家中操持整理的吗？他们真的就仅仅是师徒关系吗？

　　无论孙兰香心里怎样七上八下，但面上始终是祥和一片。

　　晚饭后，卢姣和孙兰香帮着卢山收拾着碗筷和卫生。卢山的老妈又回归了以往的样子，一副老子的派头依偎在沙发里，偶尔站起身来扯扯床单，捡捡飘落在地上的毛发或花叶什么的。几个小碎步的移动，几个细微的举止，就让孙兰香深深感到以往彼此心理上的距离，一下子拉近了许多。但在她隐隐的感动后，那个执拗的念头又重新回到了脑海里。是不是卢山把女人带回过家里，有了什么亲昵之举，婆婆出于歉疚，才现出这些与往日有所不同的样子？

　　都说在夫妻的性事上，妻子最能体味出丈夫是否出轨，是否装进了别的女人。所以，孙兰香就想在这个久别的夜晚，考查一下卢山。

　　卢山和以往一样，在入寝前给老妈洗了脚后，在自己房间再给孙兰香洗脚。卢姣也仍和以往偶尔回家时的惯例一样，和奶奶住在一个房间。

　　这离别了一个月后的洗脚，让孙兰香和卢山都感到了迥然的不同。以前两个人仅仅是为了洗脚而洗脚。对卢山而言，也是为了讨好孙兰香，希望她能更多地宽容老妈一些，同时，也是让她心里有个平衡，毕竟他每天都要给老妈洗脚。而对孙兰香而言，只是解解乏，省了自己动手而已。两人的状态一直是：孙兰香一边摆弄着手机，一边任凭卢山机械地搓洗。洗完后，脚一撤，水盆一倒，就完事了。

可这次不一样了。卢山刚把手伸进水盆，孙兰香的脚趾就像几条不安分的小泥鳅，不住地撩拨着卢山的手指，当卢山的手像往常一样去搓洗时，这些"小泥鳅"干脆竟串游到卢山的手背上，上下左右摩擦挑逗着，卢山的手臂就有了痒痒的感觉。这感觉像细微的电流一样，麻酥酥地从手传遍全身，最后，凝聚在了蠢蠢欲动的下体。当他下意识抬头看孙兰香时，孙兰香完全不是以往玩弄手机不以为然的样子了，而是微微低着头，含情脉脉地凝视着他。火辣辣的目光中，注满了柔情，注满了渴望。

孙兰香的这个样子，让卢山感到那样陌生，陌生得令他心跳、令他陡生爱意。孙兰香脚趾的撩拨和目光里的渴望，让卢山一下子燃起了久违的欲火。他的呼吸变得急促起来，而这时的孙兰香，适时地揽住卢山的脖颈，嘴唇紧贴在他耳边，悄声昵语道："你想了吗？让我看看它想没想，我可是想了！"孙兰香说着，手就顺势滑到了卢山的胯下。当然，得到的回答，是肯定的。

孙兰香忽然想起娇娇点拨她的那番话："你不爱看书，还不能看看手机上的百度？没事看看夫妻之间的秘籍，看看女人是怎样维护好自己婚姻的。"就是这个没有结过婚的娇娇，教化了生她养她的母亲。世界上竟然还有什么肢体语言，肢体语言还有那么神奇的力量。想到这儿，孙兰香在心里暗骂：这个没羞没臊的小妮子，啥都他妈懂。

…………

这一个月别离的日子，真是让孙兰香自省、领略、学习了好多。忽然她想起女儿，她感到女儿真的是长大了、成熟了，在思想和观念上，都比她这个当妈的强百倍、千倍！

毕竟，这个离别重逢后的夜晚，是快慰的、舒坦的。这对四口之家的每个人都是这样。因为，都和往日不同了。有了这个不同的开端，就如同弯曲窄小的河流一下被拓宽了似的，顺畅了好多、开阔了好多。

也就是在第二天，孙兰香就去了小巷茶舍。她不是随卢山一同去的，是在上午自己突然去的。她要看看卢山收的这个女徒弟到底什么样，要让女徒弟知道她的存在，知道她与卢山以及小巷茶舍休戚相关的连带。不要让她觉得有什么缝隙可钻。她一定要把这堵墙垒好！

这天，于淼跟师傅学习了一会儿泡茶，闲不住的于淼就整理起摆满了茶和书籍的博古架。为了素雅和美观，她又捞过一个木凳站上去，把一盆翠绿的吊兰放在博古架的上端。卢山见了，一边走过来扶稳木凳，一边说："小心点，还是我来吧，这登高上格的事情，可不是女人干的活儿。"

"没事，师傅，我来。别说这点高度，就是站在悬崖上，我都不恐高！"

"那你真厉害。你还挺有审美，把吊兰摆放在这里，还真雅致！"卢山不由自主地夸赞着。就在于淼反身下来，卢山更紧地扶稳凳子的节骨眼儿上，孙兰香走进了小巷茶舍。

当她目睹到眼前的一幕，特别是看到性感漂亮的于淼，孙兰香本来就不平静的心里，又陡然增加了几分妒意和自卑。于淼太有女人味了，虽然不是那种妖艳的漂亮，但却极有吸引力。一想到卢山每天和这样的女人在一起，特别是看到两人穿着同一色系的服装和那配合默契而鼻息相缠的接触，孙兰香心里就波涛汹涌了。

卢山没有想到她会来，孙兰香也压根儿没说她要来。见是孙兰香走进来，卢山立刻招呼道："哦，是领导来了，来视察工作了。"然后，微笑着对刚下来的于森说："来，我介绍一下。"

看到进来的这个表情有点怪异的女人，以及听到卢山的这番话，于森有些懵懂。

"这就是我的徒弟于森。"卢山紧跟着，又指着孙兰香向于森介绍说："这是我家领导，你嫂子。"

听惯了"领导"称呼的孙兰香，此时，感到领导二字很生分和刺耳，她倒很希望卢山把领导改成"我爱人"或"我老婆"。还没等孙兰香说什么呢，于森马上笑容可掬地打招呼："嫂子好！快，快请坐！"边说，边热情地为孙兰香把椅子往外挪了挪。

孙兰香勉强挤出一丝笑容，故意拿出一副主人的架势说："我一直忙些娘家的事情，抽不开身过来，这才算忙完。你这徒弟学得怎么样了？"

"哦，我这正跟师傅一点点学呢。"于森谨小慎微地答着。孙兰香的口吻，让于森感到很拘谨也很不舒服。卢山刚要插嘴说什么，孙兰香就指着于森刚摆放好的吊兰对卢山说："老公，这吊兰不应该摆这儿，还是放在门口旁的花儿上好。于森，你把它拿下来，放在门口花儿上。"孙兰香直截了当以女主人的架势支使起于森。

卢山从来没听孙兰香喊过自己老公，平时，要么直呼其名，要么就用"我说"或"喂"代替，所以听她这样称呼自己，卢山感到特别不舒服，特别是听到她支使于森把吊兰再拿下来，心里更是多了几分反感。

"好的，嫂子，我这就拿下来。"于森说着就准备上去。

"别拿了，放博古架上面挺好的。"卢山止住了于森，扭头对孙兰香说："是我让她放那里的，我觉得放那更好。"听了卢山的这句话，于森打心里感激着师傅，这分明是她要把吊兰放在上面的，可师傅却揽在自己身上，不然再让她蹬上去拿下来，该有多尴尬没面子啊！

一个让拿下来，一个让放在那儿，一时于淼有些不知所措。

就在这时外面走进来四个人，三男一女。这四个人都是在卢山不断扩大的小巷茶舍的群里有着联系的，他们是某一保险公司的。平时，很需要有一个安静的地方洽谈业务，通过于淼介绍，觉得小巷茶舍不错。不仅老板热情大度温文尔雅，也有熟识的于淼在，所以，就把这里定作常来常往的洽谈点。

他们这一来，立马打破了刚才的僵局。卢山和于淼热情地迎上去相互间寒暄着。卢山直接把他们引进里面的单间儿里，同时，已经学会了如何泡茶的于淼娴熟地忙碌起来。而此时的孙兰香则局外人似的被晾在外间儿。有心想参与进去，可是又无所适从。她既不会泡茶，也不知道该说什么，完全成了一个局外人，只能很不自在地坐在外间儿的椅子上。为了显现出主人的架势，她索性站起身来，这瞅瞅，那看看，这摆弄摆弄，那摩挲摩挲，真仿佛领导视察似的。

于淼给里间儿泡完茶就马上出来了。尽管她对孙兰香的第一印象并不好，但还是礼貌地招呼着她，也给她泡了茶。于淼的每一个优雅的举止，都让孙兰香心里酸溜溜的。她比自己年轻，比自己漂亮，更具有一股子吸引人的浪骚劲儿。卢山要是久而久之和这样的女人在一起，真是很难抵挡美色的诱惑。一想到这儿，孙兰香的心里跟猫抓似的，可又不想让于淼看出来，面上极力装出淡定和不以为意的样子。

孙兰香慢腾腾地接过于淼递过来的茶，轻轻摇着头吹着杯口的袅袅热气，头不抬眼不睁地问于淼："家住哪啊？你这样年轻，没做点什么工作？就甘愿做徒弟了？孩子多大了？"

于淼一边给茶壶续满水，一边笑呵呵地说："嫂子，我家离这不远。老公不让我做什么工作，我在家又待不住，对茶文化感兴趣，这不，就拜师学茶道了。我儿子快初中毕业了。"

"哦，那你老公是做什么工作的啊？"孙兰香又问。

"我老公自己开了个建材公司。"

"一定也很帅吧？"

孙兰香用了"也"字，不知是在连带着于淼，还是连带着卢山。

"呵呵，还行吧。"于淼含糊地答着。她可以和师傅谈及茶道、中国传统文化，谈及一切想谈及的话题，可对于眼前的这个女人，于淼实在不愿多说什么。她感觉出孙兰香的每一个眼神，每一个口吻，都夹带着绒刺般的锋芒。

正当孙兰香还想问什么的时候，卢山从里间儿出来了。他和以往一样，寒暄过后陪着闲聊几句，就适时撤出里间儿，毕竟人家有正事要谈，自己不方便在场。

卢山一出来，孙兰香反倒不知说什么了。于淼更是不好提及其他话题。此时，卢山完全能从孙兰香的面部表情上，读出隐含的酸劲儿，尽管孙兰香极力掩饰着。卢山也看出于淼的拘谨和不自在，片刻的沉寂后，卢山一边给两人续满茶水，一边没话找话地对孙兰香说："怎么，班上不忙了？"

"还行。忙不忙，我想过来就可以过来的。我做好工作安排就行。"

孙兰香这样说，是有意提示于淼：这茶舍，今后她是随时都可以过来的。同时，也向于淼说明，在单位她还是个小领导。是不能够小觑的。

卢山听后不禁心中暗笑：仅仅一个多月没见，想不到孙兰香竟有了这么多微妙的变化。学会了伪装和展示自己，学会了些许小把戏。最大的改变，是学会了能够压制住自己的情绪。如果要是放在以前，她会毫不掩饰地暴露出自己的脾气的。

为了不使气氛凝滞，也为了掌控话题的内容，卢山就谈起了茶，谈起了在这座中等城市共有多少个茶舍，他所在的这个区，有多少个茶舍，他们的格局和经营模式又都怎样。

卢山对这些真的是了如指掌的。有他间接了解的，也有他亲自出去以一个茶客的身份一一探访出来的。而他能够走出去，完全得益于于淼在茶舍里为他守摊。

卢山谈及茶的话题和内容，于淼喜欢听，并且是全神贯注地听。可孙兰香就毫无兴趣了，她只是索然无味地坐着，一口接一口地喝着茶水，以掩饰自己无聊的心绪。

里间儿的屋里，隐隐传出那几个人的聊天声，都是轻声慢语的。凡是到这里喝茶聊天的，没有大声喧哗的，更没有吸烟的。墙上的警示牌以及茶舍的格局和氛围，都会让人们很自觉地约束着自己。

孙兰香的肚子被机械地灌下去的茶水鼓胀了起来，想去厕所，又因厕所在里间儿的过道旁，有客人在不说，在这个时候，也感到不雅，恰好在她正想怎样脱身时，手机响了起来，她马上站起身接听，就听她连声说："好的，好的，我这就回去。"

自然，这成了孙兰香马上脱身的最好借口，她一边把手机装兜里，一边冲着卢山说："班上有事要我回去处理一下。"

"嫂子，那你慢走啊！"于淼马上站起身，随着孙兰香走向房门。孙兰香从鼻子里"嗯"了一声，算是回答。卢山虽然没像刚开业无人时那样，演戏般地送她到门外，再道声欢迎下次再来，但还是随同于淼把她送到门外。

这个送客架势，令孙兰香感到了疏离，她觉得他们倒像是一家人，自己跟个外人似的，这感觉让她心里格外发堵。可是她仍是掩藏着自己的情绪，扭过头柔着声音对卢山说："老公，晚上我包你爱吃的酸菜馅饺子，别太晚回去哦。现在天冷了，头上出汗的时候，别马上出去，小心着凉感冒！"

这句外人听来很温暖的一句话，在卢山听来，却感觉不出该有的暖意。他太清楚了，这就是孙兰香说给于森听的，她是有意在她面前显现出她对自己的亲昵，以此证明他们之间的关系有多么固若金汤、坚不可摧。

卢山只能应承一句："知道了。"

里间的四个人聊了一个多小时就离开了。离开时，其中又有两人买了茶叶。都是明码实价，也都轻车熟路。他们在博古架上拿了自己要买的茶，然后，手机对着微信付款码一扫，语音提示一报价，这买卖就成交了。

其间，于森接了一个电话，然后跟卢山请了假，说去朋友那里取点东西，卢山自然不会反对。于森直到快下班才回来，手里却多了一套迷你音响和一个 U 盘，很兴奋地对卢山说："这是我两个朋友录制的自传体小说，我听着还挺有意思的。咱们不妨跟过去那茶馆有说书的一样，也每天播放几段儿，说不定就有客人会喜欢，能招揽一些回头客呢。"

卢山听了眼前不由得一亮，赞道："好主意！连请说书先生的钱都省了。"

于森手脚利落地把音响装好，然后插上 U 盘。按下播放键，一道很有磁性的男声，溪水一般从音响里潺潺流淌出来：听众朋友们，我是山岩。从今天起，由我和我的美女搭档溪流为大家倾情演绎一部自传体小说《花落知多少》。

引 子

秋天的斜阳，把辛月海修长的身影，拉得更长、更细。这影子，像一条被冲上岸边的鳗鱼，缓缓地、沉沉地、有气无力地向前游移着。

每当辛月海下班或外出往家回的时候，都觉得自己是这样的一条鳗鱼，更像是一棵生长在盐碱地里的半死不活的杨树，尽管他无数次地想挣脱，想连根拔起，可是，他又没有一点能从那根深蒂固中解脱出来的力气。"家"这个字眼儿对他而言，就是一条绳索、一个令他窒息的坟墓。

可他不得不被束缚着、被禁锢着。他觉得无论如何，自己的根须又离不开被他看作是盐碱地的家，自己就如同是一只被人剪断翅膀的鸟，已经没有飞出篱笆的能力了。而剪断他翅膀的人，就是他的媳妇肖春凤。

不能飞，但终归还是能走的，还是能从"篱笆"的空隙中，挤出去的。辛月海就是从这篱笆的"缝隙"、凭借着"挤"的力量，获得了坟墓之外的阳气和快乐。给予他这一切的，是一个女人，一个让他爱得不知所措，而最后又是让他痛苦一生的女人。

随着家的临近，辛月海的脚步也就愈加迟缓和沉重。当要迈进所在小区"莱茵河畔"大门的时候，他例行着每天的习惯，掏出手机，调出微信好友韩梅的页面，删除掉当日他与韩梅交流的所有信息，如果有电话，也删除掉通话记录。

这个韩梅，就是辛月海借助篱笆的"缝隙""挤"出去让他获得新生、点燃他生命之火的女人。就是这女人，让辛月海迸发出一个男人前所未有的激情，让他体会了女人于他的一切美好而温暖的感受；就是这个女人，让他品尝了生活中的酸甜苦辣咸。同时，也正是这个女人，才让他感到自己的婚姻以及婚姻中那个被称作老婆的女人，是他一生中多么大的失败和错误。而这失败和错误，一直让辛月海认为是源于他幼小的童年、源于他那个令他憎恨至今的爹——

卢山听得正入神，于淼用手碰了碰卢山的胳膊："师傅，怎么样，听着还可以吧？"

"还不错。"

"那还听不？一会儿就要下班了。"

卢山看了看墙壁上的石英钟，说："再听一会儿吧。至少得咱们听着不错，再给客人们听。"

"行，那咱们就再听一段。"

第一章

辛月海的爹叫辛喜贵，土生土长在燕山北部一个偏僻的、被称作凉水湾的小村子里。村子不大，满打满算也就百十多户人家。辛家祖祖辈辈都是土里刨食的庄户人，包括辛月海娘亲那边，也都是邻村的乡下人。

乡下人本该以土地为本，靠劳作生存，可是已长成大小伙子的辛喜贵，却是远近村屯出了名的游手好闲的主儿。家里哥儿五个，他排行老幺。依仗着老幺，家里家外，无论是农活还是日常什么活计，都是得过且过。每当家人让他干活儿时，他总是捂着肚子，不是说要拉屎，就是说要撒尿，然后，就顺着尿道儿跑没影了。

平日里他总是抄着个袖儿，不是东逛西逛，就是钓鱼套鸟。那时，家里都特别穷。五个小伙子个顶个地能吃，外加他们的爹娘，一家七口，很难把肚子囤囵饱。有限的玉米、杂粮，无论咋做，每顿饭也只能分着吃。辛喜贵仗着老幺，爹娘总是多分他一些。就这样，成了惯性，辛喜贵也就更是好吃懒做了。

要说是能主动干一点活儿，就是夏季去山里采野菜。那样他除了能多揣两个窝头儿，还能哄他娘煮两个鸡蛋。有了这些吃食，他才有上山的动力。

待到太阳偏西他扛着筐回来的时候，盛满筐的只是夕阳，采的野菜也就刚盖住筐底儿。对于家人的数落，他也早就习惯了，只是龇牙一笑就完事了。家里人也没拿他充数，有他，五八，没他，四十。

无论咋穷，日子总要过、媳妇总要娶。多年后，辛喜贵的四个哥哥，靠着自己的劳动和逐渐放宽政策下的吃苦耐劳，都相继娶了媳妇。只剩下辛喜贵还单着。眼瞅着二十好几的大小伙子，还游手好闲地游荡着。辛喜贵不急，可他娘着急，到处托媒人给儿子说媒。乡下人都是凭力气、靠勤劳过活，谁愿意嫁一个懒惰成性的爷们儿啊？所以，都没有打扰的。

在一个偶然或许是必然的日子里，辛喜贵找了一个令他满心欢喜的营生，那就是到邻屯一个叫"大铁炉"的酒坊帮着卖酒，是那种推着车走村串户的叫卖。

他能够去那找营生，初衷并不是想通过自己的劳动自食其力，而是酒的醇香深深地吸引了他。就像蜜蜂被花吸引飞落上去一样，他是被酒的醇香吸引过去的。不是谁告诉他的地方，也不是谁介绍和引荐去的，就是一次他去邻村看牛皮影的路途中，顺着酒的醇香味直奔过去的。这醇香居然让他特意赶去要看的皮影戏都不看了。

那天，当辛喜贵走进酒坊，看到摆成一溜的酱红色大肚酒缸时，眼前就豁然一亮。特别是闻着那扑鼻的酒香，他感到有种形容不出来的舒坦。

在他很小的时候，每到过年他爹都要喝上几杯，总爱用筷子蘸点酒塞到他嘴里逗他玩。他竟一点不嫌辣地吸吮着。恍惚的记忆中，辛喜贵就喜欢酒的那个香气和辛辣的滋味。只是贫困的家里，饭都吃不饱，平时哪还能有酒光顾饭桌啊，所以，关于酒的记忆也就一同沉淀在他的心底里了。

置身于酒坊的辛喜贵，被酒的醇香包裹了的瞬间，沉淀在他记忆中对酒的亲切感，就一下子被唤醒了。就像沉淀在瓶底的什么东西，猛然间被摇晃起来，然后就和淹没着它的水融合成一体似的。又好像他与酒有着与生俱来的渊源一般。是这渊源，让他见到酒、闻到酒，就有了无比强烈的痛饮欲望。

他紧着鼻子，这个嗅嗅，那个闻闻，还逐个地念叨着些什么高粱酒、玉米酒、绿豆酒。

掌柜见他说得样样都准，还以为是要买酒的，走到跟前，问了句："小伙子，看你对酒的味道挺熟悉啊，想买啥酒啊？"

辛喜贵丝毫没有买的意思。毫无分文的衣兜，也压根儿不能让他产生出买的想法。他只是围着酒缸转悠着，吸着鼻子闻着。听了掌柜的问话，顺口回了句："先随便看看。"

这句"先随便看看"，竟让掌柜的拿起酒提溜，同时，拿过一个一钱的小酒盅，去一个酒缸里扎了一点儿酒。既然说先随便看看，兴许尝好了就买了。掌柜如此想着，就把酒盅递给辛喜贵。亮晶晶的液体，散发着浓郁的醇香，刹那间就让辛喜贵浑身的毛孔都舒展开。他急忙接过递在眼前的酒盅，眼睛里全是掩饰不住的光芒。他凑近嘴唇，先是晃着脑袋闻了闻，然后将酒盅里的酒一下子倒进嘴里，酒在辛喜贵嘴里上下翻了几圈后，仍恋恋不舍地停留在舌头上，直到酒香从鼻腔中返出来后，才让酒慢慢流入喉咙深处。紧闭着的双眼才缓缓睁开，脸上绽放出无比灿烂的笑容，啧啧赞叹道："好酒！好酒！"

品完了酒，辛喜贵把空酒盅还给掌柜。掌柜抻着脑袋，半张着嘴，直愣愣地瞅着辛喜贵，等着他的回应，或者是等他能掏出钱买一点酒。没带空瓶不怕，酒坊里是备有空瓶的。可是，辛喜贵除了那两声对酒的赞叹，抹了抹嘴巴，再就没动静了。

掌柜的有些失落，悻悻地收起提溜和酒盅，面上的讨好的笑容也收敛起来。毕竟白搭了一盅白酒，乡下人可是抠门吝啬得很。

就这样喝了人家的酒就走，辛喜贵也感到有点不好意思。正不知如何圆场的当口，进来两个买酒的村人。辛喜贵见回报的机会来了，就率先迎上前去，笑容可掬地招呼着："两位是买酒吧？瞧见没？这个高粱酒我刚刚尝完，太好了，味正，够劲儿！60度。这顺着嘴往胃肠一走，呀！就是个爽！"边说，咂巴咂巴嘴，还特意地哈出带着酒香的口气。

掌柜的见辛喜贵这样一说，脸上马上又堆满笑容，迎合着对买酒人说："是啊，他说得没错，这酒纯正，不信就买点尝尝，保你们喝了这次想下次。"

这回，掌柜的没有让那两人白尝，而是把"买"字，放在了尝的前面。他可不想再遇到尝完不买的主儿。

这俩买酒的凑到酒缸口闻了闻，又看看辛喜贵，问了句："你常喝这酒吗？喝完不上头吧？"

"不上头，一点儿不上头，我常买这酒！"辛喜贵说得一本正经。那副不可置疑的样子，让两个村人信以为真，就都买了点儿红高粱酒，一个是买了一瓶，一个是买了一塑料桶。

这个时候站在酒坊里的辛喜贵，立马变得理直气壮了，绝没有了刚才因白尝了酒却不买所感到的不好意思了。相反，这回倒是掌柜的在谢着他。谢他对酒的推销，谢他那像真事似的谎言。这也让掌柜的觉得他是会卖酒的料。

掌柜的对那俩买酒人说的"保你喝了这次想下次"的话，率先在辛喜贵这应验了。

从打在这酒坊尝了酒，与掌柜的有了一面之缘之后，接连着几天辛喜贵都没间断地往那儿跑。大铁炉酒坊距离凉水湾村8里多的山路，他竟一点不觉得累，仿佛脚下生风般疾步如飞。这回，辛喜贵衣兜里是有了几张毛票和几枚硬币。那是他从他娘卖鸡蛋的钱中偷拿的。他知道，家里的油盐酱醋，零七杂八的日用品，都是由这卖鸡蛋的钱换来的。所以他也没敢多拿。

但钱一直没买酒，因为他觉得掌柜的能让他尝酒。而这几次"尝"的初衷和原来是不一样的，不是当初那样的"尝"，是掌柜回报性的、给他的"偿"。因为辛喜贵每次去，只要赶上掌柜的忙什么活计，他都很有眼力见儿地挽起袖子帮着忙活。

有一次，来个打酒的，辛喜贵竟抢先跑到酒缸旁揭开缸盖。刹那间，那扑鼻的酒香直撩拨得他恨不能咕咚咕咚喝上几大口。辛喜贵如此乐于帮这个忙，实在是酒的吸引，实在是身不由己。待掌柜的赶过来要给打酒时，辛喜贵竟已经很娴熟地用酒提溜给打好了酒，并且滴酒未落，装得也恰到好处。见状，掌柜的不仅从心里折服他真是块卖酒的料，也更看出他对酒是多么迷恋。

出于投其所好，每次辛喜贵帮忙干完活后，掌柜的就用酒提溜打出一点酒来给他尝。这就让辛喜贵更加地愿意卖力气了。他觉得不用花钱用力气就能换酒喝，实在是太划算了。

掌柜的看辛喜贵对这酒坊如此热心，并且每天都来，还抢着干这干那，又挺会招揽生意，就想把他留下来。当辛喜贵听掌柜说要留下他时，仿佛是点燃了一个巨大的烟花，眼前一片明亮、璀璨。

为了表示自己对掌柜的留下他的感激，辛喜贵还出谋划策，提议除了这酒坊，再走村串屯去卖酒，这样会卖出更多的酒，会赚更多的钱。掌柜的听了辛喜贵的这番建议后，乐得直拍脑门，连说了好几个好字。

也就在这天，辛喜贵才真正地在这酒坊里，敞开量地喝了酒而不是"尝"了，并且，还有几盘加了肉星儿的炒菜。这顿酒菜，让他有了从小到大从未感觉到的那种好。

那天究竟喝了多少酒，辛喜贵已记不清，酒桌上掌柜的都和他聊了啥，他也挺模糊，只是恍惚记得掌柜的拍着他的肩，呼着酒气对他说："酒，就是钱；钱，就是酒。你在我这干，只要想喝酒，就喝，至于工钱嘛，就用酒顶了。"当时，喝得正酣畅的辛喜贵，想都没想就答应下来。

有了这样美好的去处和置身的地方，辛喜贵更是整天不着家了。地里的庄稼活儿，还有家里杂七杂八的活计，他只是蜻蜓点水似的弄巴几下，就统统都扔给爹娘干了。

自打辛喜贵的四个哥哥成家后，除了分了家，土地也都分开侍弄了，辛喜贵自然和他爹娘归到了一起。辛喜贵也理应是他爹娘这边的主要劳力。可是，他就是懒得干庄稼活儿，他觉得爹娘还硬朗，还是能干动的。再说，家里也有了两头牛，有牛帮着干，就没他什么事儿了。

特别是大铁炉酒坊收留了他之后，他整个的人和心思就都在那里了。辛喜贵只要和那一缸缸的白酒在一起，整个人就觉得无比舒坦，就好比鱼儿回到水里一样。

酒馆掌柜听了辛喜贵的提议没有几天，就鼓捣了一辆半新不旧的三轮车，分别装上几小缸不同的白酒，让辛喜贵走村串屯地去卖了。推着装着白酒的三轮车去卖酒，可不同于在酒坊里卖酒那样清闲自在，那是得有把子力气的。乡间的土路坑坑洼洼，扶着车把的两个膀子，要左拧右拧地掌握平衡，赶上雨天，泥泞的黄土路，糊得整个黄胶鞋像是绑上了两个大铅坨一般。

刚开始卖的那一两天，辛喜贵想要干出个样来，靠着一股子热情，更是靠着酒的热力，走了好几个屯子，也卖了不少酒。精明的酒掌柜，酒坛里放了多少酒，该收回多少酒钱，都是心中有数、八九不离十。虽然他让辛喜贵想喝酒就喝，但前提是绝对不能耽误了卖酒，不能喝多让酒有了闪失。否则不仅让他走人，还要让他包赔所有的酒钱。有了这个"紧箍咒"，辛喜贵只能收敛着酒瘾，细水长流像喝水似的，喝上几口。

每当辛喜贵看着人们买走了一瓶瓶一桶桶醇香的白酒后，他的意念里就有了一种渴望，那就是：自己啥时也能一瓶瓶一桶桶地把酒弄到自己的家里，那样，自己想啥时喝就啥时喝，想喝多少就喝多少。他已经不太满足酒掌柜作为酬劳给他的那一点点酒了。

这种渴望一旦在脑子里闪过，就像星星之火一下子点燃了旷野的枯草似的，心里产生了一种不可抑制的欲望。

他先是从家里拿出来一个大塑料桶，在清早赶往大铁炉酒坊的途中，藏在一个废弃的、长满了野草的枯井里。每天在推车出来卖酒时，就到枯井旁，把车上的白酒往塑料桶里舀一些，不敢多舀，每次舀个2斤左右。为了补上亏缺，在过路的那条小河旁，再舀上2斤左右的河水掺在酒坛子里，然后，用酒提溜搅和搅和。

刚开始，辛喜贵心里还有点打鼓，可如此这番好多次后，见买酒的人没啥反应，酒掌柜更是没看出什么端倪，辛喜贵的心就稳当了下来。只要每天他把卖出去的酒钱交给酒掌柜，酒掌柜就挺乐和，然后，按形成的惯例，抓巴一盘花生米，舀上一大盅白酒，两人就喝上一阵。因为讲好了不给工钱，就是以酒代替，所以，酒掌柜觉得这可是捡了大便宜。而这时的辛喜贵，想着自己不仅天天能在酒坊里喝酒，还能额外捞点好处，也是满心欢喜。两人都乐和，这酒喝得也就特别顺畅。

可是，当要装满第二塑料桶白酒的时候，辛喜贵就惹事了。不是在酒上，是在人上。

刚开始卖酒时是推车，他感到越推越累，后来就改成了拉车。外加一个套在脖子上的绳套，就觉得省了一些力气。可是，这样也感到越拉越累，他直后悔自己不该想出这么一个该死的主意。可是，要不这样，怎么会喝上酒呢？又怎么会囤积那两大塑料桶的白酒呢？一想到这些，他就觉得累一点儿也值了，何况，在这卖酒的路途上，想喝了就像喝水似的喝上几口呢！

这天，和以往一样，走了一段路后，嗓子眼儿就又痒痒了，就像有无数的虫子直往上爬似的。他放下车把，揭开酒坛，操起酒提溜，咕咚咕咚地就灌了几大口。

抹了嘴巴，扣上草帽，拉起车还没走出几步，迎面走过来一个穿红色衣服的人。在四周一片绿色中，这点红色显得那样耀眼、醒目。随着那人越走越近，辛喜贵才看清是一个梳着长辫子的姑娘。那姑娘扠着个竹筐，低着头不紧不慢向前走。腰身纤细，奶子挺翘，脸庞俊俏。刹那间，辛喜贵的心就莫名地狂跳起来，刚刚咽下酒的嗓子，就又有了痒痒的感觉。而这感觉马上像无数条虫子爬满了全身，直撩拨得他身体的某个部位不断地膨胀着。

他四下撒目一番，除了远处有几只羊在吃草，空无一人，一片寂静。倏然间，刚刚喝下的酒，像是一瓶汽油浇在他腾然而生的欲火上。他放下车把，一边喊着妹子，一边向那姑娘凑去。看到辛喜贵，姑娘躲闪着加快了脚步。可辛喜贵还是一个箭步冲了上去，从后面抱住那姑娘，奋力把那姑娘往路旁一人多高的玉米地里拖，姑娘不住地挣扎着。此刻，辛喜贵可管不了那么多了，他的手已经在姑娘高挺的胸上放肆摸索起来，呼着酒气的嘴巴也在姑娘左右晃动的面颊上，捕捉着嘴唇。姑娘一边奋力挣脱，一边大声呼救。

就在辛喜贵眼看要褪下姑娘的裤子时，身后传来咿咿呀呀的吼叫声，紧跟着一根带刺的荆条就狠狠抽打在他的后背上。辛喜贵惊愕地回过身，竟然是放羊的哑巴老头。

不知是姑娘告诉的她家人，还是哑巴老头告诉的她家人，就在事发的当天晚上，姑娘的父母和两个哥哥，就气势汹汹地领着那姑娘闯进了辛喜贵的家。

为了姑娘的声誉，姑娘的家人没有大吵大嚷，而是把辛喜贵连同他父母都扭拽进屋里，并且关上了门。先是不容分说给了辛喜贵几个响亮的大耳雷子，然后，小声地对辛喜贵爹娘说："我姑娘被你们这龟儿子占了便宜、耍了流氓，俺们来就是要问问你们是公了，还是私了？公了，俺们就报官，告你儿子调戏强奸我姑娘，这是要蹲牢房的。私了，就是给俺们一个补偿，反正还没算完全得手，也就了事，你们看怎么办？"说完，让他姑娘讲了事情的经过。

这突如其来的阵势，像一把大铁锤，直接把辛家二老砸蒙了。辛喜贵抱头蜷缩在炕沿下，辛喜贵的爹气得捂着胸口，眼里喷着火，怒视着儿子。运足全身气力，狠狠踹了儿子一脚。辛喜贵的娘，一边心疼着被打的儿子，一边气愤地把儿子拽到自己身后，哆嗦着声调对姑娘的家人说："补偿，俺们补偿！不要报官！你们说，想咋补偿？"

那姑娘她爹知道凉水湾是一个穷村子，更知道辛喜贵是一个游手好闲的懒汉，再看看辛家的家境，更是敲不出什么大油水来，有心想索一笔钱，更觉得不着边儿，就算辛家暂时答应了，也只能是挤牙膏似的挤出一点点，还要耗时耗力地不断索要，莫不如干脆，就来个最直接、最实惠、立马就能兑现的财物。

如此一盘算，姑娘她爹就别无他选地把目光投到院落中那两头壮实的耕牛上，理直气壮地说："我要钱，你们肯定出不起，那就只好用这两头牛补偿吧！"

听了这话，辛喜贵的爹一阵眩晕，这两头牛可是他的命根子，从小牛犊养到大，耕种、套车拉庄稼、拉柴火、拉物件，那是他们辛家离不开的宝贝。这会儿听说要用牛抵偿，辛喜贵的爹连声说："使不得！使不得！除了牛，你要啥俺都给你，就是把俺这个儿子给你都行！"

"想得美！就你这儿子，剁巴了喂狗，狗都不吃，别磨叽，要私了，俺们这就把牛牵走，咱们一了百了，要是不给牛，那俺们就报官!"

姑娘她爹说完这话,就要去拉辛喜贵。辛喜贵的娘跟跄着夺过儿子,忙不迭地答应着:"行,你们把我儿子放了,那两头牛你们就牵走吧!"虽然辛喜贵的爹一百个不同意,可却想不出其他的解决办法,眼睁睁看着自己心爱的两头牛活生生被牵走,辛喜贵的爹跺着双脚,眼含泪水、气得胡须不住地抖动。

也就是从牛被牵走的那一刻起,辛喜贵的爹茶饭不思、一病不起。虽然辛喜贵干的那丑事还没有被传扬出去,可他往酒里掺水的事情却败露了。十里八村都有人找到了大铁炉酒坊,还有人直接把有着细微沙粒儿的酒拿给酒掌柜质问。见状,酒掌柜就唬着吓人的脸唯辛喜贵是问。辛喜贵支支吾吾着,本想编些谎言搪塞过去,但面对一个个找上门的买客,他又实在难以自圆其说。在酒掌柜怒不可遏几乎要动手的情形下,他承认了往酒里掺了河水的事,但却没有说出藏在枯井里的那两塑料桶白酒。这就让酒掌柜认为辛喜贵是贪污了钱,就责令他把贪下的钱如数交上来,并且还要走村串户,向买酒的人说明真相,还酒坊一个货真价实的清白。酒掌柜已打算好,等辛喜贵把钱还了之后,就立马开了他。

辛喜贵当然知道酒掌柜绝不会再用他了。面对酒掌柜那咄咄逼人的样子,他只好答应了酒掌柜的责令。这只是他的权宜之计。他已想好了,回家后收拾几件衣服,去枯井里装上一些酒,先到外面躲一躲。至于那个卧床好几天的老爹,辛喜贵是有指靠的,毕竟还有四个哥哥呢。

可是,就在辛喜贵准备走的第二天,他爹死了。死在院后厕所旁那堵石头砌就的围墙下。不知是摔倒在石墙旁,还是故意撞死在石墙上，反正血染红了一大片石墙。

辛喜贵的娘包括哥哥嫂嫂们，都异口同声说是摔倒而死的。他们知道，说摔倒而死和故意撞墙而死，那可是完全不一样的。活着的人要顾及脸面，就得顾及别人的说法。

辛家所有的人，都怨恨着辛喜贵，都知道若不是他在外面惹了事，若不是家里的两头牛被牵走，他们的爹怎么会走上这条死道儿。在辛喜贵这哥儿五个披麻戴孝跪着给他们的爹磕头的时候，辛喜贵的大哥突然起来，揪着辛喜贵的脑袋，狠劲地往地上磕着。随着砰砰几声闷响，辛喜贵的额头流出血来。但他丝毫不敢反抗，任由着哥哥处置。他也愧疚，知道是自己害爹走了绝路。

大铁炉酒坊的酒掌柜，料到辛喜贵会因为还不上钱而一走了之，第二天，他就骑上三轮车，来到凉水湾村。当他打听到辛喜贵的家门，看到大门口挂着黄黄一串岁头纸和满地飘散的纸钱，还有吊孝的家人，就停住了脚步，当然，他也看到了满头血迹戴着孝带的辛喜贵。赶上这个丧事，他无论如何不能上前讨要酒钱了。一是他觉得那不仁义，再一个也觉得晦气。他自认倒霉，打消了要辛喜贵还钱的念头。调转了三轮车准备离开。刚骑了几步远，酒掌柜又停下了，从里怀兜里摸出五块钱，寻到一个正要往辛喜贵家进的乡邻，把钱塞给他说："老哥，麻烦你把这钱捎给辛喜贵，就说是大铁炉酒坊的酒掌柜给的，让他给他爹买点纸钱烧。还有，你告诉他，欠的酒钱不要他还了。"

当辛喜贵从乡邻手里接过酒掌柜给的钱和乡邻学的那番话后，辛喜贵的心里说不出是个什么滋味。是悲伤？是欣喜？是感激？还是内疚？他只是清晰地感到自己松了一口气，觉得自己不必为了还不上钱躲出去了，不会因为离开那个枯井而心有不甘了。那两大塑料桶的白酒，比他爹更让他牵挂。

辛喜贵的爹一走，可就苦了辛喜贵的娘。谁都知道那个游手好闲又嗜酒成瘾的辛喜贵是顶不了门户的，也养不了他娘。哥儿几个一商量，就把娘归了大儿子。但条件是：娘归了谁，房子和土地也就归给谁。

这样一来，辛喜贵就没了着落。不管他怎么糟、怎么不争气，当娘的总是不忍心看着幺儿子无家可归。就为了这，辛喜贵的娘说啥也不同意归大儿子，她说自己还能干动农活儿，还是要和幺儿子辛喜贵在一起。只有这样，辛喜贵才算有个家，有个吃喝拉撒的地方。

但是，辛喜贵的娘知道，这绝不是长远之计。她暗下决心，怎么的也要在她闭眼之前，给这个不争气的儿子说个媳妇。她觉得有了媳妇，辛喜贵就能改变，就能好起来了。为这，她找过好几个算命的，都说辛喜贵有了婆娘，自然就会好的。

可是，上哪去找啊？这十里八村谁不知道辛喜贵呢！更何况在以往那游手好闲、好吃懒做的头衔上，又加上了耍流氓调戏姑娘、卖掺水白酒的恶名呢！这世上没有不透风的墙，辛喜贵调戏姑娘的事儿，没过多久就传扬得满世界都知道了。

对于这件丑事，辛喜贵的反应和别人完全不同，他一点不忌讳，相反倒是很希望知道的人越多越好。他曾经暗暗想着，什么时候要是能再见到那姑娘，干脆就来个老虎抓鸡就地拿下，把她生米做成熟饭，只要把她身子占了，她就再也嫁不出去了。就是没有机会占她的身子，只要她名声一臭，也是没有哪个小伙子愿意娶她了。最后，只能来找我这个旧主，岂不是美事一桩?

辛喜贵如此盘算着、幻想着,也期待着他所希望的情形出现。可谁知被辛喜贵调戏的那姑娘一家,竟不知何时离开了所住的那个屯子,说是投奔了住在很远一个村屯的亲戚去了。这就让辛喜贵觉得犹如自己高高兴兴放出的风筝,一下子断了线似的。无抓无捞,只留下了空落落,茫茫然……

心存这份幻想的时候,他还觉得自己的生活有个盼头。就像望梅止渴的人在跋涉途中那样,至少有个期待、有份前行的动力。可风筝线一断,辛喜贵的心一下子被掏空了。为了填补这巨大的空落,他更是每日没黑没白地喝酒。喝完了就耍酒疯说酒话,哩溜歪斜走在哪儿就栽歪在哪儿。

待藏在枯井里的那两大塑料桶白酒喝光之后,他就偷娘的钱去小卖店买酒。当娘藏紧了钱没钱买酒时,他就干脆朝他娘要,娘不给,他就摔盆摔碗。甚至有一回恼羞成怒把荆条抽在了娘身上。

做娘的怕这声响惊动了其他几个儿子,让么儿子再挨打,只好忍气吞声,摸出几个钱扔给儿子。看到辛喜贵攥紧了钱跑出去的背影,做娘的捂紧嘴巴,浑身颤抖着无声啜泣。

就像病情不断加重的病人急需得到一剂良药似的,看到辛喜贵越来越不像样子,他娘更加急不可耐地到处求人给他说媒,为了讨好媒人,辛喜贵他娘求人时总是不空手。自己舍不得花的钱,全都用在了媒人身上。可就是这样,也无济于事,依然没打扰的人。辛喜贵娘的心病也就越来越重。

忽然一日,在她搜肠刮肚、冥思苦想的时候,脑海里蓦然闪出一个人来。这个人就像一根救命稻草似的,让辛喜贵的娘看到了光明、看到了希望。她拼尽全身力气,死死地抓住,不敢有丝毫放松。

这根救命稻草，是她四妹妹家的二姑娘，也就是她的外甥女，是辛喜贵的二表妹。这表妹比辛喜贵小三岁，长得个头虽然矮些，但模样还算周正，平时少言寡语只知道不停歇地干活。别说是她外甥女这样的好姑娘，哪怕现在就是有一个嘴歪眼斜的黄脸婆也是不愿意跟辛喜贵的，这是她这个当娘的在碰了无数钉子之后得出的结论。

辛喜贵的娘决意要让外甥女嫁给自己的幺儿子，是有点渊源的。那就是辛喜贵的娘，曾经救过四妹妹，也就是外甥女的娘、辛喜贵的四姨的命。

早年，在辛喜贵的四姨刚会冒话的时候得了一场重病。因为家里一连串都是丫头片子，辛喜贵的姥姥姥爷压根儿就没放在心上。最后不住咳嗽发烧的四姨，竟抽搐成一个球球，奄奄一息了，也没找个大夫好好瞅瞅。辛喜贵的姥姥姥爷就说这丫头死定了，就用一张破席子卷巴卷巴扔到了荒郊野外。

他们所做的这一切，都被当时只有十岁的辛喜贵的娘看在了眼里。她爹娘前脚扔了四妹，她后脚就偷偷跑到荒野里，脱下自己的衣衫裹着四妹抱回家里。进了屋，她就哭喊着对爹娘说，四妹没有死，手还会动着。

看着抱回来的丫头片子，辛喜贵的姥姥姥爷，不但没有半点惊喜，相反倒有点恼怒。从骨子里他们就是不想要这个丫头了，他们还想着能再生养个儿子。可大丫头把这还有气儿的四丫头抱回来，他们也不能再强行扔出去，也就只好将就着把四丫头留了下来。

辛喜贵的娘生怕爹娘再把四妹扔了，寸步不离地守着，给她喂水，给她吃稀饭。想不到辛喜贵的四姨命大，竟硬生生挺了过来。并且，再没有闹过什么大病小灾的。直到成人结婚生子，身体一直都很硬朗。辛喜贵的娘，也就时不时地念叨一通："要不是当初我救了你，你早就被狼吃了！哪还有今天？"

四妹也就总迎合着说："这救命大恩，我一辈子都不能忘，以后不管你有啥大事儿、难事儿尽管吱声，我一定会报答你的，哪怕是用我的命，反正我这条命也是你给的。"

正因为有了这渊源，有了四妹这样的承诺，才让辛喜贵的娘陡然感到心里豁然明亮起来。现在不是让她用命回报，只是用女儿，并且女儿总归是要嫁人的。那么嫁给表哥，亲上加亲有啥不好？虽然这儿子不争气，名声不好，但毕竟也是纯粹的小伙子啊！再说了算命的都说了，他娶了媳妇，就会好的呀！

想到这些辛喜贵的娘立马起身，到供销社买了两盒点心，顶着秋后正午的烈日，就步履匆匆地赶往了住在马荡村的四妹家。

窗外，华灯绽放，不知不觉时针已经指向了7:17。卢山吓了一跳："哟，都这个点儿了，再不回家，家里领导该发火了。"

于淼也从小说的情节中清醒，连忙说："是啊，这么快，师傅，咱们都赶紧回家吧，不然，不光你家领导发火，我奶奶也得着急。"

卢山临走前，还没忘点评了一下听书的感受："听着还不错，明天就在茶舍里播放吧。"

于淼答应着："好。"

4

　　孙兰香还真如她所说的那样，打她第一次见了于森后，就每天不定时地到小巷茶舍里去一趟。时间有长有短。要是在开业初始，这可是卢山求之不得的，他希望她天天去才好。可恰恰是最需要她去的时候，她却踪影皆无，就连茶舍开业那天她都没有露面。而现在不希望她来的时候，她却天天出现。每当孙兰香踏进小巷茶舍，茶舍气氛立马就变了，就如同一块乌云突然遮挡了刚刚还是阳光明媚的蓝天。孙兰香时时指手画脚不说，对于森也总表现出一副主子对下人的架势。神态和语气，竟像一道道芒刺刺向于森。这是卢山不愿看到也不能容忍的。心说：于森是他的徒弟，人家到这来是学习工作的，而不是用人，不是来看谁脸色的。

　　于是，在孙兰香连续去了五天之后，卢山就郑重而严肃地告诉她："以后，没有什么特殊事儿，你别再去小巷茶舍了。我不喜欢家族式的经营模式。再说，这是做生意，你天天去那里，如同监工和指挥家似的，对谁都不好！我是经营者，于森是我徒弟，还有前来的不同茶客，你的介入，就把本来顺溜的线给拧结了！"

要是放在以前，孙兰香听了这番话一定会大发雷霆的，但现在她克制了自己。女儿娇娇的告诫，时时响在耳畔，她也感到了今非昔比。扪心自问，无论从外在的相貌，还是肚子里的墨水，自己照卢山比都差老远了，难怪以往婆婆口头禅叨咕过：自古丑夫俊奴才啊！更何况现在的卢山是大踏步地前行着，身边还有个美女徒弟，自己不过仍是原地踏步走的半老徐娘。

对于卢山阻止她再去小巷茶舍，孙兰香当然很是气愤，可又奈何不了卢山。想让卢山辞掉徒弟于森的话，更说不出口。但无论怎样，孙兰香不甘心就这样被动地接受卢山不让她去茶舍的决定。她要反守为攻，变被动为主动。

于是，她不软不硬地对卢山说道："我是你老婆，咱们家开的茶舍，我为什么就不能去？不过，我还真不能去了。这倒不是因为你不让我去才不去的，而是我没有时间去了。我们超市又合并了一个超市，工作量大了，再说又换了一个大经理，管得比平时严多了，你就是让我去茶舍，我也抽不开身了。"

听了孙兰香这番话，卢山心里豁然轻松了。想不到孙兰香竟有了不去的缘由，这总比被"劝退"要好得多。这多少让卢山心里宽慰一些。

而对于孙兰香而言，不去也没啥大不了的。她想：如果让自己每天都看见森，无疑是把自己的心天天泡在醋缸里，何必要去尝那份酸涩呢？何必要让自己总陷在自卑的泥潭里呢？

再说了，毕竟是自己掌握着茶舍的经济大权，每天卢山都如数把茶舍的收支情况告诉她，并且把收入的钱都打到孙兰香固定的、作为茶舍收入的微信红包里。只要握住了钱，握住了风筝的线，还怕什么呢？这也是女儿娇娇前两天微信聊天时告诉她的。孙兰香信女儿的话，她觉得娇娇说的都有道理。

虽然孙兰香决定不再去茶舍"巡查"了，但她还是决定要再去一次。她觉得自己不能就这样悄无声息地就不去了，这会让于森感觉出是卢山阻止的结果，她绝不会让这个女人窃喜，不会让自己在这个女人面前丢份儿。

于是，第二天上午，她把自己着意收拾打扮一番，就一阵风似的飘进了小巷茶舍。

"哦，嫂子来了，师傅去一个茶叶经销处了，他想了解一下行情和价格。嫂子您坐，我给您泡茶。"

没等孙兰香说什么，于森就率先打着招呼，同时告知了卢山的去处。孙兰香"哦"了一声，就一屁股坐下，刚要说什么，于森又叫了声嫂子，一边给孙兰香倒茶，一边乐呵呵地说道："嫂子，要是从师傅那论，我该称呼您师娘，可是，若叫师娘，好像把您叫老了似的，嫂子，你还是挺年轻的，特别是今天，打扮起来，还真挺漂亮的。"于森这敞亮的开场白，让孙兰香觉得好像在她酸溜溜的心里，添加了一点蜂蜜一样，有点酸碱中和的意思了。原本绷紧的面皮，也松弛了些许。能够得到于森这样的女人的赞美，让孙兰香陡然间增添了不少自信。她一边接过茶水，一边半笑不笑地说："唉，毕竟不再年轻了，咋也不如从前，不过我老公倒是一直对我很好，他曾经这样比喻过，'我有两只眼睛，一只眼睛里是女儿，另一只眼睛里就是老婆'。我们单位姐妹们都羡慕我有个好老公。只要是下大雨天，他总是一只手拎着靴子，另一胳臂夹着雨伞去我单位接我。就这样，他这'模范丈夫'的称号，就被姐妹们叫开了。哈哈哈——"

说到这，孙兰香竟笑了几声。她笑自己竟也有这样拓展故事情节的能力，也庆幸卢山不在，正好可以大刀阔斧、毫无顾忌地对于森说她想说的话。

于淼当然听出孙兰香的弦外之音。作为一个有了家庭的女人，于淼完全能揣摩出孙兰香说这番话的深层含义，顺应着孙兰香的意图，一边给孙兰香续着茶，一边继续听她说。

　　"你来好几个月了，可我都因为忙娘家的事儿一直没过来。不过，茶舍任何事情，我都是了如指掌的。我老公每天都像会计报账似的跟我说一番。"孙兰香喝了一大口茶，放下后，就转移了话题，她觉得要挑干的唠，要赶在卢山回来之前把想说的话都说出来。于是话锋一转："于淼，你这茶道学得不错啊，听我老公说你们又在学习什么家庭文化。学这个好，更能提高个人的修养。我看你人挺正经，挺有内涵的，如果不是这样，我可不能让老公收什么女徒弟。不过，茶舍可是一个社会窗口，这前来的茶客有男有女的。现在有的女人是很贱的，主动勾引外面男人的大有人在，于淼啊，你帮我看着点卢山，虽然他不是这样的人，可就怕有不要脸的女人贴上来。"

　　说到这，孙兰香又喝了口茶水，才想到该进入另一个主题了，于是接着说道："因为我们单位扩大了经营范围，业务繁多了，不会像以前那样还能有个空闲，所以，往后我又不能总过来了。这样吧，咱俩加下微信，这样咱俩也好有个沟通和联系，帮我看着点卢山！他有什么异常，你微信告诉我。"

　　听了孙兰香的这番话，于淼微微笑了笑说："我师父是个有素养的人，他绝不会招惹那样的女人，那样不三不四的女人，也绝不敢对师傅放肆。况且，你对师傅又那么好，师傅怎么会对你不忠呢！"

　　于淼说完这番话，并没有迎合孙兰香要加微信的意思，只是又给她添了茶水，不紧不慢地说，"嫂子，微信就不用加了，我是师傅的徒弟，不想做窥视他的奸细。这样，是对师傅的不尊重。再说了，夫妻间应该相互信任，嫂子，你应该相信师傅才对。"

碰了软钉子的孙兰香，其实也并不是要着意加于森的微信，只是借题发挥、旁敲侧击地点点于森而已。听她这样一说，也就顺坡下驴："我只是这样随便说着玩的，其实，我家卢山可不是那种喜新厌旧的男人。这一点，我这做妻子的还不明白啊！好了，不多聊了，一会儿，单位又该电话找我了，我回去了。"

孙兰香觉得该说的话都说了，也该走了，不然卢山回来碰见，场面就不怎么好看了。

把自己想说的话都说出来了，孙兰香心里轻松了很多，可回到班上，心里还是七上八下的。她确定于森一定会把她去的情形和说的话告诉给卢山。她也断定卢山晚上回家一定会很不高兴地提及此事。从卢山不让她去茶舍的态度看，他一定会对此事更加反感，甚至会发脾气。因为，在阻止她去茶舍以及点点滴滴关于茶舍经营的事情上，她已经领教过了卢山对她的冷脸。她怕两个人会因为此事争吵起来。而一旦争吵起来，刚刚缓和了关系的婆媳俩，又会重蹈昔日的局面，那么，自己又将面临着孤立无援的境地。女儿娇娇也会埋怨她没有长进。孙兰香一想到这些，心里刚刚获得的那份轻松，就又被担忧填满了。

为了能最大限度地避免或减轻想象中的僵局出现，晚上下了班，孙兰香特意买了点猪肉和酸菜，还从商场里给婆婆花20块钱买了一件花布衫。回家后，婆婆见儿媳给自己买了花布衫，高兴得合不拢嘴，一边试穿着，一边说好看。她一直喜欢这种款式的花布衫的，可她自己一直不舍得买，儿媳妇从来没给她买过衣服，所以，对于这次儿媳妇能够破天荒地给她买衣服，卢山老妈也就破天荒地放下昔日的老子架势，和儿媳妇一起动手，剁馅、洗菜、包饺子。

卢山就是在婆媳俩有说有笑包饺子的时候，迈进了家门。他简直被眼前的这一幕惊呆了。卢山敢断定，这是她们一起生活十好几年，从未有过的场景。

卢山的脸上立马充满了阳光，笑吟吟地冲老妈和媳妇说："今天是啥日子啊？我怎么感到特别祥和温暖呢！"

孙兰香接过话茬道："啥日子都不是，就是咱们家的平常日子！"她边说边观察着卢山，企图从卢山的脸上看出什么来。可是一点不悦的神色都没有。卢山迅速洗了手，也要参与包饺子，但却被孙兰香制止了。她一边麻利地擀着饺子皮，一边温和地说："不用你了，我和妈也快包完了，你歇着吧，刚刚从茶舍走回来，也挺累的。"卢山听了这温暖的话语，看着眼前温馨的画面，心里异常地舒坦。没用他包饺子，他就到厨房忙起别的，刷了锅，开火烧着准备煮饺子的水，然后剥蒜、捣蒜泥。他心里暗暗感叹着孙兰香离家一个月回来后，竟有着这样翻天覆地的变化。

从卢山进了屋，到三口人一起忙着活计，再到吃完饭，孙兰香都丝毫没有感觉出卢山因为她今天去了小巷茶舍有什么反应。特别是对于森说的那番话，她原以为卢山会追问个究竟，可卢山却和以往一样，收拾完碗筷，照例给老妈洗了脚，自己也洗漱完，就又捧起手机学习起什么茶文化、中国传统文化来。

自打小巷茶舍收了徒弟，卢山每天晚上都要在手机上学习一些相关的知识。除了雷打不动地伺候老妈泡脚、洗脚，孙兰香的就免了。有了孙兰香从娘家回来那次不同的洗脚感受后，卢山就把对她的洗脚，变成了两人要做房事的提示和前奏。孙兰香也就顺应和默认了。打破了那种惯例，倒也让他们对以往那毫无感觉的洗脚，有了具体的内容和撩拨。对于卢山每晚上如饥似渴的学习，孙兰香也只好顺其自然了。她觉得现在已经不能像从前那样对待卢山、操纵卢山了。只是，今天孙兰香望着他学习的背影，感到挺意外，她猜想：于淼究竟是怎么跟他说的？卢山为啥压根儿没提及她去小巷茶舍的事儿？特别是她说的那番话？于淼不可能不跟他说的啊？孙兰香隐隐地为自己说的那番话，感到后悔和忧心，她想，如果于淼如实学了她的话，卢山肯定会对自己大发雷霆的。可这会儿他竟风平浪静，这真让孙兰香咋也想不明白，就好比眼瞅着冒烟的药捻子就是不响一样，反倒让她忐忑不安。

其实，于淼压根儿就没有跟卢山说孙兰香去了小巷茶舍的事儿。她很明白孙兰香为何去小巷茶舍，更明白孙兰香那番话的含义。她知道若是跟卢山说了她去了茶舍，那卢山回家后提起此事时，本来就多疑、充满醋意的孙兰香，兴许又会引发出什么猜测和臆想来。如果两人话赶话中出现了什么摩擦，自己倒成了导火索了。

所以这样一想，于淼就没跟卢山说，卢山也就浑然不知。否则的话，卢山回家真的会对孙兰香发火的。他明明说了不再让她去茶舍指手画脚，可第二天她还是去了，这不明摆着跟他唱对台戏吗？假若于淼再如实告诉他孙兰香说的那番话，那无疑是在火上浇油，卢山说不上会怎样地发怒呢，而孙兰香再一接茬，战火就会爆发，卢山的老妈又会自然地站在儿子这边，那孙兰香之前的努力就会前功尽弃了。好在于淼把这战火的源头掐灭了。

孙兰香心里虽然有点不安，但白天的劳累还是让她很快就睡着了。卢山学完了今天内容，想到白天没有来得及听的小说，心中颇有感慨。自从采纳了于淼播放小说的建议后，茶舍里还真的多了不少喜欢听书的客人。就连他自己，也被小说的内容所吸引。为了能保证那些喜欢听小说的客人不漏听某一章，卢山就把听书的时间固定在每天下班之前。有时候，卢山因事没有听到某一章，心里也十分牵挂。为了能够保证情节连贯，回家后他会再听一遍。在很长一段时间里，收听这部不知道出自何人之手的自传体小说，成了卢山每天的必修课。

卢山让于淼把小说转录到手机里。躺到被窝儿里，卢山一边回忆这部小说前边的内容，一边戴上耳机，选择一个舒服的姿势，然后轻轻按下播放按钮——

第二章

到了四妹家，辛喜贵的娘先是东扯西扯唠些别的，一点点把话题引到了外甥女凤兰和幺儿子辛喜贵身上。当她坚定而干脆地把自己的想法说给四妹后，四妹就卡了壳，她是最知道外甥辛喜贵是个啥德行的，她怎么能愿意把自己的姑娘嫁给这个不着调的外甥呢！

她踌躇着刚要回绝，辛喜贵的娘就鼻涕一把泪一把地哭起来。她用尽浑身解数、掏空所有智囊，软硬兼施。还声情并茂地讲起她当年如何救四妹，成年后的四妹又是如何信誓旦旦承诺过她的那些话语，最后，又撒下杀手锏说：如果四妹不同意这门婚事，她就去跳井。还哭着对四妹说："在你像猫崽样大小的时候，我救活了你的命，你总不能没像你说的那样报答我，反而还要了我的老命吧？！"

听了大姐这番直捣自己心窝子的哭诉，辛喜贵的四姨实在是无法回绝了。转念一想，姑娘嫁到自己姐姐家，姨娘做婆肯定不会像嫁到别人家那样担心闺女受婆家的气，这亲上加亲也没啥不好。虽然外甥懒惰、名声不太好，可有了媳妇管着兴许就好了呢？再说，不管怎么着，辛喜贵也还是个大小伙子。

经过一番寻思，再加上救命恩人大姐的声泪俱下的以死相逼，辛喜贵的四姨勉勉强强点了头。辛喜贵的娘怕夜长梦多，就想立马把这婚事定下来，她唯恐自己转身离开，四妹就会反悔，甚者把她的这二姑娘藏起来。于是，当四妹和二姑娘在房后一阵的嘀咕后叫过来外甥女时，辛喜贵的娘就一把拉住外甥女的手，含着泪花叫着外甥女的乳名，说："凤兰子，平日里我对你最好吧，我是你姨娘，姨娘再加上婆婆，我会对你更好。你爹死得早，你娘把你拉扯大不容易，你也是最听你娘话的，你也老大不小了，今儿，当着你娘和姨娘的面，就把你和喜贵的婚事定了。"

也不知道辛喜贵的四姨在房后是怎么说服的二姑娘，来到她大姨面前，凤兰倒很平静，没有说行也没有说不行，就是手指绞弄着衣襟不说话。

看到凤兰子这个态度，辛喜贵的娘立马扯过随身带来的花布包裹，当着外甥女的面解开系扣并一层层打开。花布包裹有几个陈旧得起了毛边的小折子，还有几沓叠得整整齐齐的钱票、粮票、布票、棉花票。最里面一个用红布裹着的小包，辛喜贵的娘也一层层打开，是一对老式的纯银手镯。她拉过外甥女，指着这些东西说："凤兰子，这些都是你的了，以后你当家，你说了算，我还能干活不靠你们养。算命的都说了，喜贵结婚有了婆娘，自然也就好了，也就会顾家了。"

辛喜贵的娘边说着，边拿过手镯子，不容分说就戴在外甥女的手腕上，还生怕脱落了似的在划扣上用力紧了又紧。

"大姨，算命的真说喜贵哥能变好吗？"

一直没有说话的凤兰子，只问了这样的一句话。辛喜贵的娘头点得跟鸡啄米似的："是啊是啊，算命的就是这样说的！"

那包裹一塞，镯子一戴，这门婚事就这么硬性地定下了。

为了把这事儿办得更牢靠，辛喜贵的娘又咬牙答应下了把自己家的那两个小牛犊送给四妹家。一提到牛，辛喜贵的娘心里就一揪一揪地疼，自然而然就想起喜贵惹祸为了私了被人家牵走的那两头耕牛，想起因为两头耕牛被牵走而一病不起、最后撞墙而死的喜贵爹。这回，为了喜贵能有个媳妇，定牢这门婚事，她又不得不把自己家的两头牛犊也舍出去。为了这个不争气的儿子，她这个当娘的真是付出了所有啊！

辛喜贵的娘是见了兔子才撒的鹰，那么，既然鹰撒了，兔子一定是要得到的。所以，她绝不肯独自返回凉水湾，非得要把凤兰子一同带回去。说是凤兰子什么都不用带，娘家也不用陪嫁什么，只要凤兰子人跟她回去就行。说是让凤兰子先熟悉熟悉家，过两天找个算命先生择个吉日，到乡里领上结婚证，酒席一办，这婚事就算办完了。

四妹是知道大姐家里情况的，见她把家底都给了凤兰，更重要的是家都让凤兰当了，又给自己家两头牛犊，觉得自己也不算吃亏。凤兰也没什么抵触，也就点了头。

就这样，辛喜贵的娘凭借着对四妹的救命之恩，凭借着自己以死相逼的绝招，总算把二外甥女带回了家。

定下这门婚事，最高兴的应该是辛喜贵。可是在他心里竟莫名地幻想着，要是那个他没能得手的姑娘做他媳妇就更好了。虽然当初没有得手，但当时的那个感觉、那种从未有过的欲望和冲动，深深地刻印在了他的心里。

辛喜贵的娘虽然把外甥女凤兰带回了家，但她心里还是不落底儿，总觉得只有煮熟的鸭子才不会跑掉，而要煮熟这只鸭子，只有儿子亲自上手了，那就是抢先占了凤兰的身子。可是，她这当娘的又不好对儿子明示这些，就是有什么暗示也觉得自己不太地道，只能靠儿子自己去把握和领会了。

其实在这点上，辛喜贵和他娘倒是想到了一处。于是，在凤兰去的第二天，辛喜贵的娘借故说要去趟邻村送礼，就一整天没着家。临行前，一再嘱咐儿子别离开家，别离开凤兰。辛喜贵就笑吟吟地应允着。他虽然不太清楚娘是不是有意躲出去，但他自然想到自己是不会放过这么好的机会的。

因为两人毕竟不是陌生人，打小在一起玩过，长大后两家也时常走动，所以凤兰并没有什么拘束和陌生的感觉，只是对于定下的这门婚事，表哥变成自己的丈夫，心里总觉得有些别扭，所以，她的目光也就一直躲闪着辛喜贵。

临近中午，辛喜贵破天荒摸起锅碗瓢盆，给做午饭的凤兰打着下手。正巧有他刚摸来的几条小鱼，他就让凤兰做了。又在自家菜园摘些蔬菜，一凑吧，竟弄出好几盘菜来。每天必喝的酒，当然是不能少的，只是辛喜贵觉得这顿酒不同于往常。他要在酒后做件大事，那就是要把生米做成熟饭，把可能会飞走的鸭子煮熟。

虽然两人的话不多，但丝毫没影响到辛喜贵要做的事儿。当他们吃完午饭，凤兰正要收拾碗筷时，辛喜贵像头牯牛似的呼地从后面拦腰把凤兰抱住。刹那间，这动作让他眼前立刻浮现出那个秋日午后，他在玉米地里拦腰抱起红衣姑娘的一幕，立刻热血直冲脑门，不可抑制的欲望和冲动，使他疯狂到不顾一切，像饿虎扑食般地扑向凤兰。凤兰拼命挣脱了辛喜贵，从里屋跑到外屋。可还没等她拽开房门，辛喜贵就从后面死死地拖住了她。熏人的酒气，伴着一串粗俗的话语，辛喜贵像剥香蕉皮似的几下就把瘦小的凤兰剥光了。然后，抱上炕头，不顾凤兰的挣脱和反抗强行占有了她。

凤兰说啥也没想到辛喜贵会这样。尽管她知道他的游手好闲，也耳闻他野外与那姑娘的糗事，但咋也不会料到他会对自己这样。虽然自己答应了婚事，可那也不能在刚见面时就这副德行啊？

凤兰后悔了，后悔不该答应这婚事，不管她娘怎样地求她、劝她。可是，现在一切都晚了，这时想逃走也没用了。望着炕头上的血迹，她只有嘤嘤哭泣的份儿了。

得到满足的辛喜贵，无比惬意地抖动着跷起的二郎腿。他一边用笤帚篾儿剔着牙缝儿，一边打着酒嗝，看凤兰穿衣系纽扣，漫不经心地说："你不快活啊？还哭丧个脸？咱都定下了婚，你不就是我媳妇了吗？这就是日子了，以后，咱两口子就是要这样过活了！"

凤兰别过头去，她实在不想看到辛喜贵那副令她作呕的面孔。她满脑子，都是辛喜贵霸占她时的那副丑恶的嘴脸和那从嘴里喷出的臭烘烘的酒气。这个打小就在一起玩过，长大后又常常见面的熟悉的表哥，一下子变成了可恶、可怕、恶心的陌生人。

太阳都落山了，辛喜贵的娘才慢悠悠地迈进家门。她一进门，凤兰就扎到她怀里委屈地哭泣起来。凤兰这一哭，辛喜贵的娘的心就是一亮，就料到她希望的事情儿子已经做下了。为了探个虚实，她亲昵地拉过凤兰，故意板着面孔问辛喜贵："凤兰哭啥？你咋的她了？"辛喜贵不以为然地说："咋的了，又咋的？反正她已经是我的媳妇了！"

听儿子这样一说，辛喜贵的娘喜出望外，刹那间感到一直压在她心头的大石头，咣当一声落了地，为儿子的婚事终于板上钉钉、有了着落而欣喜若狂。她心里庆幸着、高兴着，可面上却故意板着脸对儿子说："已经有了媳妇了，以后，你可对凤兰好点儿。别再喝大酒，该顾点儿家了！"

辛喜贵一边用水瓢扠着水喝，一边含糊不清地应道："嗯，嗯，知道了！"

成亲那天，凤兰哭，凤兰娘也哭。凤兰哭自己嫁了那样一个渣糟的男人。凤兰的娘哭自己把二丫头当作救命之恩的回报，违心地答应了大姐，嫁给了不着调的外甥。没成亲时，凤兰娘还没感到特别的内疚和难过，她总是一边宽慰着自己，一边尽量都往好的地方寻思。

可是，当她看到迈进了辛家家门变得明显憔悴，那样难过、那样委屈的凤兰时，特别是听了凤兰对她哭诉后，她这当娘的心就跟针扎了似的疼痛起来。她恨不能抄起棍棒狠狠地抡辛喜贵一顿，恨不能跟她大姐大吵大闹好好说道说道。

虽然她也知道辛喜贵曾在野外想奸污那村姑的丑事，可她总是为自己能把姑娘嫁给他，找着可以原谅的理由：那是他酒后失德，是出于男人的本能和欲望，一时兴起才要那样做的。她是一直这样宽慰着自己、说服着自己，才没有动摇自己要把姑娘嫁给辛喜贵的决心。

可是，她咋也想不到，被大姐领进辛家的二丫头凤兰，竟然在第二天，在违背凤兰意愿的情况下，辛喜贵就强行占了她的身子。当初辛喜贵的娘要带凤兰走的时候，凤兰娘并不同意。她直截了当地对她大姐说："还是别去吧，这还没正式过门呢就先住到婆家，会招人说闲话的。"

辛喜贵的娘就一边将顺着凤兰的辫梢儿，一边说："谁不知道我是凤兰的姨娘，这外甥女到姨娘家里串门，住几天不是挺正常的事儿吗？再说了，定亲这档子事儿，别人还都不知道呢！"

不等凤兰娘插话，辛喜贵娘紧跟着钉是钉铆是铆地对凤兰娘强调着说："我让凤兰先跟我过去，一来，是领着她一起置办些衣服和结婚的东西，免得她看不中。二来呢，也熟悉熟悉家里的物件家什都放在什么地方，省得日后抓东抓西摸不着个头绪。你就放心吧，我可是她亲大姨，这以后又是婆婆，亲上加着亲了呢！"

见大姐把话说到这份儿，凤兰娘觉得也是这么个理儿，一想到大姐给凤兰戴在手腕上的镯子和那些包裹着钱票和粮票的"家当"，真是不好违背大姐的意愿，也就任由着她大姐把凤兰领走了。

凤兰娘猜得出她大姐是有意躲出去的。挂锄的季节又不是农忙，她躲出去的那天又不是什么黄道吉日，有吗事要整整出去一天啊？这不是有意给辛喜贵创造机会吗？凤兰娘当然知道，这一是怕凤兰对婚事变卦，二是生米做成熟饭后，不仅凤兰成了煮熟的鸭子，还可以省去不少事先答应的应该给的彩礼。

本来，她大姐辛喜贵的娘答应好好的，只要凤兰答应了婚事，凡是家里能够出得起的都尽量满足她。答应给凤兰从里到外买几套新衣裤，里外三新做两床被褥，再置办几件箱柜什么的，并且还要给凤兰娘家两头牛犊。

可是，当辛喜贵抢先占有了凤兰之后，这一切承诺，都变成了泡影。只是不得不给已经成了辛喜贵老婆的凤兰，买了便宜的布料，做了两套衣服。看着是崭新的被褥，里面的棉花，竟然都是旧棉花套，只是外面套上被罩和褥罩。至于辛喜贵结婚那天穿的，则是他二哥结婚时穿的行头。辛喜贵可没啥说的，只要娶上了媳妇，只要平日有酒喝，其他不管什么事儿、什么东西，对他而言都无所谓了。

凤兰娘越想越气，越气越觉得吃了个天大的亏，不该把二丫头就这样轻贱地许给了辛喜贵。可眼前的事实，又怎么能挽回呢？已经都这样了，难道还能把破了身的姑娘领回去？那她以后怎么办啊？还会有哪个小伙子要她呢？硬把凤兰带走，说不准再让大姐弄出个寻死上吊的，更是脱裤子转圈——丢尽人了！也只能是嫁鸡随鸡嫁狗随狗了。一想到这些，凤兰娘只有打掉牙往肚里咽了。她只能恨自己，也更恨她大姐。

也就从那天起，凤兰娘对大姐以往的感恩之情，一下子被这段姻缘彻底毁灭了，遗留给她的只有悔恨。如果，这个时候大姐还能够按最初许诺的那样给凤兰和娘家那些东西，凤兰娘心里多少还能平衡一些，她仍会找到劝慰自己的理由：反正凤兰是许给了辛喜贵，早一天晚一天占了她，不都是一回事嘛。

可是，让凤兰娘心里过不去坎儿的是：大姐不能因为辛喜贵抢先占了凤兰，生米做成了熟饭，就变卦不给彩礼了，这不明摆着是在捡便宜吗？凤兰娘本想向大姐提及那两头牛犊的事儿，可几次想张口，又都咽了回去。她是替凤兰着想的，一想到凤兰要在那个屋檐下过活了，要是弄僵了，让凤兰夹在中间就会更没好日子过了。

不管辛喜贵的娘咋样想，那露着墙坯，扭歪着窗棂的西屋，实在是太看不过眼儿了，自己住的那屋也是那样，要做新房的儿子那屋，总还是弄一弄吧，毕竟大面儿总得过得去吧。

于是，在辛喜贵成亲的前两天，她就喊过辛喜贵的大哥大嫂还有他二哥，把辛喜贵住的那间朝阳的屋子抹巴抹巴，把窗棂钉了钉，简单收拾了一番。他们是一边收拾，一边数落着借着出去买油盐酱醋就不见了踪影的辛喜贵。

从打辛喜贵的爹被这个渣糟的儿子气得撞墙而死之后，辛喜贵的几个哥哥就都怨恨着这个游手好闲整天醉醺醺的辛喜贵，平日都懒得见他，也就都不到娘这边来。因为他们也都生娘的气，都认为是娘太惯着他了。那天，他们只是不想让娘着急受累，才不得不过来帮着辛喜贵收拾新房。

他们抹完了墙，拿起笤帚从上到下划拉一番，然后用娘从供销社买回来的花花绿绿的"窝纸"，抹上现熬的糨糊，一张张从棚到墙糊起来，都糊完后，再用大红布把裂了缝隙的木桌蒙上，桌面上摆上几个准备装瓜子和糖块的盘子。辛喜贵的娘和辛喜贵的大嫂，则把一张供销社减价处理的新炕席铺在原本烙煳的旧炕席上。

一直沉默不语的凤兰，默默地坐在院子墙角的一个阴影里，那两间低矮的土坯房，被秋阳的投影折弯了似的粘在地皮上。凤兰按她大姨的吩咐，不，该是婆婆了，正用大红纸剪着一个个囍字，细碎的红纸屑，血滴一样纷纷洒在她脚旁的地面上。凤兰失魂落魄地坐在小木凳上，她感觉自己就像是不断被剪刀剜去的一边流着血，一边逐渐变空的躯壳。

原本剪得很好的囍字，这时在她手里完全变了样，不是多剪一块儿，就是少剪一刀。即便是剪成了，在凤兰眼里，相连的两个喜字，也是那样别扭、难看。

从凤兰被辛喜贵的娘领回家，到她和辛喜贵正式结婚，仅仅才过去五天时间。凤兰也真就如同被泼出去的水一样，再没回娘家。她觉得自己已经不是在家时的自己了，她觉得羞愧，羞于见到家里一切的一切，哪怕是那群鸡鸭，那些横七竖八堆在院子里的杂物。

她也隐隐地恨起她娘，要不是她娘鼻涕一把泪一把地软硬兼施、百般劝说，她怎么会走到今天这个地步呢？平日里她是最孝敬可怜娘的。爹死得早，是娘把她和两个弟弟辛辛苦苦拉扯大的。她是最见不得娘流眼泪的。是娘的眼泪，打湿了她的心；也是娘的眼泪，毁了她一辈子。

因为辛喜贵的为人和名声，再加上辛家根本没像别人家那样操办，所以，成亲那天也没什么人去捧场，也就是家里的几个人和前后院的几个乡邻。平日里从不搭理辛喜贵的几个哥嫂，看在他们娘的分儿上才勉强过来。大哥把他们凑的份子钱递到凤兰的手上，看着原来的表妹，变成了眼前的弟媳，辛喜贵的大哥说不出心里是个什么滋味。是为辛家添人进口、老幺终于有了媳妇而高兴，还是为昔日的表妹嫁给老幺这样一个男人而痛心？

不管说得清还是说不清，反正老幺有了媳妇他们的老娘就松了套，老娘松了套，他们也就不必处处为老娘的劳累而操心了。老娘不为老幺劳累和操心了，哥儿几个也就更能心安理得地忙碌自家的事情了。

也许哥儿几个都是这么想的吧，所以对凤兰的面色也就不像对辛喜贵那样，温和着、喜庆着、说笑着。可凤兰脸上虽然挂着笑心却在哭泣。

成亲的那天，凤兰很怕夜晚的来临。辛喜贵初次留给她的那恶心的一幕，成了她难以驱赶的梦魇。但，她越是怕夜晚的来临，夜晚就似乎来得越快。

看着喝得醉醺醺脸呈猪肝色的辛喜贵，凤兰突然产生了想逃跑的念头。她紧紧揪着衣襟，准备着该怎样躲过跟跟跄跄扑向自己的辛喜贵。

好在辛喜贵还没有走上几步，就扑地栽歪在炕沿下了，一摊烂泥似的堆在那里，紧跟着就打起鼾来。这倒是让凤兰松了一口气。

但，转即凤兰嘤嘤地哭泣起来，她泪眼婆娑地望着这个勉强打造起来的新房，想到这就是自己的新婚之夜，想到今后自己就是要和眼前这个人生活一辈子，她的心就像被刀割的一样难受。她唯恐自己的哭声惊醒了辛喜贵，不得不用牙齿咬着手背……

　　就在这个时候，辛喜贵的娘轻轻推门进来了。她是最知道儿子酒后是什么样子的。虽然在这个成亲的日子里，她一再地告诫辛喜贵少喝点酒，可是辛喜贵压根儿就是左耳听右耳冒。他是最听不得谁阻碍他喝酒的，更不会少喝。酒一旦沾了他的嘴，就成了他的主宰。

　　看到满脸泪水，依偎在炕角的凤兰，成为婆婆的大姨完全不是昔日大姨的样子了，而是地地道道的婆婆。地地道道以婆婆的口吻对凤兰说话了："这是成亲的新夜啊！你咋能这个样子看着自己的男人不管呢？快点把他扶起来！"

　　辛喜贵的娘一边埋怨着，一边去拉扯瘫在炕沿下的辛喜贵，凤兰只好走过去。

　　当婆媳俩费劲巴拉地把辛喜贵弄上炕后，辛喜贵的娘就不冷不热地对凤兰说："做女人的，你得耐点性子，男人是靠女人暖着的、哄着的。算命的都说了，喜贵娶了婆娘就会好的，你们这才刚刚成亲，咋也得给他个时间不是？"

　　辛喜贵的娘说完，拍了拍凤兰的肩头，像是安慰又像是命令似的说："好了，你也别哭了，时候也不早了，你也上炕睡吧，帮喜贵把衣服脱了，他酒一醒，就不是这样了。记着，他已经是你男人了！"

　　说完，辛喜贵娘拍打拍打衣襟，深深地看了看凤兰和躺在炕上呼呼大睡的辛喜贵就出去了。她把门关得很重，震得窗玻璃哗啦哗啦响，连同贴在窗户上的囍字。

真如辛喜贵的娘说的那样，辛喜贵酒一醒就不是那个样子了。就在他醒酒后的清晨，凤兰再次面临了令她可怕、恶心的一幕。当初辛喜贵强占她时，她还有跑和反抗的理由，可是，在这个贴着囍字的屋子中，在这铺在炕上的被子里，她只能忍受……

从打凤兰过了门儿，"家"的确是让凤兰当了。说是"当家"，其实就是把家里的所有担子都压在了凤兰的肩上。有了媳妇的辛喜贵，不但没有改好，反倒变本加厉了。这回，不仅有他娘做依靠，还有了媳妇垫底，因此，家里家外的一切活计，更是横竖不沾边儿了，里里外外全扔给了凤兰和他娘。

辛喜贵的娘本以为幺儿子有了媳妇，就能像算命先生说的那样好转起来，哪成想变本加厉。她磨破了嘴皮子劝幺儿子别喝酒了、少喝点酒吧，可是，这个幺儿子不但听不进去，还瞪着滚圆的眼珠子冲他娘大喊大叫地嚷嚷着："酒，就是我的血，你要不让我喝，就把我勒死得了！"

当然，凤兰也劝过、阻挡过，可是，她得到的就不仅仅是怒吼，有时还会挨上一顿拳脚。辛喜贵的几个哥哥，开始时还用拳脚教训过辛喜贵，可是，灌了酒的辛喜贵，借着酒劲耍酒疯，动不动就会拿着棍棒闯入几个哥哥的家门，或者捡块石头砸碎他们的玻璃。一时弄得大家都鸡犬不宁、狼藉一片。几个嫂子都劝自己的男人，就别去管这个滚刀肉似的酒鬼了，他们经不起这个。就算打了他、教训了他，只要这个酒鬼喝了酒，真的就像鬼一样地闹腾他们了。

自打辛喜贵酒后用棍棒和石头袭击过哥哥家后，他竟也像上了瘾似的，喝醉了酒就想冲谁大喊大叫，就想用什么东西，去袭击什么对象。如果是喝醉了正哩溜歪斜地走在路上，他就会无缘无故地对看到的人叫骂，或者是去挑衅打人家，甚至连几岁的孩子也不放过。

一来二去，村人们都怕了他，见着他都远远地躲着。大伙儿给他起了个外号："酒魔儿。"

辛喜贵除了在家喝，还时不时拎着酒瓶子走哪喝哪，喝醉了就地而卧。天暖和的时候，他不回家也都任由着他，可是这大山沟里一落了雪，再由着他，一旦醉倒在野外，就算不被野兽吃了，也得冻死。谁也管不了他，谁也不愿意去管他。可是辛喜贵的娘和媳妇却不能不管，经常是婆媳俩到处去找，找到了，就像拖死狗一样拖回家。

每每遇到这种情况，辛喜贵的娘总要拉上凤兰一起去找。她是执意要去的，辛喜贵是她的幺儿子，凤兰的肚子里是她的孙子。这都是和她骨头连着肉的人。

还有一件事需要说清楚，凤兰自打进了辛家，就没来过例假，她也说不准究竟是在第一次还是以后的哪一次怀上的。对于怀上的这个孩子，凤兰丝毫没有高兴的感觉，相反她反倒希望自己永远不要有孩子。她觉得自己已经有了这样的男人，不想让孩子再有这样的爹。

得知媳妇怀孕的辛喜贵，在还没有醉酒的时候，偶尔也会低头看看媳妇隆起的肚子，不由自主地嘟囔几句："我有儿子了，我要当爹了。等我儿子长大了，就能给我买酒喝了。"

可是，只要是喝了酒，他就什么都忘了。他可不管凤兰鼓起的肚子里还有他的儿子，他照样对大着肚子的凤兰耍酒疯，照样会无缘无故地打她。

每当他要对凤兰动手的时候，辛喜贵的娘总是用自己的身体护着凤兰。不，是护着凤兰肚子里的孩子。这肚子里的孩子，不单单是她的孙子，更是她的希望。那天，当她听到辛喜贵美滋滋叫起儿子时，当看到他脸上绽出的那丝笑容后，辛喜贵的娘就心里一亮，就觉得，一旦凤兰给他生个儿子，他就会好的。她总还是相信算命先生说的话，她只是觉得可能还没到时候，等孙子一出生，她这"酒魔儿"儿子就一定会好的。

刚过了小年，凤兰就生了，还真是个儿子。

见到出生的孙子，辛喜贵的娘简直是乐得晕头转向了。她一边喊着："你有儿子了，你有儿子了！"一边连拉带拽地把辛喜贵扯进了媳妇的月房。

哪成想，辛喜贵进屋后，看到襁褓中的婴儿，竟然皱着眉头，一脸的嫌弃，指着孩子硬着舌头说："这——这是——是什么玩意儿！"

辛喜贵的醉相和话语，让凤兰的泪水再次抑制不住地流淌出来。她为自己哭，也为这个有个不成器爹的儿子哭。一旁的婆婆急忙冲着凤兰说："你可千万别哭，别上火了，那样，奶就会没了，没了奶水，我孙子吃什么啊！喜贵醒酒就不是这个样子了。这回，他有了儿子，就会好起来的！"

辛喜贵的娘虽然如此这般地安慰着凤兰，可她的心却彻底凉了。她满以为见到了儿子的辛喜贵，会一下子变了个人似的叫声儿子，会现出高兴的模样。哪成想弄出的竟然是眼前这一幕。

辛喜贵的娘一直认为刚出生的婴儿也是神，所以，在她抱起孙子的时候，总是嘟嘟囔囔默默地祈祷。祈祷着他的降临，会把附在儿子身上的"酒魔儿"驱走。她把一切一切的希望，都寄托在了孙子小月海的身上。

孩子的名字是凤兰起的。她在生孩子的头一天晚上做了一个梦，梦见自己去了从来没有见过的大海，夜幕下的大海特别美丽，广袤的天空挂着一轮皎洁的月亮。这有月亮、有大海的梦境，让凤兰觉得这是她有生以来，最最喜欢的画面和向往。

　　于是，她没有按照辛家的家谱，就给孩子取了辛月海这个名字。对孩子的名字，辛喜贵的娘也就由着凤兰的意思了，这是凤兰在这个家，唯一一次做主的事情。至于辛家另外几个儿子都是各顾各的，虽然都是辛家人，但一枝儿是一枝儿，谁还管辛喜贵的孩子取什么名字。

　　再说，看到幺儿子辛喜贵这个样子，辛喜贵的娘也在心里愤愤地抱怨：这辛家上辈子是作了什么孽，让幺儿子变成了"酒魔儿"！这还念及什么家谱不家谱的，只要有了孙子，也就算没有愧对辛家祖先了。

　　醒酒后的辛喜贵看到儿子时，偶尔还是能现出一点点高兴的模样。可是，他"醒酒"的时候已经越来越少了，几乎每天都是醉醺醺的，孩子的哭闹让他不胜其烦，更让他不愿意回家了。他整日的就是在那"酒魔儿"的驱使下，游荡在村屯的角角落落。

　　当唯一的希望和寄托也落空了之后，凤兰和辛喜贵的娘就彻底绝望了。压在凤兰肩上的担子越加沉重，除了繁重琐碎的家务、田地，又要养育孩子。看着日渐憔悴、被生活的重担压得喘不过气的凤兰，钉在凤兰娘心上的十字架也就越来越沉重，让她日夜受着痛楚和悔恨的煎熬。

　　从打凤兰跨进辛家一直到生下孩子，就没有回过娘家。她觉得没有颜面，哪怕是婚后能过得好一点点，她也会鼓起勇气回家看看的。可是，本来名声就很臭的辛喜贵，现在又变成了人见人烦、人见人躲的"酒魔儿"，她就更是没脸见娘家任何人了。

辛家和娘家的田地离得不是很远，凤兰想娘和弟弟们的时候，就会在农忙的季节里去地里看看他们。

虽然凤兰娘和辛喜贵的娘悄无声息地断了姐妹的情分，可凤兰娘却时常到辛家来，不是送点这东西，就是给点那东西，她不是冲着大姐，而是挂念着一直让她愧疚的凤兰，东西都是送给凤兰的。

她每次来都是直奔了凤兰的屋子，要是见到她大姐辛喜贵的娘，也都别过脸去。而辛喜贵的娘也大多去忙别的活计躲开了。有时，实在躲不开的时候，也会简单地打声招呼：来了？凤兰的娘就只从鼻子里"哼"一声。

辛喜贵的娘自知理亏对不起妹妹和凤兰，也就没有半点挑剔和冷脸的理由。怪也只能是怪自己这个"酒魔儿"糟儿子，是他让自己在任何人面前都抬不起头来。虽然每次凤兰娘来都没有好面色，可辛喜贵的娘还是愿意让她来，这并不是还念及姐妹的情分，而是冲她每次拿来的东西。

因为月子里营养跟不上，再加上凤兰总是抑郁、上火，小月海三个月时，凤兰就一点奶水都没有了，只好喂米糊和廉价的奶粉。而被"酒魔儿"辛喜贵掏空的家里，哪还有给孩子买这些东西的钱啊，能够喂到小月海嘴里的那些米糊和奶粉，都是凤兰娘每次来时带过来的。

当初，辛喜贵的娘送给凤兰的那些"家底儿"，都被辛喜贵败空了。当辛喜贵从娘那里要不出买酒的钱时，他就偷家里的鸡蛋和家禽换酒，凡是能够换成酒的东西，他都偷过，只要能有酒喝，他就什么也不顾了。当没有什么可换的时候，他就开始朝媳妇凤兰要。凤兰不给，他就打她，就砸东西。为了息事宁人，辛喜贵的娘就哆嗦着身子冲凤兰说："拿给他吧！"

就这样，那些成摞的毛票，都被辛喜贵一点点地换成了酒。当这些东西也都被他倒腾光了之后，他又盯上了凤兰手腕上的银镯子。这是辛家祖传下来的，也算是定亲的物件儿。

对于这副银镯子，辛喜贵的娘说啥不让凤兰给他了。见娘在阻止，以前最多朝娘瞪眼珠子的辛喜贵，竟一巴掌狠狠地扇在他娘的脸上。这一巴掌让他娘彻底惊呆了、蒙住了。她捂着嘴巴不敢相信地看着儿子。她万万没有想到，她最最宠着、惯着的幺儿子，竟然动手打了她！

他的娘没有喊叫，也没有眼泪。她定睛地看着变成野兽一样的辛喜贵，只是紧紧地咬着嘴唇，好半天才从牙缝儿里挤出几个字："怎么不喝死你！"

无论辛喜贵的娘怎样阻拦，最终，凤兰手腕上的银镯子还是被他强行撸去换酒喝了。

就在辛喜贵的娘第一次对辛喜贵骂出那样狠话没两天，辛喜贵就突然失踪了，一天一夜都寻不见踪影。他的娘和凤兰就着急了，特别是他娘。还没有出正月，这冰天雪地的他要是栽歪在哪，一准儿会冻死。这样一想，他的娘就又扯着凤兰到处去找，把刚刚会坐的小月海单独放在家里，任他怎样地哭叫。

凡是能找的地方都找遍了，没有。翻山越岭沟沟岔岔也都找了，还是没有。辛喜贵的娘一路找着，一路喊着辛喜贵的小名——喜贵儿——这个早已经被人遗忘的名字，在辛喜贵他娘带着哭腔的呼唤中，断断续续、忽高忽低回荡在被白雪掩盖的山谷里。

翻遍了整个村子和沟岔始终也找不到辛喜贵，辛喜贵的娘失声呜咽起来，凤兰只能劝慰着她说："你先别急，兴许他是在谁家喝醉了，就躺在了人家里呢。"

　　辛喜贵的娘心存着这一线希望，只好随着凤兰回家了。因为家里还有小月海。

　　一天一夜过去了，还不见辛喜贵回来时，辛喜贵的娘就捶胸顿足号啕大哭起来。她的哭声几乎把整个村子都震颤了。虽说辛喜贵如同公害似的让乡邻们讨厌着、躲避着，可眼下面对辛喜贵的生死未卜和他娘那撕心裂肺般的哭喊，人们还是动了恻隐之心。乡里乡亲的，总得跟着找找。辛喜贵那几个哥哥更得从面上做出样子来，随着娘和乡邻们，地毯似的搜寻起来，依然是活不见人，死不见尸。所有的人都下了同一个结论：冻死了，让冬日觅食的野狗给吃光了。

　　辛喜贵的娘彻底崩溃了，她疯了似的撕扯着自己的头发，狠狠抽自己的嘴巴，一边哭号一边嘶哑着说："都怪我这破嘴咒骂了那样的话。是我该死啊！算命的说的那些该准的不准，不该准的，我这破嘴随意一说倒应验了。天哪——"

　　从那往后，辛喜贵的娘就魔怔了。整天拿个棍子出去，在凡是凸起的地上，拨弄着、翻动着，嘴里总是念叨着只有她自己记得的辛喜贵的小名。

　　以往，她多少还能帮着凤兰一同操持这个家，可是自打她魔怔了之后，家里的担子，更是全部压在了凤兰的肩上。她既要操持家里的一切，又要侍弄土地，还得照顾牙牙学语刚会走的小月海。

　　在那个打春后的第二天，辛喜贵的娘重复着以往的样子，去外面翻找儿子时摔倒了。这一倒下，就再也站不起来了，变成了瘫子。

她这一瘫，凤兰的日子更是雪上加霜。吃喝拉撒都落到了她的身上。这边是孩子，那边是瘫巴婆婆，还有家里那些永远干不完的活计，她实在是喘不过气来了。尽管自己的娘时常过来，可也只能是给小月海送点吃的喝的，顺便带一带。她又怎能忍心让娘再帮她干别的活计呢？

就在凤兰婆婆瘫巴后不久，发生了一件特别奇怪的事情。

那是一个飘着雪花的清早，凤兰准备做早饭去后院取柴火时，忽然发现一个银灰色的小布袋。她捡起来，挺有分量，还有金属碰撞的声响。她轻轻解开系绳，里面的东西让她感到一阵眩晕。她不由得四处张望，空无一人，只有静静飘落的雪花，只有家家烟囱冒出的袅袅炊烟。

沉甸甸摊在凤兰手里的，竟然是她戴过的那对银镯子。凤兰皱着眉头暗暗地想：这银镯子明明被辛喜贵撸走了的，可怎么又突然落在自家院中的柴火垛旁呢？他是活着，还是死了？是他拿回来的，还是他的魂儿带过来的？要是他活着的话，为啥没有声息不见人？会不会是换酒的人家看到了他娘瘫了，出于同情悄悄还回来的？

凤兰咋想也想不出头绪。她真的很想拿给婆婆看看，可婆婆已经没有了正常人的思维，看见了再受到刺激怎么办？凤兰只好把银镯子装进那小布袋，拿回屋里收好。这对银镯子，也就成了她永远解不开的谜了，似乎又带给她一个可怕的梦魇……

卢山听着听着就迷糊着了，然后，那对包裹着岁月包浆的银镯子就悄然出现在他的梦中，似乎收藏在孙兰香的首饰盒里，又似乎戴在于淼雪白的手腕上，然后就突然醒过来，心里觉得怪异，看看时间，已经 11 点多了。掀开窗帘，窗外是一片银白的月色。

5

原本清冷的小巷茶舍，不知不觉间就红火起来。往往这拨人刚走，下一拨人又进来。有时也会赶在一起进来，这时茶舍就会显得特别忙碌。这些客人，有的是喝茶闲聊的，有的是品茶买茶的，也有针对家庭文化，到这里提出问题进行探讨的。

这个时候的于淼，不单单是泡茶、卖茶，也参与到家庭文化的探讨行列，提出自己的独到的见解。

卢山深深感到，于淼不仅仅是他的徒弟，更是他的得力助手。从打她来，不仅给小巷茶舍带来生机也带来了人气。由她帮着不断扩大的各种微信群，不断结识着各类人群，加之自己独到的经营模式，生意逐渐好了起来。虽然仍是以免费喝茶、免费提供场所聊天作为引领，但的确还是起到了抛砖引玉的效果。凡是来过两次或两次以上喝茶聊天的人，谁还好意思总是白喝白聊呢？不仅如此，还口碑相传，递进似的相继而来。因为有了出出进进的茶客，原本只是观望或者不屑的周围居民，也都跟着进来凑热闹。再加上有于淼这样一位优雅漂亮的性感美女在，光顾茶舍的人就越来越多了。

这个时候，于淼又对卢山提出了新的建议。那天，赶在茶舍没来顾客时，于淼一边擦抹着桌子，一边对卢山说："师傅，都说烟酒糖茶不分家，烟和糖咱就不上了，我觉得应该增加些酒。这样，就更能吸引一些不同需求的顾客。现在货源有的是，有的还可以代销，咱这是住宅区里，酒应该还是好卖的……"

于淼说到这儿却停住了，因为她感受到了卢山目光的灼热，灼热中还闪烁着兴奋、闪烁着激动，也闪烁着某种无法言说的渴望。于淼读懂了这个"渴望"，禁不住有些脸红耳热。

"于淼，你说，接着说呀！"

卢山催促、期待的口吻，让于淼稳定了一下心神，接着把中断的话说了下去："我觉得，酒和茶是最好的组合。买了酒的人兴许顺便又买了茶，买了茶的人，兴许顺便又会买点儿酒。再说增加一个品种，也是增加一份客源。咱们先小批量进一些，看看销路。好的话，再增加。"

"太好了！于淼，这个建议让我茅塞顿开！你给了我很大的支持和帮助，我真心地……"

还没等卢山要说出谢谢二字，于淼就打断卢山的话茬："你是我师傅，我是你徒弟，我所做这些都是应该的。再说了，从你身上我学到了很多东西，是咱这小巷茶舍，让我的生活一下子充实了，心情也一下子愉悦了，完全不像我从前那样茫然孤寂了。"

于淼说到这儿，脸上突然泛起两朵红晕。

两天后，两人在闭店的空当，把博古架上的茶叶做了调整，腾出一些地方，摆上了新进的瓶装白酒。于淼还把一张自己亲手用毛笔写的"优质白酒，物美价廉"的红纸广告，贴在小巷茶舍的门旁。于淼做这些事情的时候，卢山的目光一直是默默地追随着她。她的每一个转身，每一个动作，每一个细微的神情，都是那样令他舒坦、明快和愉悦。心里暗暗折服着：没想到，于淼竟还写得这样一手好毛笔字。卢山澄澈平静的心湖里，没来由地泛起了层层涟漪。

两人忙完之后，天色已经很晚，卢山对于淼说："咱俩一起出去吃个便饭吧！你又是献计献策，又是忙前忙后，累得够呛，师傅早该请请你了！"

"不用了吧，我每天回奶奶那儿，饭菜都是准备好了的，再说，你要是回家太晚，嫂子会惦记的。"

"怎么，师傅第一次请吃饭，就给闭门羹了！走吧，就去福满星饭馆，离这儿不远，那儿的环境也不错。"卢山说着，从衣帽架上帮于淼取下羊绒大衣。他本想为她披上，又觉得不妥，迟疑片刻还是递给了于淼，由于淼自己披上了。

"师傅，那我就恭敬不如从命了。"

看到于淼一脸明媚的笑容，卢山的心跳少了一拍。

这是师徒俩第一次同行走出小巷茶舍，更何况是月明星稀的冬日傍晚。几场冬末的积雪，在移动的脚步下，发出清脆悦耳的吟唱。这时，于淼忽然希望这段同行的路要远一些，更远一些！那样，就可以和师傅多点时间走在一起。她丝毫没有感到寒冷，似乎有一种温暖包裹着她，她喜欢跟师傅走在一起的感觉。

而此时的卢山，何尝不是希望这段路程越远越好呢？只要于淼愿意与他同行，走到天涯海角他也心甘情愿。

可现实中的路途却太近了，感觉没走几步就到地方了。

服务员将二人引到一个单间，两人相对而坐。卢山接过服务员拿的菜单，轻轻推到于淼面前问于淼："想吃什么？你尽管点。"看到眼前师傅温暖的笑脸，听着师傅温和的话语，于淼的心再一次莫名地狂跳起来。但突然之间，于淼不合时宜地想起了丈夫的冷漠，眼睛立马就蒙上了一层雾水。她赶紧低下头，佯装看菜单，可嘴里却含糊地说："师傅，你想吃什么，你点吧，我什么都行。"

于淼细微的变化，还是被卢山捕捉到了。虽然于淼外在看着开朗、阳光，实则多愁善感。从打于淼来到这小巷茶舍小半年里，她一天没休息过，闭店后，大多都是回本小区的奶奶家，十天半拉月，才回自己家看看。她那远在南方做生意的丈夫，也一直没回来过。白天于淼都是坚守在小巷茶舍里。看着这样年轻美丽的女人过着这样孤单无助的日子，卢山的心阵阵发疼。

也说不清是从哪一天开始的，卢山绝不允许于淼再早早赶到小巷茶舍清扫门前了。当于淼违背其意继续清扫时，卢山竟第一次跟她拉下脸来，责怪道："你怎么不听师傅的话？我不说不许你再去干这些吗？这里有我呢，以后，凡是出力气的事情，你都不要去做，记住了！"

虽然卢山对她是冷着脸说的，但这出于关心的嗔怪，却让于淼感到心里无比温暖。她心里一温暖，眼睛就会立刻涌上泪花儿。就像这会儿，在福满星饭馆里一样。

当卢山感觉到于淼微妙的情绪变化后，就故意幽默地说："什么都行，可把我难住了，因为这里没有'什么都行'这道菜啊！"

"'什么都行'这道菜还真有，那就是'随意'，什么菜都行，呵呵，像不像说绕口令啊！"说完，于淼揉了一下眼睛，故作轻松地说，"后厨做什么菜啊？这么辣，把我眼泪都辣出来了。"

"可不，刚才，我也觉得辣眼睛，现在好了。"两人相视一笑，卢山就拿过菜单道："这样吧，还是我替你点吧！"说完，扬手示意服务员过来："来个女士惯例菜——锅包肉，来个红烧口鱼，来个炝拌笋丝，再来个苦瓜五味，两瓶啤酒。"

"师傅，就咱两个人，点这些菜，吃不完的，是要浪费的。"于淼阻止着卢山。

"不会浪费的，吃不了兜着走呗。"卢山笑答。

在等着上菜的间隙里，卢山借故去了一趟洗手间。他料定孙兰香会因为他回去晚了打电话给他，而他绝不想在于淼面前接到她的电话，他主要是顾及着于淼的感受。于是他给孙兰香微信留言：今晚有应酬，晚归些。完毕，就把手机设置成静音。

卢山丝毫没有觉得这是在对老婆撒谎。这本来也属于应酬范围嘛！于淼来小巷茶舍这么久了，出了那么多力，做师傅的作为感谢请吃一顿饭，不也很合情合理嘛！这也是连带着生意啊！所以，说应酬也不错。卢山这样想着，就觉得理直气壮了。

在这四道菜中，于淼最喜欢吃的，是苦瓜五味。看到于淼偏爱这道菜，卢山就问于淼："你知道它为何叫苦瓜五味吗？"

于淼着意品味了一下说："因为这道菜，酸甜苦辣咸都有。"

"对啊，正因为五味俱全，才有了不同的滋味。可你不觉得人生也和这道菜一样吗？假如人的一生都平平淡淡像喝一杯白开水似的，那你觉得会有味道吗？"

卢山一边说，一边用公筷又给于淼夹了一块鱼。

"谢谢师傅。"于淼道声谢后马上接着说，"师傅，你这比喻太恰当了，真是这样的。"

"既然是这样，咱也就把生活中的酸甜苦辣咸，当作这道菜一样，品了，嚼了，咽了。这也是生活的滋味！"

卢山的这番话，让于淼心里豁然明亮起来，她越来越觉得和师傅在一起是多么愉悦和充实，越来越感觉师傅带给她的感悟与日俱增。

于淼拿过啤酒，再次给师傅斟满，然后自己也斟满，双手举到卢山面前，虔诚地说："师傅，我敬您一杯！"

本来，后面还是有话的，可是说到这儿，这个平时快言快语，说话从不断篇儿的于淼，这会儿竟卡了壳儿，就好比原本畅通的河流，一下子被激流冲下的泥沙给堵塞了一样，嚅动着嘴唇，就是说不出来。

　　卢山把酒杯轻轻与于淼的酒杯碰了一下，深深地说了一句："谢谢你，于淼！"然后一仰脖把酒干了。于淼也跟着一饮而尽，然后，两人相视而笑，似乎彼此想说的一切话语，都被对方的笑容诠释了。

　　两个都没有什么酒量的人，喝过两瓶啤酒后，面上竟都染上了红霞。在不想着意表达什么的时候，两人的话语就像涓涓的小溪，源源不断了。

　　两人聊了很多很多，天马行空、毫无边际。那种轻松和惬意，全然没有了什么礼节性的答谢意味。两个人都感到身心放松，同频共振中和弦的愉悦。聊着聊着，两人又聊到了小巷茶舍的远景规划。

　　两人离开饭馆时，天已经漆黑了，地上的薄雪，散发着微弱的光亮。卢山和于淼肩并肩走着，不时侧头看看于淼，关切地问："喝这些酒，没事儿吧？"

　　"师傅，我没事儿，你也没事儿吧？"于淼也侧过头问师傅。卢山挺直着胸膛说："我没事儿。咱俩都没事儿。"说完，两人都不由自主地笑了起来。

　　卢山一直把于淼送到她奶奶家的单元门口，这是在于淼的引领下，才知道的老人家住处。以前，只是知道在这个小区，可不知道究竟在哪栋楼、哪个单元，他也从来没有问及于淼，包括于淼自己家的地址。

　　之前，他之所以知道于淼的一些家庭状况，也都是于淼说给他的。卢山绝对是于淼真诚的倾听者。他觉得这是对一个女人起码的尊重和礼貌。

回到家，卢山的一身酒气，自然招来孙兰香审视的目光。好在卢山早提前就打好应对孙兰香的腹稿。三言两语就把满腹狐疑的孙兰香打发了。别人酒后大都嗜睡，但卢山却相反，尤其想起于淼的一颦一笑，更是心乱得不行，根本无法入眠，于是他又把白天没有听完整的小说重新找出来，然后戴耳机，迅速进入到收听模式中——

第三章

自打凤兰的婆婆瘫巴之后，床上床下，吃喝拉撒，一切照顾都落在了凤兰身上。凤兰的几个妯娌推脱得一干二净。她们有着充分的推脱理由：这个婆婆不单单是凤兰的婆婆，还是亲姨娘，婆婆的家底和房子土地也都给了幺儿子，这幺儿子不在了，他媳妇就应把责任接过来。

凤兰的大伯子，也就是大表哥，实在是看不过眼去，背着媳妇抽空去帮凤兰干点什么。可被凤兰的大伯嫂发现后，大伯嫂就撒着泼骂出一大堆难听的话来。意思说大伯子和成了寡妇的兄弟媳妇没好勾当，那些学不出口的埋汰话，听了都让人脸红，闹得左邻右舍都抻着脖子看热闹。

从那往后，凤兰的大伯子再也不敢照面了。有了前车之鉴，那几个妯娌，更是看紧了自己的男人，不准迈进婆婆和凤兰房屋半步。那几间破房子，就成了无人接近的不祥之地。 .

婆婆完全不能自理了，拉尿都在炕上。凤兰这边给婆婆擦擦洗洗换换，那边还得照看刚刚会跑的小月海。一眼照看不到，就会把什么吃进嘴里，被什么东西扎伤、碰破。凤兰常常是顾了这头，顾不了那头。

外面寒风刺骨，屋子里冷冷冰冰。四面透风的墙缝儿和窗户，使屋子里的墙角都挂着一层厚厚的白霜。凤兰只好不住地往灶坑里添柴火，孩子和婆婆就围着棉被，戴着棉帽偎在炕上，靠土炕散发的一点点热气儿，在寒冷的日子里煎熬着。

尽管水缸四周被凤兰用破棉絮和草绳子围拢上，可还是冻成了冰，凤兰用水的时候，都是要先用什么东西，把冰凿开一个窟窿，才能舀出水来。

缸里的水用完了，凤兰就得去四周结满冰溜的压水井里压水。压水头部冻得很结实，要想压出水来，还得从家里拿暖壶把头部浇开，然后再往里灌水，屏住呼吸双手使劲握住井把，用力反复往下压。凤兰因为个子瘦小，每当压下的井把再抬起的时候，几乎就会把她脚离地儿地提起来。每每压满了一缸水，凤兰都要累得满头是汗，汗水在寒冷的空气里，瞬间就蒸发成团团白气。

水用完可以再接，可是柴火就是有限的了。看着日渐减少的柴火，凤兰实在是舍不得多烧。可不多烧，屋子就更成了冰窖，只好心疼地烧着，烧着又心疼着。好多次，她都是一边往灶坑里添柴，一边抹眼泪。

凤兰这边的困境，她的那几个大伯子不是看不见。大大伯子倒是想帮帮，可又怕闲话，更怕老婆再闹腾，也只好心一横就当什么也不知道了。其他那几个大伯子，压根儿连帮的想法都没有。

可是凤兰的娘却咋也不能看着不管。她就像一只护崽的大老鼠，隔个几天就跑凤兰这边一趟，不管是吃的、用的，能倒腾的就倒腾来。看到如今已经魔怔、瘫巴的大姐，凤兰娘的心里又软了下来，隐隐地又可怜起这个坑了自己女儿的大姐。毕竟她俩还是一个娘肚子里出来的。再说，她每次来，不想看也得看着，她大姐也没有了往日想躲的思维和行动，只会哼哼唧唧地嘟囔一些不着四六的疯话。

看到变成这个样子的大姐，凤兰娘心里很难受，有时她也会给大姐洗洗头，有时还把带来的一些吃的塞到她的手里。也有时，一边为她做着什么事情，一边带着气地责怪："都是你养的那儿子给你坑到这份儿，你就压根儿不该给他找媳妇，你真是坑苦了我的凤兰，也坑苦了你自个儿啊！"

一提到这茬儿，凤兰娘就没好气地推搡大姐，有时，也把她正吃着的东西抢下来。可到最后，还是没好气儿地又塞回到她的手里。

连续两个冬天的柴火，都是凤兰的两个弟弟轮番用马车给拉过来的。毕竟是娘家弟弟，别人是说不着闲话的。可是，久而久之，凤兰就觉得心里不得劲儿了，毕竟还有兄弟媳妇。谁家都缺柴烧，谁不想自己家的柴垛能更高些啊！有给自己的这些柴火，又够弟弟家多烧多少日子啊！她更怕弟弟因为帮助她而受到兄弟媳妇的责怪，就像大伯嫂她们对大伯哥那样。

可是，凤兰又不得不接受娘家的这些帮衬。因为她实在是挺不起这个家了。她觉得自己在不断加码的重担压迫下，越来越直不起腰、越来越喘不过气。

最寒冷的日子终于熬过去了，这时的小月海已经基本什么话都会说了。眼瞅着乡邻们开始往地里运粪为春耕做准备了，可是凤兰这里一点着落都没有。单枪匹马的她，一想到那些要做的农活和家里家外要忙碌的事情，心里就堵得满满的，就像是一只眼看就要被撑破的气球。

望着那一大堆等着她去做的活计，她无力也不知道先去做什么。好多日子，她就是紧紧抱着小月海，默默地坐着，目光沉沉地落在某一个角落发呆。有时，她会下意识把瘦削的面颊贴在月海冰凉的小脸蛋上。有时，也会瞟一眼偎在炕角的瘫婆婆。

　　那天，凤兰从被摞里拿出了那对银镯子，翻来调去看了好一会儿。她先是把小月海厚棉袄的两个衣襟底角儿拆开，然后，分别把这对银镯子藏在棉袄的两个衣襟里，再细密地缝起来。缝着缝着，两行冰凉的泪水就顺着眼角滚落了出来。

　　也就是在这天，凤兰娘又来了。这次她给凤兰拿了些磨得很细的糙子面、腌制的萝卜咸菜，还给小月海买了两袋饼干。

　　凤兰娘见凤兰好像哭过，就问她怎么了，凤兰就说这阵子灶坑可能堵了，总是倒烟，是烟呛的。她一边说，一边放下小月海，起身给她娘捋了捋被早春的冷风吹得很乱的白发，又抓起娘的双手放在自己嘴边哈着热气焐着。好一会儿，她才放下了娘的手，轻轻说："娘，你先哄着月海，我把这些东西放仓房里。"

　　走到门口，又扭过头来对娘说："娘，月海这棉袄里的棉花是新棉花，我又做得挺厚，是不是挺暄乎的？就是穿小了也得给月海留着。千万别扔了。"说完就拎着东西出去了。

　　可是左等右等还不见凤兰回来。凤兰娘猛然觉得今天凤兰的样子和说的话有点不太对劲儿，就赶忙抱着小月海去了院子里的仓房，随着仓房门的拉开，凤兰娘就"啊"的一声惊叫出来，然后，疯了似的扑向被麻绳吊在半空中的凤兰……

　　凤兰的后事，都是由娘家人给办的。因为不是正常死亡，按农村人的说法属于"横死"的，所以，第二天一大早就出去了。按着病倒在炕上的凤兰娘的意思，没有葬在辛家的茔地里，而是葬在了娘家的自留地里。凤兰娘说啥也不能让死去的凤兰，还在辛家的阴宅里受苦受气。

小月海是在他娘上吊的当天，就被大舅连同他那晕厥的姥姥一同用马车拉到了姥姥家的。虽然小月海是辛家的人，可那败落的辛家，那魔怔瘫巴的奶奶，那些连他们自己的娘都不管的伯伯和伯母们，谁又会去管这个没有了爹娘的孩子呢？

凤兰一死，这个家就塌了。那个瘫巴婆婆，哪个儿媳妇都不允许自家男人接回家里，至于理由嘛，还是原来那个。

这哥儿几个一合计，就轮换着每天到娘那屋给烧烧炕，送点吃的。他们所送的饭菜，就是搅拌在一起的像猪食一样的东西。用一个小铝盆装着，放在他娘那脏兮兮的被子前。怕她吃多喝多了拉屎也多，每次，都是只给一点点。至于他娘的屎尿，也是几个儿子轮流着草草清理一下。因为屋子冷，又从来都不挪地方，他们娘的身上就生出了成片的褥疮和冻疮，弄得被褥上都是黄脓和血水，屋子里臭气熏天。刚开始，那几个儿子还轮流过来看看，到了后来，就越来越稀疏了，有时，两三天才过来一趟。屋子里总时不时地传出老太太嘶哑、凄凉的哭号。路过的人听了，都不住地摇头、叹息，却没有人去管。

凤兰死了还不到一个月，凤兰的婆婆也死了。一直都不出面的几个儿媳，这会儿都出面了。鬼子进村一样，到婆婆家一通扫荡，划拉走自己家能用的东西。她们一边清理着东西，一边自言自语道：走了好啊！这是享福了，要不天天这副样子多受罪啊！

为了小月海，凤兰的娘说啥也要挺着活下去，当她逐渐好转，并能下地了之后，几乎就寸步不离小月海的左右，唯恐有什么闪失，让可怜的凤兰再失去唯一血脉。

凤兰娘总是到凤兰坟前跟凤兰说话，她告诉凤兰说：缝在小月海棉衣襟里的那对银镯子，她已经替他保管起来了。还说，小月海记事早，还记得娘，总是娘啊娘啊地喊！

的确，小月海记事很早，懂事也挺早。

他娘上吊的那一幕，刻在了小月海朦胧的记忆中，垂直悬空的身子、撕心裂肺的号哭，以及后来人们从娘脖子上取下的那根绳子。从那一刻起，小月海就对绳子格外恐惧。每一条出现在他眼前的绳子，都能让他想起悬挂在半空中的娘……

每当他看到那些当娘的，搂着自己的孩子，一边亲着，一边摩挲的时候，小月海就浑身痒痒，就好想自己也能像那些孩子一样，被娘搂抱着、抚摸着。

凤兰娘两亩地和两间房归了月海大舅之后，就一手包揽一家子洗衣做饭、缝缝补补所有家务活儿。余下时间就全部花在照顾小月海上，凤兰娘的心里也就不觉得亏欠儿子儿媳。小月海有了姥姥的悉心照顾，也过着吃饱穿暖、衣食无忧的生活。

但小月海还不到 7 岁的时候，凤兰娘却突发急病死了。没了姥姥疼爱的小月海，一下子没了依靠。虽然大舅对他还算不错，可大舅妈的脸上却整日挂着厚厚的冰霜，在吃穿用度上，明显偏袒着自己的两个儿子。

小月海很害怕大舅妈，特别是在吃饭的时候。只要小月海坐在了饭桌旁，大舅妈的眼睛就像锥子似的时时扎在小月海身上。如果小月海多吃一口饭菜，大舅妈就会没好气儿地把饭碗在饭桌上一蹾，这就使得小月海心生畏惧，饭从来不敢往饱了吃。

因为每顿都瘪着半拉肚子，小月海就总是感到饿。有一次，饿得实在受不了，去碗柜里偷半块玉米面饼子吃，结果却被大舅妈发现了，挨一个很响亮也很重的嘴巴子。小月海刚要哭，大舅妈就指着他的鼻子吼道："憋回去！"月海吓得立马就抿紧了嘴巴，硬是把哭声憋了回去。这个时候，他就更羡慕有娘疼着的那些乡邻家的孩子了，更想死去的姥姥和朦胧记忆中的娘了。

月海时常一边干着大舅妈交代给他的杂活，一边透过杖子缝儿看乡邻的孩子们玩耍，心里痒痒的，但他也只能在心里想想而已。小月海的耳朵里，永远灌着大舅妈喊他干活的命令，压根儿就没有闲着的时候。

大小月海一岁的两个双胞胎表哥，经常蹦蹦跳跳地出去玩，想吃什么就朝他们的娘要。每次看到两个表哥香甜地吃着好吃的的时候，小月海都忍不住流口水，但却从来没有伸手要过一次。逢年过节两位表哥都有新衣服穿，小月海却只能捡他们剩下不要的。

小月海的小手，永远是皲裂着的。细密的小口儿，总会随着手的活动而流出血来。秋后的活儿就更多了，他除了扒苞米，还要干好多大舅妈交代给他的杂活儿。大舅妈为了卖土豆粉面子，总是把土豆泡在一个大铝盆里，月海就用大舅妈扔进盆里的玻璃碴子，一个一个地去给土豆刮皮。两只小手被冰凉的水泡得灰白。那些皲裂的小细口，经水一浸泡，皮和肉似咧开的嘴。最后，因为感染肿成了馒头，大舅妈才不得不用一块破布没好气儿地给他草草地包巴上。

两个表哥如果在外面受到欺负，就拿小月海撒气。有一次，毫无缘由，哥哥上来就给了他一脚弟弟上来就打了他一拳，哥俩儿一边打还一边骂：王八羔子，张小勇，看你还敢不敢打我们……小月海被打得晕头转向，他根本不知道张小勇是谁。他不敢还手，也不敢哭，只能一味地挨着。月海的大舅总是忙着外面和田地里的活儿，挂锄农闲的时候，就背着木匠工具，到邻村去给人家干木匠活儿，很少在家里。

小月海只有在大舅回家的时候，一双惊恐幽暗的眼睛，才能暂时恢复明亮，脸上才有一些他这个年龄应有的笑容。大舅妈也只有在大舅面前，才能对小月海现出一点点温和的样子。她并不是害怕自己的男人，相反，她男人是村里出了名的"妻管严"。她之所以能对小月海装一装样子，和大舅赚来的钱有着重大关系。

当大舅悄悄问起小月海平时在家都是什么样子的时候，小月海牙口缝儿不敢实话实说。他清楚地记着大舅妈狠狠告诫他的话："你大舅回来问啥，你别瞎说话！给我记住喽！"

于是，小月海也就蔫蔫地回应着大舅："挺好的。"看着小月海黑瘦的小脸和又长又脏的头发，再看看他那双皲裂成松树皮似的小手，大舅心里明镜儿似的。他毕竟还是了解媳妇的。他本想告诫媳妇对小月海好点儿，可是他又不敢这样说。因为他还要走，他怕说了，媳妇会对小月海撒气。他的心里很不是滋味，他觉得很对不起娘临终前的叮嘱，也觉得对不起死去的姐姐。

一晃，孩子们都该上学了，按大舅妈的意思，让自己的两个儿子先上，小月海留在家里。无论平时媳妇怎样偏心，在孩子上学这件事上，大舅是执意要小月海也同自己的两个儿子一起上学。坚决的态度，不容大舅妈有半点阻拦和反对。大舅对上学的理解很简单：念书，让孩子识字、会算账，不能跟他似的成为睁眼瞎。

就这样，小月海9岁那年上了学。因为全村里就一个只有几十人的小学校，他和两个表哥自然也都分在一个班里。小月海知道自己能上学是多么不容易。所以他学习特别认真、刻苦，每一学期的学习成绩，都是全班第一。

在小学快毕业的时候，小月海通过好几轮的考试和筛选，从村考到乡，从乡考到县，最后考上了县重点中学。

也就从那时起，他住校念书了。小月海终于彻底离开了那个刻印着他痛苦幼年的村子了。见到外甥有了出息，大舅也特别高兴，他每个月，都要赶到县城的学校看小月海，塞给小月海足够再花一个月的生活费用。节俭懂事的小月海，总说自己钱够花。他知道，大舅一定是背着大舅妈跑到县里给他送钱的。

小月海猜得出，大舅每个月都能往返一回县城，一定对大舅妈谎说是去了哪里做了什么营生。回去后，也一定要给大舅妈一点钱的。只有这样，大舅才能来县城里；也只有这样，才能不让大舅妈猜忌。

每次大舅刚刚离开，小月海脑海里，就会浮现出大舅妈那副可怕的面孔，就仿佛听见了大舅妈和大舅大吵大骂的情景。为了减轻大舅的负担，小月海硬是靠口攒肚挪，一点点节俭着钱。

有一天，小月海正上课的时候，门卫老头敲着教室的门，轻声叫着："辛月海，外面有人找。"

小月海心里就蓦地一亮，就像漆黑的屋子里，一下子点亮了灯光，大舅已经好几个月没来了，所以，他就猜想是大舅。以前，大舅多数都是去他的寝室，但若赶上上课的时间，也请门卫到教室喊过他。

小月海小跑着赶到大门外，出现在他眼前的却不是大舅，而是同村一个半熟不熟的大伯。

　　大伯从衣兜里掏出一个牛皮纸包，塞在小月海手里说："这是你大舅让我捎给你的学杂费，你收好了。我得走了，我是搭一个便车赶来的。"

　　大伯说完，转身就要走，小月海却一把拉住了他："大伯，俺大舅咋没来？他怎么了？"

　　大伯支吾着，一边说没事儿没事儿，一边快步离开了。

　　小月海刚刚亮堂起来的心，又呼地漆黑了，并且是冒着一种幽冷的漆黑。他猜想，大舅一定是出了什么事。他紧紧地捏着纸包里那很有厚度的钱，仿佛那是一个压在心头的大铅坨子。

　　月海哪里还有心思继续上课，收拾了一下东西，就登上了返乡的大客车。

　　回到家里，小月海才知道了一切，大舅再也不能走路了，只能靠双手支撑着挪动笨重的身躯。他是在开三轮子拉苞米时，翻了车，压断了椎骨和腿骨。虽然捡了一条命，却永远都站不起来了，再也不能跑到县城给外甥送钱去了。可他心里还惦记着小月海，他只好让儿子把平时一个要好的乡邻大哥请到家里，说是憋得慌想要找个人说说话。趁大舅妈不注意，把事先准备好的钱塞到那个乡邻大哥手里，悄声嘱咐他，让他跑一趟县城，给小月海送来了学杂费。

　　好端端的大舅突然变成了这个样子，小月海拉着大舅的手，泪水像断了线的珠子一般滚落下来。大舅的遭遇，让小月海萌生出退学的想法。当他把这想法告诉了大舅后，大舅沉默了。他很想让小月海继续念下去，他知道小月海将来一定会是个有出息的孩子，以后还会考上大学。可自己现在变成了废人，拿什么继续资助外甥读书呢？以往，不管是明里、暗里，凭借自己的木匠活儿手艺，他还可以供小月海读书，可现在，自己连刨食吃的能力都没有了，又怎么能再顾及月海呢？

无奈和痛惜，让月海大舅也流下了泪水。他握着小月海的手，无力地说："那就不念了吧，你拿着我这次给你的钱去城里学一门手艺吧，不管咋的，以后，靠着手艺也能有碗饭吃。"

小月海退学了，他拿着大舅给的那最后一笔钱，去了附近一个城市。在一个技能培训中心，学习了家电维修技术，那年，辛月海还不满17岁。独自一人到了一个陌生的城市，一切都是那样茫然和无助。为了吃住，他一边学习家电维修技术，一边打着零工维系自己日常花销。他仗着长得高大结实，去找活儿干时，就说自己19岁了，用工的地方才敢接纳他。也就是从那时起，月海前面的"小"字，从人们的嘴里和自己的心里被抹去了。

那时的城里刚刚有了桶装的纯净水，辛月海当过送水工，给商家张贴过商品促销宣传单，还去搬家公司当过搬运工。沉重的生活负担，让辛月海变得越来越沉默寡言，整天就是一门心思学习，鼓弄着那些家电维修的书籍和实物。

辛月海聪明好学，悟性也高，在同期学习家电维修的学员中，第一个开起了家电维修小店。门脸虽然很小，不过30平方米，但是凭借好手艺和忠厚守信的为人，找辛月海维修家电的人还挺多，生意也还不错。

他除了在店铺里维修，根据顾客的需求还提供上门服务。

这天上午，辛月海迎来第一个预约上门修理业务，地点在一个部队的家属楼。

这是一个宽敞明亮，家具陈设相当讲究，同时又充满了一股部队特有气息的居室。墙上挂着好多幅军官的照片以及和军人的合影。奖状、军号、纯皮的手枪套，还有军装等，整齐有序地摆放在各自的位置上。

看见房间里铺着猩红色的地毯，辛月海拎着装有维修工具的兜子，一时有些茫然，不知道该怎样走进去。是先换鞋？还是先放下兜子？唯恐自己什么举动不妥，让人家讨厌。

"来，兜子给我，你换这双拖鞋吧！"军官接过辛月海手中的工具兜，边说边递给辛月海拖鞋。

虽然军官看着挺严肃的，可他那温和的话语，特别是当他脱下了外套军装，露出洁白衬衫的时候，就让辛月海没有了刚才在大门口见到他时的那种紧张感。进到屋子里，辛月海直奔主题，走向要维修的冰箱。可是，军官却拦住了他："小伙子，不急，不急，先喝点水，歇口气儿再修吧！"

辛月海本想说不用，可面对已经递到自己眼前的矿泉水，又不好意思拒绝，道声谢谢，双手接了过来。

这军官上下打量着辛月海，目光里充满了欣赏。刀刻斧凿般的脸庞，透着掩饰不住的刚毅，英气十足的剑眉之下双眸清澈如水。鼻若悬胆，嘴角双勾。这面容好像在哪里见过，却一时想不起来。军官若有所思，又似有所悟。是岳飞大将军？是关羽关云长？他觉得面前这个健壮的小伙子，天生就是当兵的料。这面相，没准还是个将军坯子呢。

辛月海修理冰箱的时候，军官就和辛月海拉起家常，问起了辛月海的年龄、家庭、身世、学历等等他想要问的话题。辛月海也就一边忙着手里的活计，一边实打实地回答着。

在军官感叹辛月海的遭遇，对辛月海的不幸表示同情之时，辛月海却淡然地说："我信命，但我不认命。不管命运把我弄到什么地方,我都会拼尽全力回到自己认为正确的道路上来。"

"说得好!"军官赞许地点点头,目光中充满了欢喜与肯定。

又过了几天,辛月海再次接到那个军官的电话,让他去城东军官大院,给他家修理电脑。并告诉他,进门时和卫兵说去肖副师长家就行。

原来这军官是副师长啊,辛月海吐了吐舌头,差点没叫出声来。这还是他平生第一次见这么大的官儿。

没想到,二人刚刚见面,肖副师长就直截了当地问辛月海:"小伙子,你愿意当兵吗?"

这突兀的、在辛月海听来毫无边际的问话,让他一下子愣住了。还没等他作答,肖副师长又说道:"你身体素质这样好,浑身上下有一股子不服输的劲儿,就甘心一辈子修电器吗?"

辛月海懵懂地望着肖副师长,咬了咬嘴唇,还是不知怎样回答才好。其实,他何曾不想当兵,只是当兵对他来讲,是可望而不可即的事情,连做梦都没有梦见过。在此之前,他只是想掌握一门过硬的技能,正如大舅说的那样,能够靠着一门手艺有碗饭吃就行了。特别是在这个城市里,能够自食其力地养活自己,日后再能扩大一点店面,就算是他的目标和理想了。所以,对于肖副师长的问话,辛月海实在是没有底气作答。

肖副师长见辛月海一直不作声,就单刀直入:"我让你去当兵,你愿意吗?"

肖副师长的这番话,让辛月海感觉是在梦中,不敢相信自己的耳朵,更不敢相信一个素昧平生、毫无相干的人,能够给他带来这样巨大的人生转机。他嗫嚅着:"谢谢肖副师长,我……我……"

"哦！怎么还肖副师长呢？我不说了吗，以后，你就叫我肖叔，也别我我的了，干脆点，想不想当兵？"

辛月海暗暗地掐了几下自己的手背，他确定不是做梦，眼前的肖副师长正目光炯炯地盯着他，等着他的回答。

"想！"

肖副师长听了辛月海这声响亮的"想"后，脸上立刻绽放出灿烂的笑容。他走近辛月海，拍了拍他的肩膀，说："那就这样定下了，从明天开始，你把那个小店关了，别再做维修工了。你就到我这来。当兵之前，你需要一段时间的文化补习。老师嘛，有现成的，就是我闺女春凤。她可是受过高等教育的，在中学当老师。就由她帮你补习一下必要的文化课吧！"

被意外惊喜弄得云里雾里的辛月海，听了肖副师长这番话，更是一头雾水，犹如腾云驾雾了一般，飘忽得令他感到了眩晕，就像做梦一样虚幻。他咋也想不到，自己一个维修电器的小修理工，竟会遇到这样的大贵人、大恩人。

辛月海使劲儿掰弄着自己的手指，他隐约听得见手指骨节的嘎巴嘎巴声。辛月海傻傻地笑着，一时不知应该说些什么。

肖副师长很响亮地笑了，仿佛一座巨大的钟敲响在房间里。肖副师长笑得有理由，由他亲自导演的巧招金龟婿的大幕徐徐拉开了。他拍着辛月海的肩膀说："我看好你，觉得你是一块料，说白了，我没有儿子，以后，就拿你当儿子了，你不再是家电维修工了，你就是我家庭的一员了。所以你也别外道，别客气，一切听我的！"

听了肖副师长的话，辛月海说不出心里是啥滋味，感觉有些别扭，像是被生硬地安上了一副翅膀，然后放飞在被人指定的那块蓝天上。

辛月海单独面对肖副师长的时候有点紧张，可是当他融入到他们一家三口饭桌上的时候，拘谨和腼腆更是搞得他不知所措。有生以来，他还从来没有经历过这样的就餐氛围，更没有和一个姑娘坐在一起吃过饭。他不知道说什么，木讷得就像一个被线绳牵拽着的木偶。

看到辛月海这个样子，肖副师长更是满心欢喜。他看上的，就是这种只有七分熟的青果。从苦难家庭里挣脱出来的孩子，尚未受到过尘世太多的侵蚀，有更大的可塑性。

肖副师长指着自己左边微微发福的中年女人介绍说："这位是我夫人，以后你就叫婶子。"又指着自己右边的胖姑娘介绍说："这是我女儿肖春凤，以后她就是给你补课的老师。"

辛月海点点头，分别向这二人问好。

肖副师长和他夫人对辛月海都格外热情，不住地给夹菜，他们的姑娘肖春凤虽然不多说什么，可是几个微小的动作，还是显示出对辛月海的友好和细心。她把溢出辛月海盘边的菜，慢慢拢回盘中，把辛月海由于紧张差点没有碰翻的水杯，及时扶稳。肖春凤对于父亲能够这样对待辛月海，心里自然明白几分的。特别是当她无意中听到父亲悄悄对母亲谈起留下辛月海的目的后，她心里就更透亮了。

对辛月海肖春凤虽然一见倾心，但隐隐的还是有些担心。她不仅长得矮胖，走路还有些跛脚。这也是她为啥在辛月海面前很少走动的原因。不过，由于有副师长老爸做靠山，她心里还是有几分的把握的。

那顿饭吃的时间很长，肖副师长借着吃饭这个台面，有意找着话题，牵引着春凤和辛月海能够聊点什么，借此让两个人有个熟悉的过程。肖春凤虽然是个大学生，但好像也不太爱说话。只是简单地问了问辛月海曾在哪里念过书，念了几年，对什么科目感兴趣，再就不知聊啥了。她倒是希望辛月海能问问她的工作，问问她在哪所学校，教什么科目，这些都是她在辛月海面前能够引以自豪的闲聊内容，以此也抬高一下自己，博得一些辛月海对她的好感。

可是，辛月海总是处于被动地位，问什么，答什么，从没直视过肖春凤。至于肖春凤的母亲，除了微笑让菜，也不多言多语，偶尔附和几句，也都是随和着丈夫。

肖副师长拿过一瓶啤酒，分别把辛月海和肖春凤的啤酒杯倒满。然后，对辛月海说："月海，你是不是该跟春凤碰下杯，喝一个啊！从明天开始，她可就是你的老师了！"

听到肖副师长亲切的称谓，辛月海顿时感到心里涌起一股暖流。他赶紧站起身，双手捧着酒杯，先是面向肖副师长夫妇："谢谢肖——"他刚要说肖副师长，马上也就改口道："谢谢肖叔肖婶，也谢谢——"当他把酒杯转向肖春凤时，卡了壳儿，他不知道该怎样称呼好了。

"春凤比你大两岁，干脆，别叫什么姐姐，也别叫什么老师，就直呼其名吧！"

一直察言观色的肖副师长马上接过辛月海卡了壳的话茬，给了辛月海一个称呼上的定位。可是，辛月海实在叫不出"春凤"这个名字。他从小到大，也从来没称呼过一个姑娘的小名。犹豫片刻，他想还是在"春凤"的后面加个姐字吧，他觉得这样，既表示一份尊重，也比较容易叫出口。

于是，辛月海就红着脸说："谢谢春凤姐，今后你多多指教，我会努力学习的。"说完，辛月海把酒杯轻轻地碰在了肖春凤已经端起的酒杯。肖春凤轻声回应了句："不客气，受父之命，乐此不疲。"肖春凤把一切她乐于去做的事情，都推到了父亲身上。以此，显示一个姑娘应有的矜持。

肖副师长拿出一个鼓鼓囊囊的牛皮纸大信封，一边往辛月海的衣兜里塞一边说："明天开始，你就到家里来，跟你春凤姐补习文化课。正好赶上学校暑期放假，她有的是时间。这笔钱，算是咱爷儿俩的见面礼，也算是对你把维修铺关掉的补偿。记着：你要做军人。"

听了肖副师长这番话，特别是那个已经被塞到衣兜里的大信封，辛月海的心，像是在风浪里急剧飘摇的小船，强烈的摇晃中，他忽然很想找到一块可以驻足的礁石，那样，他的心才会踏实一些。

辛月海赶忙把那大信封从衣兜里掏出来，塞回到肖副师长的手里，就像甩掉一块烫手的芋头。他有些语无伦次地说："不行，肖、肖叔，使不得，我、我不能要这个！"

肖副师长捏着那大信封定定地看着辛月海，他的目光，让辛月海觉得既温柔又严厉。只见他很有力度地拽过辛月海的一只手，把那信封，重重地拍在辛月海的掌心中，然后又扯过他的另一只手，用力地合拢在一起，一字一顿地说："听话，必须收下！我说过的话，就是板上钉的钉。现在，我是你叔，也是军人。军人办事，就是这样！这是我的性格！"

肖副师长的这番话和那重重压在辛月海手臂上的那双大手，让辛月海再也没有了反驳的勇气。他忽然感到，肖副师长温和中隐含着一股令他胆怯的威严。

6

　　真是有货就有客。白酒刚刚上架的第二天，小巷茶舍里就有了前来购买的顾客。正是快进入元旦的日子，人们到茶舍喝茶的时候，顺便就捎几瓶自己需要的酒。几乎每天都能卖上两三箱，再加上茶叶的品种越来越丰富，小巷茶舍的生意，呈现出蒸蒸日上的势头。

　　这人气儿一旺，还真就不用煽火，也能熊熊燃烧起来。接二连三地来了好几位要拜卢山学茶艺的人。他们都是通过网络，通过卢山和于淼的各种群慕名而来的，可都被卢山回绝了。

　　卢山不想再收什么徒弟，至于于淼，也不是他当初着意要收的，而是于淼的真诚、于淼那不可回绝的架势，才让卢山不得不认她做了徒弟。卢山觉得，冥冥之中于淼是上苍派到小巷茶舍的使者，是他生意上的得力助手，也是他生命中的女神。有于淼这样一位优秀的徒弟在自己身边，卢山别无他求。

　　对于卢山拒绝再收徒弟，于淼是满心欢喜的。她希望师傅只是她的师傅，她也希望她只是师傅的徒弟，仅此二人的师徒关系。

可是，面对小巷茶舍发展势态，于淼觉得师傅还是应该再收几个徒弟，或是再招几个服务员也行，只是招服务员或徒弟也有不一样的地方。

这次提建议前，言未出口于淼自己却先笑了。卢山见了，不解地问："于淼，你笑什么啊？"

于淼一边递给师傅刚泡好的茶，一边说："我笑我自己这张嘴啊！呵呵，总想给你提建议！"

"那好啊！有了这些建议，咱小巷茶舍才有了不断的提升啊！"卢山笑答。

"师傅，等再有来拜你为师的人，你就收下吧！一个徒弟也是收，两个三个四个的，也同样是可以收的。这也是咱小巷茶舍的需求啊。多一个人，就多一份力，也多一份人脉，做生意就是讲究个人气儿。"

听了于淼的话，卢山呵呵笑了起来："于淼啊！我不想再收什么徒弟了，有你这一个徒弟，我就足够了！"

可话说才没几天，还是有了另外的徒弟。不过，不是卢山收的，而是于淼擅作主张替他收的。那天，卢山去市里参加一个茶叶博览会，就由于淼守在小巷茶舍。下午两点来钟，来了两个女的，都三十来岁。看样子一个属于文静型，一个属于外向型。两人说明来意，直言要拜这小巷茶舍的老板为师。

于淼问明白了两人的来历和学徒的目的。那个梳"五号头"的，是原来单位解体，想学学茶艺以及经营之道，以后自己也开个茶舍什么的。那个梳马尾辫儿的是自己开实体店，有家人经营，自己闲着无聊，听说这茶舍不错，就想在这里学学茶艺，当是消遣。

看两个人的样子挺诚恳，也挺顺眼，于淼觉得还不错，就说："我是这儿的大徒弟，师傅去开会了，那我就替师傅做主，收下你们吧！不过，咱们有言在先：到这学徒，要人品端正，干净勤快，主要是不能再擦抹带有香味的化妆品。因为这对茶叶会有影响。这些，你们都能做到吗？"

"都能做到啊！对于化妆品，少抹或不抹，对皮肤倒好，再说，还省钱了呢。""五号头"率先表态。

"马尾辫儿"却迟疑了一下，随后也很坚定地回答说："可以，现在无味滋养型的化妆品多了去，那就用那无味的呗。"说完，话题一转，对于森说："这么说，我俩该称呼你大师姐？你能够替师傅做主，说明你在师傅眼里是挺有力度的啊！大师姐好！"说着，拉着"五号头"半认真半调侃地向于森俯首施礼。

这声"大师姐"，听得于森心里挺滋润，好像自己一下子被抬高了不少。既然人家都叫她大师姐了，她也一定要拿出大师姐的样子来。于是，她就问了"五号头"和"马尾辫儿"两人谁大，"马尾辫儿"说30，"五号头"说32。于森说："我33，那我还真是名副其实的大师姐呀！"

"别说比我们大，就是你比我们小，我俩也要称呼你大师姐。"

"是啊，这和年龄无关。"

"马尾辫儿"和"五号头"一唱一和地对于森说。

"对，那还真得按顺序来。"于森说着，就把"五号头"叫成小二，"马尾辫儿"叫成小三。她还说，等再有上门的徒弟时，就要以此类推，小四、小五、小六……

被叫成小二的"五号头"，点头称是。被叫成小三的"马尾辫儿"，却哈哈大笑，说："我这小三可不太好听，一下子就能让人联想到勾引男人的小三儿。"说完，三个女人一起笑了起来。

于森笑答："重名不重姓，咱不是那小三儿不就结了。"

嘻嘻哈哈间，先后来了几个顾客，有买酒的，有买茶的。于森刚刚接待完，卢山就从外面回来了。见师傅回来了，于淼马上按顺序名叫过那"五号头"和"马尾辫儿"："小二，小三，这就是我师傅，也是你们的师傅了。"然后走近卢山，有些忐忑地说："师傅，这是我替你刚收下的徒弟，小二和小三。"

于淼的话音刚落，小二和小三就赶忙走近卢山，齐声唤道："师傅好！我俩愿意拜您为师，请您接纳！"两人异口同声道，好像事先商议过似的。

于淼这突如其来、先斩后奏的告白，还有眼前这突然冒出来的小二、小三，让卢山有些不知所措，心里很是不爽，他皱了皱眉，本想训斥于淼几句，可当他目触到于淼柔柔的目光和那副可人、无辜的样子时，说出来的话竟变成了："哦，你这是又替我做了一件好事啊！好吧！"说完，转向小二、小三，谦逊地说："没什么高深可学的，别期望值太高，我这生意也是起步摸索阶段，既然想来我这里，那就共同学习吧！"

听了师傅的话，于淼的心一下子落了地，她真怕师傅不给她面子，回绝了人家，那样她可就栽大了。

"谢谢师傅！"小二、小三齐声说。

"谢谢师傅！"于淼也在道着谢。她是在谢师傅给了她一次权力，给了她最大的面子。

不过，于淼还是挨了师傅的训。当两人单独面对时，卢山小声地责怪道："于淼，我不是跟你说过，我不再收什么徒弟吗？你怎么会忘记了呢？"

"师傅，我觉得收了徒弟，对小巷茶舍只有好处，没有坏处。茶舍规模在扩大，咱自己的人气也需要扩大。有了整齐的阵容，那就是小巷茶舍的亮点。师傅，原谅我自作主张，但我觉得一定会有好的效果的。"于淼说完，鼻尖上竟渗出了细密的汗珠。

也不知为什么，于淼的神情，竟然会让卢山莫名其妙地心生怜爱。他几乎是下意识地就弓起了食指，在于淼高挺的鼻梁上刮了一下，昵语道："你呀，真像个任性的孩子！"

卢山的口吻和神态，很像是长者对小辈的嗔怪。这就让于淼既感觉很温暖，又多少感到怅然和失落。可是，在这怅然和失落中，却更增添着她对师傅的敬慕和信赖。反正，她的感觉挺复杂，就像那道炝拌苦瓜五味菜一样。

增添了徒弟，卢山更觉得自己要在脑子里填些东西了。为了能够名不虚传，真正打造出与众不同的小巷茶舍，卢山更是多方面去学习、去提升自己。只要回到家里，吃过晚饭，就如饥似渴地捧着手机，在网络上学习起相关的知识。

对于新收了徒弟这事儿，卢山最后还是告诉了孙兰香，只是隐去了是于淼所为。孙兰香听后喜忧参半，半天没有吱声，在心里嘀咕：有了另外的徒弟，于淼就不是唯一，就减少了与卢山单独相处的机会，那样也就减少了自己的担忧。可转念又一想，后收的俩徒弟还是女的，还不知是什么样子，这女的一多，对卢山的诱惑也就多，谁能知道，卢山会在哪个女人那儿马失前蹄呢？孙兰香这两下一联想，也就说不清究竟是好还是不好。在她看来，一个徒弟也不收才是最好的。可是，木已成舟的事情，她无法去推翻。

见孙兰香没有吱声，卢山也没去理会，就又打开手机网页要学习什么了。

这时，孙兰香说话了："收就收了呗，只是，这女人多了，事儿就多，你多注意点就是了。"

卢山不经意似的从鼻子里嗯了一声，眼睛仍盯在手机屏幕上。孙兰香还想再说什么，最终还是把话咽了回去。现在她可不敢保让卢山喜欢自己，但最起码得做到别让他厌烦自己。生意的红火与忙碌，再加上卢山还要网上学习，他就不能像以往那样家务全揽了。而孙兰香，也就改变了以往的做派，自觉地承担起家务。因为她没有半点理由再对卢山发什么牢骚和不满，更不能像以往那样，要卢山干这干那。更何况，卢山每天都把小巷茶舍的收入，打到孙兰香固定的微信钱包里，由孙兰香掌管着小巷茶舍的收支和开销。仅这一点，孙兰香心里就踏实了不少。

可是，一想到卢山身边那个女徒弟于淼，再加上又收的两位女徒弟，孙兰香就还是忧心忡忡。每每这时，她就会想到女儿娇娇时时微信或电话里开导劝慰她的那些话：做妻子的，不要把丈夫看得太严，不要让他感到自己太在意他，男人是有逆反心理的，你越是看得严、抓得紧，他越是要往外挣脱。只要把握住经济大权，只要把握住枪杆子，他就是一个带线的风筝，是跑不掉的。这风筝的线，可以放松些，放远些，但只要牢牢握住线头，他也只是在空中飘飘而已。

孙兰香简直把女儿的这番话，当作了语录，当作时时提示自己的座右铭。她越来越觉得女儿娇娇实在是太成熟了，觉得现在的孩子，简直是人精，是爹妈的导师。孙兰香觉得娇娇不单单是她的小棉袄暖着她，更是她精神上的依靠和后盾。只要她有一点窝心的事儿，都要第一时间微信给娇娇，娇娇就会如此这般这般地说上一通，她就立刻豁然明朗并照搬照做。她真庆幸自己生的是个姑娘。而当时，就是因为生了姑娘，婆婆竟连看一眼都没看，直到娇娇好几个月了能够逗人的时候，这个当奶奶的才一点点转过劲儿来。这也便是她们婆媳俩一直横亘于心里的沟壑。

为了自己能得到丈夫和婆婆的待见，更为了自己能够不让卢山厌倦，无论在哪方面，孙兰香都默默地改变着自己。从不化妆的她，也开始了描眉画眼，涂脂抹粉，衣着上也讲究了款式和色泽。

偶尔，还在衣服上淋洒一点香水。涉猎了家庭文化的卢山，当然知道孙兰香的心思和用意。女为悦己者容嘛，为了让孙兰香感到他的在意，卢山也时不时地品头论足称赞一番。对此，孙兰香就感到自己没有白费劲。其实，她并不是为了自己才这样捯饬，仅仅就是为了卢山，为了能占住卢山的心。

孙兰香本想辞了超市的工作一门心思和卢山经营这个茶舍，但却被卢山果断拒绝了。就在她连续去过几次茶舍之后，卢山都明确告诉她：没有特殊的事情，不准再到小巷茶舍去。因为，卢山感到别扭，于淼感到拘谨，而孙兰香自己也不得劲。因为有她在那儿，无论是卢山还是于淼，全然没有了以往的自然和舒朗。在言行举止甚至经营上，都要笼罩在孙兰香监视的目光中。这就让卢山觉得，孙兰香犹如一块堵在了原本畅然流淌的河水中的大石头。他反对家族式经营模式，所以，孙兰香清楚：她的愿望，只能是想想而已。

一下增加了两个徒弟，这小巷茶舍就好像增加了不少人似的。的确如于淼所言，增加了徒弟，不单单是跟卢山学习茶艺，也是生意中多了两个帮手。特别是当顾客多的时候，这三个徒弟就会各有所忙，卢山就觉得像有了前锋、中锋和后卫一样，自己不再是那样手忙脚乱了。

事也凑巧，小二、小三来了没两天，常常给卢山送桶装矿泉水的那个小伙子，再来送水时竟也直截了当地跟卢山说要拜他为师。说是敬佩卢山的为人，自己也不善于交往，很想能有一个能够适合他的圈子，学点东西，锻炼锻炼社交能力。

卢山从开业到现在，一直都是用这小伙子送的桶装水。他人老实厚道，做事守信稳当，也很能吃苦耐劳。卢山对他印象很好，他是一个农村的退伍兵，长得敦实，也挺有男人味儿，就是说话有点口吃。为了能够减少字音的重复，他总是拉着长音说话，有时，为了说明一件事情，往往憋得脸通红。

对于他的拜师学艺，卢山当即就爽快地答应了。并说只要你忙完手头的活儿，什么时候想过来就过来。咱这茶舍不大，也算是社会的小窗口，有来来往往的顾客，还有我这个师傅和你几个师姐，学不学艺不说，最起码还是会给你增加些生活乐趣。

小伙子听后很是高兴，当即给师傅和三个师姐行礼问好。自然，这个小伙子，就成为徒弟中的小四。他们之间，也都不叫姓名，除了于淼他们都称呼师姐，其余的，就是小二、小三、小四地叫着……

当后来又有了小五、小六、小七、小八时，于淼和卢山就一致认为该收口了。无论是什么情形和渠道前来拜师的都一概拒收。小四，是这八个徒弟中唯一的男性，师姐们也都喜欢他。喜欢他的腼腆，喜欢他说话的神态和样子，喜欢他的为人和勤快。卢山也因为有了这样一个男徒弟，自己也就不显得太单一了。

当固定了这八个徒弟之后，卢山就想到于淼曾说过的"规模""阵容""亮点"等词汇，就决定统一小巷茶舍的服装和胸牌。当他把这主意跟于淼说时，于淼高兴得直拍手，道："师傅，咱俩想一块去了，只是我没说。有了这统一的着装，嗬！那绝对是没谁了！师傅，正好也快过春节了，那咱们就开始量身定做！以崭新的面貌，迎接新的一年！"

"好，于淼，这件事就交给你办了。"卢山马上拍板定案。

"好嘞！师傅。"

于淼办事一贯雷厉风行。没有几天的时间，小巷茶舍师徒九人的制服，就制作完成了。色彩，沿袭着卢山穿的瓦灰色，还带有白衬里。徒弟们也和师傅一样，都挽起袖子，灰白相间，儒雅洁净，再配上浅咖色的写有"小巷茶舍"的胸章，一下子就凸显出了茶舍所特有的韵味和古风。

卢山觉得光有这些还不行，他和于淼商议，决定搞一次酬宾免费赠送活动，增加一下亲民度。卢山的这个想法，立刻得到于淼的赞扬。第二天，在这师徒俩的带领下，师徒九人就开始张罗这次酬宾免费赠送礼品活动。他们都早早来到小巷茶舍，把茶舍里里外外打扫干净后，在门前两侧摆上两趟桌子，桌子上蒙着红布，上面摆了好几箱茶叶和瓶装白酒。卢山把音响和麦克风也搬到门外。于淼把写好的大红馈赠喜报，贴在门旁的墙壁上。一切准备妥当后，八个着装整齐、精神抖擞的徒弟，分别站在门前的两侧，每侧四人，双手交叉腹前，做出恭候嘉宾的样子。

卢山先是放上一段欢快的音乐，然后，站在正中央，拿起麦克风。这个时候，周围已经围拢上了不少看热闹的居民，卢山洪亮的声音从麦克风里传了出来："邻居们、新老顾客朋友们，上午好！在新春佳节即将到来之际，我们小巷茶舍为了答谢大家一直以来的惠顾、支持和捧场，今天，特意馈赠给大家一些茶叶和白酒。因财力有限，只能略表寸心。每人限领一份，发完为止，请大家有序前来领取，还望朋友们日后多多捧场、多多支持。谢谢大家！"

越来越多的人，就像被吸铁石吸引的铁屑一样，纷纷来到小巷茶舍门前，并自觉地排起了长队，等待发放礼品。

就在卢山准备开封发放时，一只白皙细腻的手压在了卢山的手上，耳畔传来于淼轻柔的声音："师傅，咱先不要着急发放。发礼品不是结果，造声势揽客源才是目的。"

"可是，已经这么多人了，礼品也都摆这儿了，干耗着时间不好吧？"卢山也轻声说。

"师傅放心，不会冷场的。"于淼看了看表。抬头间，突然兴奋地脱口道："看，师傅，他们来了！"

卢山顺着于淼指的方向一看，只见一支着装鲜艳的队伍，正彩云似的向小巷茶舍飘来。这时，于淼适时地拿过卢山手中的麦克风，向已经排成两行长队伍的人们说："看，我们小巷茶舍不仅仅为大家准备了礼品，还为大家请来了一支舞蹈队，现在就请大家观赏。"

于淼说完，把麦克风塞回卢山手中，直奔舞蹈队领队。两人握手说笑几句后，领队就调试好了音响和舞曲，在优美的乐曲声中，一行20人的舞蹈队，就在人们的欢呼声中翩翩起舞。这新颖的、打破泛泛秧歌舞格局的民族舞蹈，让人耳目一新。刚刚还急于领取礼品的人们，一下子就被这优美的舞蹈吸引住了。

看着眼前这突如其来的演出阵容，卢山的心里像盛开了鲜花一样。他的目光并没有停落在演出上，而是时时在捕捉于淼。看着她忙前忙后的身影，打心里感激她、折服她。卢山咋也没想到于淼会有这样巧妙的安排。

不经意间，两人的目光就撞到了一起，于淼不由得抿了抿嘴唇，跟着脸就泛起了淡淡的红晕，高挺的鼻尖上，又渗出细密的汗珠。此时，卢山忽然产生了一个冲动，想冲上前去，再弓起食指在她那高挺的鼻梁上刮一下。但他知道，这和那一次的感觉不同。那一次，是不由自主的，是长辈对孩子似的，但这一次却不是。他蓦地觉得自己的脸也发烫起来。

这个舞蹈结束后，在人们的掌声和"再来一个"的呼喊下，又表演起另一段民族舞。

这时，卢山忽然想起一个问题，那就是：这舞蹈队表演完，咋也得给点报酬或礼品什么吧！总不能让人家大冷天跑来白白演出啊！于是，他瞅个空隙，就来到于淼跟前，小声说："于淼，这帮人演完后，咱咋表示好？"

于森抿嘴一笑，说："师傅，你就别操心了，我早就表示过了。这领队是开美容院的，以前我总去她家做美容和护理，花那儿的钱，可是不少，她一直想回馈我还没机会呢！这不，今天这机会不就来了！"

第二个舞蹈也在大家热烈的掌声中结束了。

于森问卢山："师傅，您看怎样？要不要去问问大家还看不看了？"

"好，我去互动一下。"卢山深深看了于森一眼，自言自语道，"于森，真有你的！"说着，就走向礼品台中心位置，拿起麦克风，率先鼓着掌，热情洋溢地说："大家说，这舞蹈表演得好不好？"

"好！"人们齐声欢呼着。

"那还要不要？"

"要！"人们又齐声回应着。

卢山握着话筒，转向舞蹈领队，诚恳地说："我衷心谢谢舞蹈领队及全体舞者，是你们优美的舞蹈，给这寒冷的冬天，带来了春的暖意；给小巷茶舍，增添了绚丽的色彩；给观众带来了由衷的欢乐。可以说，你们的舞蹈，真是令人百看不厌。只是，这大冷天，不忍让你们太过辛苦，所以，我代表小巷茶舍和观众们，谢谢你们精彩的表演！谢谢——"

卢山刚说完，舞蹈领队就向卢山招手说："卢老板，既然大家喜欢看，那我们就再表演一个舞蹈《走进新时代》，我代表我们舞蹈队，祝小巷茶舍，生意越做越好，芝麻开花节节高！"

在舞蹈队表演完要离去的时候，卢山塞给领队一箱茶叶，以表谢意。领队说啥不收，卢山就执意塞到一个队员手里，嘱咐她转交给领队。

在师徒们忙着要发放礼品的当口，于森走到卢山身旁，悄声嗔怪道："师傅，我不都跟你说了吗，不用给她什么表示，她这是我们交情上的回馈。"

"于淼，正因为你们有交情，我才这样做。我给她的，不是茶叶，而是你的面子！好了，咱们现在开始发放礼品吧。"卢山说着，就拿起话筒，对着排着长队的人们喊着，"现在开始发放礼品了，请大家按顺序领取！"

小巷茶舍彻底火了。快捷的网络，一下子让这个城市，以及城市之外的地域，都知道了小巷茶舍，知道了有这样白白赠送茶叶和白酒的老板。一时间，线上、线下，用在小巷茶舍老板身上最多的词汇就是：讲究、大气、有格局。

小巷茶舍独到的经营方式，让小巷茶舍成了远近闻名的聚会与交流场所。而每天不间断的听书项目，更是成为茶舍一道独特的风景线。喜欢听书的客人也越来越多。每到黄昏，音箱里传出山岩磁性的男声、溪流温婉的女声时，人们都仿佛是在享受精神上的饕餮盛宴——

男：听众朋友们，我是你们的朋友山岩。女：我是你们的朋友溪流，今天，我们继续为大家播送自传体小说《花落知多少》——

第四章

通过女儿给辛月海补课拉近两人的距离，是肖副师长最希望的结果。辛月海也算对得起肖副师长的一片苦心，从打开始去肖家学习，就从来没间断过，无论是刮风还是下雨。肖副师长一家也完全拿辛月海当家人一样。居室面积大，闲置好几个房间，肖副师长夫妇干脆就让辛月海吃住在家里，说是这样更便于学习，也省得辛月海来回跑辛苦。

肖副师长是想在辛月海没有进部队之前，都能在自己的掌握中，这样，他会更放心。有了充分接触的时间，辛月海和肖春凤很快就熟络起来，辛月海一直称呼肖春凤"春凤姐"，肖春凤也就直呼辛月海为"月海"。每当"月海"这两个字被肖春凤软绵绵地唤出口之后，辛月海心里都是暖融融的，会油然唤醒他记忆中的娘和姥姥。虽然他娘去世时他还不到四岁，但娘那熟悉的呼唤却时常在耳边响起。

肖春凤不仅对辛月海有着那温柔亲昵的呼唤，更有对他的关心和体贴。每天她辅导完文化课之后，总会时不时给辛月海拿出点什么零食吃。她还偷偷给辛月海用白丝线钩了一个衬衣领；天热的时候，她会给辛月海做冰淇淋。有一次，她还用一个崭新的手帕给辛月海擦过额头的汗。她有时会带着辛月海坐着父亲的专车去郊外游玩。有星星、有月亮的晚上，肖春凤也带他在杨柳依依的河畔散步。

肖春凤对辛月海所做的这一切一切，在辛月海看来，就是一个姐姐对弟弟的关心，就是一个老师对学生的欣赏。他更是把肖副师长夫妇对他的好，看作一个好心的长辈对后辈的关爱。

肖春凤在辛月海眼里，仅仅就是一个好心的姐姐。他对肖春凤，丝毫没有异性男女间所能产生的那种感觉。看着肖春凤矮胖的身躯，一歪一歪的走路姿势，辛月海心里只有惋惜和同情。在肖春凤面前，辛月海特别自然，他的的确确以弟弟和学生的身份自居。有时，为了表达一点弟弟对姐姐、学生对老师的敬意，也给予肖春凤一点情分上的回馈。他给肖春凤买过一个发卡，还买过一条粉红色的纱巾。

可是，对于辛月海所做的这些，肖春凤却有着与辛月海迥然不同的理解。她认为自己当初对辛月海的估量是正确的。她始终相信凭借父亲的身份和地位，还有自己的家庭和工作，绝对会博得辛月海对她的爱意，更是会填平两人肢体、相貌差异的沟壑。所以，当她收到辛月海送的这些礼物时，兴奋得脸上挂满了红晕。

比肖春凤更高兴的，是肖副师长夫妇。于是，在他们同在一屋檐下相处两个月后，肖副师长就办成了辛月海的入伍手续。

他在告诉辛月海这个消息之前，又像第一次留辛月海吃饭一样，做了好多的菜。他一定要郑重其事地把这件事落实得明明白白的。

近三个月的朝夕相处，辛月海与肖副师长一家三口俨然成了一家人似的。因此，晚宴的气氛特别轻松。

肖副师长夫妇还像往常一样，有意无意地让辛月海和肖春凤挨着坐。辛月海也不再像当初那样拘谨了，他觉得，肖春凤又是姐姐又是老师，挨着姐姐和老师坐很正常。

在辛月海和肖春凤接触的过程中，辛月海感觉出肖春凤并不是像肖副师长说的那样大他两岁，而是好几岁。他们在谈起童年趣事时，肖春凤提到了辛月海记事之前还早若干年的事情。

吃到一半的时候，肖副师长拿出一个大信封，重重地在桌子上拍了拍，神秘而又严肃地对辛月海说："猜猜，这是什么？"

辛月海有点心悸了。他懵懂地摇摇头，不敢乱猜。肖副师长从里面抽出盖有红色印章的公文，对辛月海说："入伍的手续一切办妥，过两天，我就亲自把你送到部队去。就是说，从现在起你就是一名军人了！"

虽然辛月海之前早有心理准备，但还是感觉太突然了，他只是交给肖副师长几张照片，想不到，仅仅两个月的时间，就把自己这个农村出来的家电维修工，一下子变成了一名军人！辛月海一时竟不知说什么了，好半天才涨红着脸说："谢谢肖叔，我会好好去做，绝不辜负肖叔对我的厚爱，我会努力成为一名优秀的军人！"

肖副师长轻轻拍了几下手掌，微笑着说："说得不错，再没有什么可说的了？"肖副师长的脸上又浮现出一缕神秘来。辛月海支吾着，他想再说：不只是想要当好兵，以后，还要争取当军官。

辛月海正考虑着该不该这样说的时候，肖副师长开口了："月海啊！你知道我为啥对你这样好，这样器重你吗？我不需要你回答，今儿，我就直说吧！"

肖副师长夹了一口菜不紧不慢地放到嘴里，慢慢咀嚼着，过了好一会儿才开口道："我没有儿子，我是把你当作了儿子看待。只是这个儿子，是要和我的姑娘春凤连在一起的。俗话说，一个姑爷半个儿，我是想把这半个儿也要当整个一个儿对待的。这回你明白了吧？"

辛月海如同挨了一闷棍似的，懵懂中还是听明白了。刚刚还因为兴奋和激动而涨红的脸，这会儿，竟一下子白了。他咋也没想到，肖副师长原来竟是出于这样的目的。他讷讷道："我一直是把春凤姐，就是当姐姐的，我，我压根儿没想……没想……高攀……"

辛月海吭哧瘪肚，最后找了"高攀"这个词，虽然生硬，却很准确地表达了自己的想法。气氛一下子凝固了似的，肖春凤有些羞愤地离开了饭桌。离开时走得很急，让辛月海觉得她的脚比往常跛得更厉害了一些。以前，他从来没有这样的感觉，也没这样着意看过，可这回，肖春凤在他眼里完全变了样子。辛月海的心瞬间就仿佛被堵上了一大团棉花，他甚至有种要窒息的感觉。

一阵突然爆发的笑声，打破了这份凝固。肖副师长一边摸着自己的络腮胡子，一边对辛月海说："先不要说高攀不高攀，就说说眼下吧，现在摆在你面前的是两条不同的人生道路，一个是军人、军官，前程似锦；一个是又回到你的起点，重新做你的电器修理工。这两条路你自己选吧！"

肖副师长说着，把那信封推到辛月海面前，补充说："你选择了它，几天后，就可以穿上军装，从此成为军人。放弃了它，你就可以把它撕掉，你仍可以去做回原来的你！"

看着眼前决定着自己命运的信封，辛月海心海翻涌。如果自己没有遇到肖副师长，没发生之前这一切，他会很安心自己的营生，会按着原来的生活轨迹，运转着自己的人生。可是，当他经历了这些，有了鲜明的对比，有了天壤之别的差距后，他怎么甘心回到从前呢？他感觉自己就好像是行驶在高速路上的汽车，只有前行，无法后退了。

肖副师长一直凝视着辛月海。他不需要辛月海说什么，只要通过辛月海对那信封的反应，他就能判断出辛月海的选择了。

辛月海慢慢拿过信封，展开几页看了看，又慢慢装好，然后紧紧地握在手里。他清楚自己握着的，不是盖着印章的批文，而是一杆枪，是军人的威武，是他美好的前程。

"那就这样定了？"肖副师长直白地问着辛月海。

"肖叔，听你的！"辛月海答着。声音虽然无力，但是目光却很坚定，这就让肖副师长为自己下一步打算下定了决心。

"菜已经够吃了，你们娘儿俩还在鼓弄啥呢？赶紧过来吃吧！"

再挨坐在一起的辛月海和肖春凤,心里都有了微妙的变化。辛月海委婉的拒绝,让肖春凤感到很没有颜面。而辛月海也完全失去了往日的那份自然和坦荡。这硬性的、急转弯似的关系转变,让他难以适从。但,他也知道这是他必须要接受的。

肖副师长当着妻子和女儿的面再一次问辛月海:"月海,你确定选择了当兵吗?"

"嗯,确定了。"月海的表情虽然有些惴惴不安,但回答却很坚定。

"既然你确定选择了当兵,也就是选择了春凤做你的妻子。你确定吗?"

其实,就算肖副师长不直说,辛月海也是明白这种连带条件的,只不过是想给自己的思想一个转弯儿的过程。可是,面对肖副师长如此直白的逼问,辛月海真的难以开口。他咬了咬牙,似乎在借助一股什么力量。

"月海,你别为难,别违背自己的心。我没事的!"肖春凤温柔亲切的话语,让辛月海心头掠过一缕暖意。

"我……确定!"

"好!这才是军人的做派,是我未来的好女婿!"肖副师长很是兴奋,猛拍了一下手。

就在敲定这事儿没几天,辛月海和春凤就在肖副师长的一手操办下,举办了一个简单却庄重的订婚仪式。在订婚仪式上肖副师长拿出早已准备好的协议书,一式两份,让辛月海和肖春凤签字盖手印。辛月海粗略看看协议书内容,都是如果他如何如何,肖副师长所代表的女方就会怎样怎样一类的文字。看得辛月海头嗡嗡直响,仿佛被戴上了紧箍咒一般。看他犹豫的样子,肖副师长冷不丁地问了一句:"怎么,后悔了?"

"没有。"辛月海条件反射地回答。

"那还等什么呢?"肖副师长适时递上了钢笔和印泥。

辛月海机械地接过笔,机械地签字,机械地盖手印,心里有种说不出的屈辱,仿佛签的不是订婚协议而是卖身契!看到一旁的肖春凤满脸都是掩饰不住的喜气,辛月海心里的酸楚潮水一般,一波高似一波,很快就把他淹没了……

二人虽然订了婚,但肖副师长却把住了一个关口,那就是还不能让他们的关系发展到同居。他觉得同居后再让辛月海去当兵,无论是对辛月海,还是对自己女儿都是不利的。他认为,男女之间一旦有了肉体上的交融,就会分心,就会受到一些情感上的纠缠。这对于他们俩都是会有影响的。不论如何,没结婚之前是不能突破这个防线的。但他却又让妻子告诉女儿,要适当给辛月海一些"甜头",这样才能拴住辛月海的心。

一时之间,辛月海还无法把肖春凤"姐姐"的身份转换成"对象",所以他对肖春凤也没有男女朋友之间的要求。面对肖春凤的主动亲近、示好,辛月海总是有意无意地躲避。每每想到要和这样一个女人同床共枕相守一生,辛月海的头皮就一阵阵发麻。

就这样,在辛月海和肖春凤订婚后的第二天,肖副师长就亲自把辛月海送到了离这座城市不太远的部队里。

回来的路上,肖副师长看到路边有几个小孩儿在放风筝,一时兴起,让司机停了车,好说歹说,才哄着让那几个小孩儿把风筝线交到自己手里。望着天空中飘飞的风筝,肖副师长喃喃自语:"我才是放风筝的那个人呐……"

一晃几年光景过去了,成为军人的辛月海真的是不负肖副师长所望，他凭借刻苦努力，考上军校，毕业后直接当上了排长，不到一年又荣升为连长。

在这期间，辛月海探亲回来过几次。他每次探亲回来，都要抽出几天时间回乡下。如果不是因为有大舅还在那里，辛月海是绝对不会再踏进那里半步的。那是滋生他苦难的地方，是他不愿见却不得不见的故乡。辛月海让这里的乡邻们感到无比羡慕和自豪。每当辛月海回去，他们对辛月海，都是不住地唏嘘着、赞叹着、夸奖着。在乡邻们看来，辛月海是有大出息的人物。

辛月海每次回去，都是匆匆地去匆匆地走，就是看看大舅，却从来不住下。每次临走，他都要塞给大舅一些钱。儿时曾经对他刻薄尖酸的大舅妈，也完全变了一个人似的，对辛月海非常热情，嘘寒问暖，百般讨好，无比亲切。包括那两个娶妻生子的孪生表哥，也堆起并不自然的笑脸，拉着他的手不肯松开。可是，辛月海实在伪装不出虚情假意。他只是平静地面对着他们，只是不失礼数地敷衍着，给大人孩子们买点什么东西。最后，不得不盛情难却地在那儿吃顿饭，然后再离开。

娘留给他的那对银镯子，就是在一次回乡看他大舅时，大舅交给他的。同时，他大舅也给辛月海讲了关于银镯子的故事。当然，这是辛月海的娘讲给他姥姥的，姥姥讲给他大舅的，这回，他大舅像传递接力棒似的又讲给了辛月海。

大舅苍老了不少，依然还是不能走路。好在，他在家房东头开了个小食杂店，多少还能有点儿收入。

辛月海在部队的日子里，肖春凤从来没有去部队探望过。她不想让自己的形象出现辛月海部队的圈子里。肖春凤害怕辛月海因为面子上过不去而对她产生厌倦。

她和辛月海只是书信往来或电话沟通，偶尔也给辛月海邮寄点生活必需品和食品。肖春凤很有耐心地掌握着联系的频率，既不频繁也不冷落。她唯一能够给自己增添点色彩的，就是"矜持"，就是不卑不亢。

　　在两个人书信往来的称呼上，肖春凤仍称呼着"月海"，辛月海也仍然称呼着"春凤姐"。这个一直带着"姐"的称呼，让肖春凤感到他们虽然已经订婚，但相互之间的关系却仍在原地踏步。

　　辛月海探亲回来的时候，两人始终也没有同房住，依然和以前一样。辛月海压根儿没有与肖春凤同房的愿望，肖春凤也绝不让辛月海看出一点巴结的意思。又过了一段时间，当辛月海挂上营长军衔时，肖副师长才在辛月海再次回来探亲时，让他们二人正式扯了结婚证。直到这时，辛月海才知道肖春凤比自己大了整整6岁。

　　为了防止万一，肖副师长在辛月海和肖春凤扯证后没几天，就向外界公开了女儿即将举办婚礼的消息。

　　辛月海和肖春凤的新房，是肖副师长在所在的城市新购置的。虽然辛月海当兵在另外的一个城市里，但肖副师长最终还是要给他弄回到这个城市的。他一定要让辛月海围拢在自己和女儿身边，他有能力把辛月海放飞出去，也有能力把他再拉回来。等婚礼事宜全部准备就绪，辛月海才奉肖副师长之命从部队回来举办婚礼。这次，去车站接辛月海显得格外隆重，肖副师长夫妇带着肖春凤一起来到了站台上。

　　面对佩戴军衔身着笔挺军装、越发英俊挺拔的辛月海，肖春凤眼前一亮，心止不住怦怦直跳，强烈的爱慕化作一股巨大的欲望，她很想扑上前去，依偎在他温暖的怀抱里。但那迟缓的跛脚，却让她的欲望之火瞬间熄灭了，她只是亲热地唤了声："月海。"

为了给辛月海接风洗尘，肖副师长提前订了一家酒店。席间，肖副师长严肃又不失亲和地对辛月海说："月海，从你当兵到现在，一切一切，都是怎么走过来的，我和你岳母方方面面费了多大劲，出了多大力，你是知道的。你就要成为春凤的丈夫、我的姑爷了。我和你岳母对你的要求，只有一点。"

看着肖副师长一脸严肃的样子，辛月海有些忐忑，嗫嚅道："肖副……哦，爸，您说。"

肖副师长很满意辛月海的紧张的神情，轻咳了一下，才说道："就是一定要对春凤好，永远对她不离不弃，你，能做到吗？"

肖副师长的话让肖春凤禁不住侧过头，她两眼紧紧盯住辛月海，目光中充满期待……

包间瞬间变得格外安静，似乎连喘息声都听不到，不知哪个包间的门被打开了，里面传出人们耳熟能详的歌声："……为了那期待眼神……"

辛月海站起身，端起酒杯，目光从每一个人的脸上扫过，然后表决心似的说道："谢谢岳父岳母对我的培养和帮助，我一定不辜负你们的期望，一定会对春凤……姐好！"

像是吃了一颗定心丸，肖春凤眼睛里闪着光，嘴角现出开心的笑容。

婚礼是在军营举行的，既隆重热闹，又具部队特有的庄重。不但辛月海的英俊惹人眼球，一袭粉白色婚纱的新娘肖春凤也恰到好处。置身于婚礼中的辛月海，很努力地迎合着婚礼氛围。

可当婚礼结束，夜幕徐徐拉开的时候，他甚至不知道新婚之夜的他，下一步应该做些什么！

肖春凤默默端过来一盆热水，水盆沿上搭着一条雪白的毛巾，轻声唤道："月海，泡泡脚吧，泡脚睡觉舒服。"肖春凤说着，一边帮辛月海挽着裤脚，用手试了试水温，然后，才把辛月海的脚轻轻放到水盆中。

听着这声暖融融的呼唤，看着那盆飘着热气的洗脚水，感受着肖春凤温柔的动作，倏然间，一股暖流汩汩地涌上辛月海冰冷的心头。他对娘的记忆闸门，又在肖春凤的呼唤中拉开了……

成为媳妇的肖春凤，对辛月海真是呵护备至、疼爱有加。在辛月海整整一个月的婚期里，她极尽着自己的温柔、体贴。她觉得只有这样，才能弥补自己在其他方面与辛月海的巨大差别，也只有这样才能拢住辛月海的心，才能让他感到自己的好，才能让他不离不弃。

辛月海日常生活中的一切细节，都被肖春凤照顾得细致入微，根本没有辛月海自己去做的空隙。别说是洗衣服做饭，就是袜子手帕，也都是肖春凤洗。就连早上洗漱，也都是她帮辛月海把水倒好，牙刷上挤好牙膏，就差亲自替辛月海刷牙了。

辛月海和肖春凤结婚后，与肖副师长夫妇就分开生活了。其实，所谓分开，也只是局限辛月海在家的时候。待他返回部队时，肖春凤还是要回到父母那里跟父母一起住。

肖春凤有了身孕，她是在辛月海一个月的婚期里就怀上的，这令她特别地高兴。因为在辛月海婚期已满返回部队时，肖春凤还不知道自己有了身孕，辛月海自然更不会知道，肖春凤也没有立马打电话告诉他。但肖副师长却在知道了女儿怀孕后，第一时间打电话告诉了辛月海。肖副师长特别高兴，他觉得孩子绝对是婚姻的纽带，有了孩子，他们的婚姻也就更加稳固了。

得知肖春凤怀孕的辛月海，心头倒是掠过一丝的喜悦，但很快就平息了。就像投进石子儿的湖面，短暂泛起涟漪后，就很快平静下来似的。

辛月海并没有因为肖春凤怀孕就增加探亲的次数，肖春凤更不想这个样子去部队，她感到这个时候的自己更丑，更不愿意自己在公众场合露面了。在肖春凤怀孕五个多月已经显怀的时候，辛月海才又一次回家探亲。

探亲对于辛月海而言，只是一个成为丈夫的男人不得已履行的程序。从感情和心愿上，丝毫没有归心似箭，或被什么渴望和激情所触发的感觉。每次探亲回来，面对肖春凤，他的感觉都像见普通亲戚一样。与肖春凤夜里同房时，他真的是借助于夜晚的漆黑，去释放自己雄性生理本能的。

对于辛月海这次探亲回来，肖春凤照比前几次，多了些许自信和坦荡。她特意把显怀的肚子，挺得更突出些。近距离的走动中，还时不时地把肚子触碰到辛月海的身上。辛月海会对肖春凤说一些注意点、别抻着、别凉着之类的关心话语。晚上同房的时候，他还轻轻把头贴在肖春凤的肚皮上，想象着是在贴着自己的儿子。同时，对于肖春凤渴求的房事，辛月海也有了很好的借口，说是怕影响了孩子，只是象征性地，蜻蜓点水似的触碰几下。

所以，在肖春凤怀孕期间的探亲，辛月海与肖春凤只同房不做房事。这就让肖春凤感觉辛月海是有意在回避她，但无论怎样，辛月海每次探亲回来，都必须和肖春凤一同去她父母那里。他对成为岳父的肖副师长，仍然敬重有礼，家庭的氛围也还和以往一样和睦。

但眼里不揉沙子的肖副师长，还是从辛月海和肖春凤细微的神态和行为中，洞察到了他们之间的微妙变化。特别是当他看到辛月海在部队越干越出色，军衔越来越高，甚至要被调往北京时，肖副师长的心就悬了起来。善于审时度势的肖副师长，感到继续这样下去，辛月海与肖春凤的差距就会更大。而一旦沟壑变成天堑，就再难填平了。

"最近你有没有看到他们小两口有点不太对劲？"这天，肖副师长的夫人满脸疑惑地问肖副师长。

肖副师长笑着问："夫人，你看出了啥问题？"

"说不太好，反正就是不对劲儿。"

肖副师长嘴上说"我看不出有什么问题"，心里却有了一番算计。为了缓解女儿的婚姻危机，肖副师长有了一个不太成熟的计划。那就是给雄鹰修剪一下翅膀，防止它飞得太高太远无法控制。

于是，在肖春凤生下孩子刚满周岁，在一次辛月海探亲回家的当口，肖副师长就郑重其事地提出了让他退役的要求。他对辛月海说得很简单，说是家庭离不开他，春凤一个人带孩子太辛苦。

对于这样的要求，辛月海当然不愿意接受，可当他第一次看到肖春凤在他面前流泪，第一次听到儿子牙牙学语，喊他爸爸的时候，辛月海的心就软了下来。可如今他在部队如日中天，深得上司赏识，他喜欢部队这个大家庭，不愿意在这个时候退役。

对于肖副师长的责令，辛月海没有应承，他打着哈哈，躲避着这个话题，没有理会肖副师长铁青的脸。

半年后，在一次军训中，辛月海为了救一个在风雪之夜坠落山崖的战士，自己也受了伤，左腿粉碎性骨折。于是，肖副师长抓住这个机会，给他的老部下张团长打了招呼。张团长碍于老首长的面子，硬是让辛月海提前转业回到他们所在的城市。理由很简单，一个大腿受伤的人，不适合继续待在野战部队。另外就是首长年纪大了，女儿的腿脚不方便，需要他回去照顾。

就这样，辛月海养好了伤，也接到了转业的命令。就像正猛劲冲刺在跑道上，还没到达终点就反身跑回来的健将。这让辛月海着实懊恼痛苦了很久，可有什么办法呢？他觉得从始至终自己都像是被肖副师长操纵的木偶。

退役后，辛月海就被分配在消防部门，做了一个科员。同时，也让他感到被深深埋在了婚姻这个坟墓里。每天就过着那种枯燥无味的上班、下班、回家，三点一线钟摆似的生活。

虽然辛月海对肖春凤总是不咸不淡的，但肖春凤却在使着大劲去搅动辛月海心中那潭爱的死水。看到渐渐长大的儿子妈妈爸爸地喊着，肖春凤很满足。她觉得这就是家。她愿意为辛月海做一切事情，她愿意尽自己所有的贤惠和热情拢住辛月海，维系住这个家。

辛月海一下子就过上了衣来伸手、饭来张口的生活。久而久之，肖春凤对辛月海，成了离不开的拐杖和儿子的母亲。在他的口中，从来没有爱人或妻子的称谓。对外，他称呼肖春凤："我家那位。"在家里，有话直接说话，几乎没什么称谓，需要招呼的时候，也就是：喂。

当他们的儿子上初三的时候，辛月海偶尔喊过一次老肖，从此，也就这样叫开了。辛月海觉得这对于肖春凤而言，实在是太名副其实了。她真的是看着很老了。

也就是在那一年，肖副师长夫妇在一次自驾旅游时，发生交通事故，双双遇难。面对双亲的突然离世，肖春凤哭得死去活来，几次昏厥过去。她一直把父母看作是她的天，特别是父亲。他们突然的离去，让肖春凤感到天塌了，整个人都崩溃了。

也就在那个时候，辛月海第一次在众人面前拥抱了肖春凤，第一次把面颊贴在肖春凤的脸上，他的唇拂在肖春凤的耳畔，语气平淡而又坚定地说："别怕，还有我呢。我也是你的天……"

7

　　那天，在小巷茶舍熙熙攘攘的人群后面，始终隐着一个人。这个人的目光一直在注视、观望着小巷茶舍的每一个人，观望着发放礼品的全过程。那目光就像一台扫描仪，全方位扫在着装统一的师徒身上。她的手时不时地捂在心口处，特别是在发放茶叶和白酒的时候，放在胸口上的手，就不是捂而是揪了。

　　这个人，自然就是孙兰香。有好几次她都想挤出人群冲过去。一是阻止卢山，二也是让新来的徒弟们认识一下自己，证明一下自己的存在。

　　但最终女儿的告诫起了作用：遇事别冲动，冲动是魔鬼！冲动中做下的事情，事后往往会后悔和无法挽回。孙兰香最终克制住了自己，她清楚，一旦过去，自己控制不好的情绪，就会把气氛打乱，那样，就不知会是什么结局了。

　　对于小巷茶舍白白赠送礼品的事儿，卢山压根儿没有告诉孙兰香。他太知道孙兰香了，她是只愿意进，不愿意出的人，在亲朋圈里是出了名的"小抠儿"。白白发放礼品，她绝对是会反对的。而卢山却绝不会因为她反对就改变自己的初衷。他可以把赚的钱交给孙兰香，但不能忍受孙兰香支配自己，更不能忍受她参与到小巷茶舍的经营中来。

但卢山也清楚，这样大的声势她一定会知道的。再说，她工作的生鲜超市离小巷茶舍也不太远。卢山也知道，回家后孙兰香肯定会第一时间责问他这件事。

果不其然，那天傍晚卢山刚进家门，还没等换上拖鞋，孙兰香就从房间里蹿出来，原本圆润的脸情不自禁地拉长了，变了腔调的挖苦，一股脑儿朝卢山抛过来："我真是不知道你这脑袋是咋了！你怎么会白白地把那么多茶叶和白酒送了出去？你就是买一送一也行啊！结果还白送！这得多少钱？我粗略算算，最少也得七八千吧！这生意刚刚赚了些钱，你这可倒好，一下子，又都折腾出去了！"

说到激动处，孙兰香的声音都颤抖了起来，眼泪珠子噼里啪啦地滚落下来。

这动静自然也惊动了卢山的老妈。她走了过来，疑惑地看着儿子，不解地问："山儿啊，你媳妇说的可是真的？你真就把那么多的茶叶白酒白白送出去了？那扔出去的可都是钱啊！"

"妈，你不也听说过'舍得、舍得'这词吗？其实啊，这是连带的。有舍才有得。人哪能都想着得，而不愿去舍呢？妈，这也是营销策略，你不懂，就别操心了啊！"

卢山说这番话时，瞥了孙兰香一眼，这话自然也是说给她听的。趁着婆媳二人发呆，卢山迅速走进了厨房。

正如卢山所料，这天的晚餐孙兰香没像以往那样，做好了饭菜等候着他，只有一碗炸酱面孤零零地放在灶台上，没有一丝热气。

孙兰香回自己房间生闷气去了。这次，卢山老妈也觉得儿子这样做太过了，也就没像往常那样对媳妇表现出不满。可也没有再去抱怨儿子，反正事情已经做了。

其实，在卢山没回来之前，孙兰香就已经把这事儿告诉了婆婆。婆婆一听，也是感到挺生气，这婆媳俩也都没了吃晚饭的心情。孙兰香干脆就拉起长条儿躺在了床上，可卢山老妈再生气也心疼儿子，就给儿子做了碗炸酱面。

卢山埋头吃面，没再去理会孙兰香，他觉得对她解释再多也没有意义。

赶巧的是，放寒假和同学出去旅游的娇娇回来了。她一进家门，就感到了家里气氛不对。女儿回来，孙兰香像是见到了救星似的，一下把女儿拉进屋里，关上门，话没出口泪先流，一股脑儿地把这事儿跟娇娇说了。那份无法抑制的怒火，终于找到了出口，火山喷发般地喷发给了娇娇。

听完了孙兰香的哭诉后，娇娇象征性地拍拍孙兰香的手，然后就从房间走出来。她先是跟奶奶打了招呼，然后就走向卢山。孙兰香屏住呼吸，想看看娇娇会如何谴责卢山。可让孙兰香万万没有想到的是，娇娇不仅没有责怪卢山，反而亲昵地把手搭在卢山的肩头，兴奋地说："老爸，你还挺与时俱进的啊！我在网上看到了你带领着徒弟发放礼品的现场视频。爸，你真的太帅了！那些徒弟，也都有模有样，这小巷茶舍让你鼓捣的，还真挺像回事儿。别说，你还真有经商头脑。你知道现在网络的力度有多大吗？经你这样一折腾，很多很多人、很多很多地方，都知道了你们，知道了小巷茶舍。我特意看了看评论区，对你都是赞赏有加呢！爸，面上看，你是给出去了东西，可实际上是给自己做广告宣传呢！你知道现在在报纸电视上做一条广告有多贵吗？你扔出去的这些钱，跟广告费比起来，那可是少得太多了。再说，这也算是感情投资，现在买卖双方，也是讲究感情投资的。你以后得到的，会远比你舍出去的多得多。"

女儿的这番话，让卢山异常地激动起来，想不到女儿的思想和观念竟和自己这样吻合。他回身握住女儿的手，眼睛里含着泪花说："闺女，爸爸谢谢你的理解和鼓励。真没想到，我闺女一下子长大了！"

看到父女俩这种情形，孙兰香彻底傻眼了。她原以为能够完全站在自己立场上的娇娇，竟然完全站在了她爸那头。本来也反对卢山这样做的婆婆，这会儿也来了个一百八十度大转弯。她走过去，拉着娇娇的手说："我孙女说得在理儿，你爸这么做也在理儿，这做买卖就是不能剃头挑子一头热嘛！该大方也得大方点！原来舍得舍得，是这么回事啊！"

眼前的这一切，可是把孙兰香气仰壳儿了。一家四口，三比一，她倒成了孤家寡人了。啪的一声，孙兰香就把嵌缝儿的门关上了。

娇娇冲奶奶和老爸吐下舌头，说了声："我又该给老妈上上课了。"说着，推开卧室的门进去了……

小巷茶舍做完白送茶酒活动后，知名度一下子就上来了，有很多顾客慕名而来。那些得到礼品馈赠的小区居民，更是络绎不绝地在小巷茶舍进进出出。看到这样的情景，于淼就对卢山说："师傅，咱要趁热打铁！"

"嗯！"卢山热切地回应道。

于是，于淼按照规定和流程，干脆在快手（短视频 APP）上做起了直播卖货。这样一来，买酒买茶的顾客，就不单单是来茶舍了，也分布到了网络平台。

看到小巷茶舍越来越红火的生意，卢山打心里感激于淼。在卢山心里，于淼已不再是自己的徒弟，而是他的得力助手，是这小巷茶舍的主力。

为了使小巷茶舍更加趋于艺术性和适用性，卢山特意为八个徒弟定制了一个挺艺术的壁柜，每人一格，每格写上徒弟的顺序号，专门放衣物。除此之外，还在正对房门的那面墙上，定制了好几十个仅能陈列茶碗的小格子。格子里分别摆放着流动客和回头客，以及师徒们喝茶用的小茶碗。茶碗分绿、蓝、灰三种色彩，每一个碗上，都注明着主人的顺序号。只要这些回头客来这里，就都习惯自然地到墙壁上的收纳格里，拿出写着自己顺序号或网名的茶碗。至于流动客人的，就随时用，随时进行消毒清洗。这别具一格的墙壁茶碗木格，也给茶舍营造出典雅、古朴的氛围。

小巷茶舍虽然有了八个徒弟，但并不是每天都能到齐。卢山也不强制要求他们每天必到，都是让他们根据自己的时间安排。师徒间建立了一个小群，在群里每天大家都一个不落地报到、问候，随时随地都相互联系着。无论他们谁来，进了茶舍，都是先习惯性地换上统一的制服，离开就挂在衣柜里，形成惯例。于淼是唯一一个自始至终都坚守在小巷茶舍的徒弟。

有了实体店和网络销售这两个渠道，再加上卢山始终不变的免费喝茶陪聊的经营模式，红火的生意，就使小巷茶舍显出了窄小。卢山就想把一直闲置的隔壁也租下来。不管他有了什么设想和打算，总是要对于淼说。于淼听后，连声说好。卢山就马上与隔壁房主联系租赁事宜。

可是，同样地点、同样面积的门市房，租金却比原来贵了很多。大概是房主看到小巷茶舍生意好了，所以，张口就是一个月九百，一年一万零八百，并且要求：想租，就先签两年租赁合同。房租一次性付清。房租一下子增加了这么多，卢山就犯难了。老婆孙兰香那拉长的冷脸，就立刻浮现在他眼前。这件事必须是要和孙兰香说的，因为她掌管着钱。但卢山也清楚，孙兰香是个只喜欢进钱，不乐意出钱的主儿，绝对是会反对的。

不出卢山所料，孙兰香听了卢山的打算，坚决不同意，她说："现在这样干着就不错了，你看看这一趟六家门市房，除了你租的这间，其余都是空的，人家租都租不出去，你还要另外再租！再说，房租又涨了这么多，这样一来，两个门市，一年就要出去这么多钱，就算挣了，还不得干给房东忙活啊！"

在别的方面，孙兰香都可以让步，唯独让她拿钱的时候寸土必争。当婆婆和女儿也站在卢山立场上劝她拿出钱时，她仍然不同意。以往，孙兰香什么都听从女儿的，可在出钱这件事儿上，就不好使了。

卢山清楚，无论怎样她都是不肯出钱的，再争执下去，只能是吵架、战争，把家里弄得乌烟瘴气的！但，孙兰香就算再反对，也绝不能让他改变计划。一直放手财政的卢山，这回要收回自主权了。他觉得一个做生意的男人，不能在金钱上总被老婆监管着、束缚着。于是，他召集一家四口，开一个从未有过的家庭会议。

卢山一改往日的和颜悦色，事先声明说："在我开这家会时，你们都不要打断我的发言，等我把该说的都说完了，你们每人都有发言权，再一起商议。"

这的确是别开生面，令家里其他三口感到惊奇的事情。卢山看着她们那充满疑惑和正襟危坐、悉心倾听的样子，第一次感到自己作为户主的气势。

"家人们，你们一定奇怪我为啥要开这个家庭会吧？奇怪是对的，因为一直以来我在咱家里都处在服从、所属、谦让的位置上，从来没有像今天这个样子面对过你们。我作为一个丈夫、一个父亲、一个儿子，都是心甘情愿的。特别是经济大权，一直完全由老婆掌管。对于经济大权的完全放手，我也并没感到是错。可是现在，我感到这种放手就不对劲儿了。今天，我就想针对这事儿，说一说。作为家庭的收支，就该是有收有支，特别是做生意。不能光想着往里收钱，也要往外掏钱。从打茶舍开张有了收益，我就把所有的收入都如数上缴给老婆。收的时候，顺畅无比，可是，到了该支出的时候，却阻碍重重……"

"怎么阻碍重重了？你进茶进酒进矿泉水的钱，我不都给了你吗？"孙兰香还是打断了卢山的话。卢山也就接着这话茬说："可你是怎么给的？收钱的时候满心欢喜，可哪一次出钱，你不是抠抠搜搜的？这次，我想扩大小巷茶舍规模，把隔壁门市房给租下来，可你却紧握着钱袋子不放手，做生意能这样吗？"

"起码的支出可以出。但是，再租门市或扩大什么规模，绝对不行！万一赔了咋办？你说出大天来也不行！"孙兰香却是大锅里煮石头——油盐不进。

"好，如果你坚持这样做，那我就说说我今后的打算和做法。"卢山顿了一下，接着说，"为了茶舍生意不再受限、受阻，今后，我不会再把全部收入都交到你手上。每月，我交够家里生活费，其余的，由我自己把控。小巷茶舍不能停留在现状上，我要扩大规模，我要有资金周转。这就是我今天要说的。你们三个现在可以发表自己的意见了。"卢山说完，把求助的目光投向一直竖耳倾听的老妈和女儿脸上。

娇娇率先开口说："我综合一下你们的做法。我爸茶舍的所有收入，还是交给我妈把管，但是，只要茶舍有任何需要支出的费用，妈你都要无条件支付，不得横加干涉，我支持我爸要扩大茶舍规模的想法，所以，这该出的钱，妈你必须得给。"

听了女儿的话，孙兰香斜眼看着窗外，心里盘算着：这可是一笔不小的支出，这些钱赚得多么不容易啊！这要是泡汤打了水漂儿，可损失大了。再一想，就小巷茶舍所在的这破地方，能有啥大发展，能够赚足一家人的吃喝就不错了。

想到这儿，她咳嗽一声，清清嗓子冲卢山说："反正，我就是不同意再租门市再扩大什么规模，这笔钱我不会出。如果你非要租，那你就再挣够了这笔钱再说。"

"妈，你这不是难为我爸吗？你真是属貔貅的，只进不出啊！"娇娇有些生气地对母亲说。

卢山却说："那好，就按你说的，我挣够了再说。这样的话，今后，就不会把小巷茶舍的收入全都交给你，除了家庭的正常开销，我就要用积攒下的钱，扩大茶舍规模，用在生意的周转上。"

孙兰香眼珠子又转了转说："你不全交给我，那我的工资也不能动，作为家庭积蓄由我攒着，每月你能够拿出够咱一家子生活的费用就行。但有言在先，如果你以后生意赔了，可别朝我要钱，与我无关，你自己解决！"

一直"吧嗒吧嗒"抽烟没言语的卢山老妈，用力弹了弹烟灰，瞪着眼睛对儿媳说："呸呸呸，瞧你这乌鸦嘴，就不能说点儿好听的？什么赔了！你就不能说点儿吉利的话？我咋听着，像是分家似的！都说两口子该同甘共苦，我看你这是只能同甘不能共苦哇！"

说到这里，卢山老妈又把目光转向卢山："这都怪你打下的底子，一直把钱袋子扔给她，这回你知道伸手要钱的滋味了吧？！"

"妈，你这是说啥话呢？我这不也是为了家吗？哪个做媳妇的不得把钱袋子捂紧啊？俗话说得好，男人是搂钱的耙子，女人是装钱的匣子。这还有错了？"孙兰香气咻咻地回应着婆婆。

听着这番有了火药味的对白，娇娇马上接茬道："其实，这事儿已经定性了，就别再商议了。那就都按爸妈你俩说的，我爸除了每月负责家里的生活开销，茶舍的其余收入都由我爸自己掌管，用在茶舍的经营和周转上。我妈的工资作为家庭储蓄由她掌管。但有一点得说明，你们这样做，可不是分家，分心眼儿，而是解决收支分歧的办法。刚才，我奶说了一个词，夫妻要同甘共苦，这才是你们的宗旨。"

就这样，娇娇的这番话，就成为这次家庭会的结束语。卢山和孙兰香都没有反对。这既是卢山想要达到的目的，也是孙兰香想要的结果。只不过两人的心思不同罢了。卢山想的是：有了资金的自主权，就能把茶舍生意做大做好。孙兰香想的是，家里花销都由卢山负责，自己的工资收入完全归己所有了，旱涝保收，稳稳当当地把钱存在自己名下，又没有压力，觉得也蛮不错。而茶舍的生意，可就没有这样稳当的保证了，这样一想，孙兰香觉得自己一点不吃亏。

回到自己的卧室，孙兰香就开始翻箱倒柜，不时弄出点儿动静来。卢山没办法静下心来，好好研究茶舍的未来规划，就不耐烦地问孙兰香："大半夜的，你折腾什么？"

"你睡你的，我数数咱家的存款，我得心里有数才行，万一哪天你茶舍资金不够了，打我这钱主意呢？"

卢山从鼻子里哼了一声，不屑地别过脸，把耳机塞进耳朵里，然后继续收听那部渐入佳境的小说——

第五章

送走了肖副师长夫妇，辛月海与肖春凤的生活恢复正常没多久，就出现了新的情况。辛月海认识了一个女人。这个女人叫韩梅，是一位长得与电影里的刘三姐颇有几分神似的女人。

对辛月海死缠烂打，二人很快就上了床。从那天起，辛月海看肖春凤的目光就变得怯怯的，再没有了从前的坦然与淡定。肖春凤虽然感觉有点异常，但也没有找着啥东西来证明辛月海有了不轨行为。但女人的直觉还是让她关注起辛月海的手机。

其实，辛月海的手机是设置了密码的，他设置的密码是图形密码。可令他没有想到的是，在他几次的手指滑动解锁当中，早已对他有所怀疑和注意的肖春凤，竟在一旁伴装织毛衣时，看了个八九不离十。于是，在辛月海洗澡时拿过他的手机，成功解了锁。打开微信后，很快就锁定了目标。滑动到韩梅头像时，她倏然停住了。望着这个漂亮的女人头像，特别是看到头像旁曾听见丈夫梦话里喊过的"韩梅"的名字，肖春凤的心像被针尖刺了一下，凭着女人特有的敏感，她一下子意识到，这就是她要寻找的人。当她点开头像后，一条接一条的对话文字，像无数只马蜂在她眼前飞着、撩拨着、刺痛着。只匆匆读过几条，那些炽热暧昧的文字，就如同烧红的烙铁烙在了她的心壁上……

听着卫生间丈夫洗澡的哗哗水流声，肖春凤怕来不及都看完那些文字，掏出自己的手机，对着辛月海手机屏幕上一通拍照。直到卫生间里的水流声停止，她才赶紧把辛月海的手机放回原处。

辛月海裹着雪白的浴巾出来。肖春凤怕他去拿手机，发现自己曾经动过，就打岔说："月海啊，你看我给你织的这件毛背心儿可不可身？来，比量一下，看合不合适？"

本来是憋着一肚子怒火想要发泄的肖春凤，却出乎她自己的预料，竟和以往一样，用一种软绵的语气说着与此时心境背道而驰的话语。

辛月海懒洋洋地用鼻子哼了一声，抓过沙发上的睡衣，一头扎到卧室换衣服去了。

　　辛月海越来越厌恶肖春凤对他说话的语气了，辛月海感觉这位本来就大自己6岁的老婆，越来越像老妈子了。的确，比辛月海大6岁的肖春凤已经快50岁了，而辛月海才43岁。这对一个高挑笔直、相貌英俊的男人来说正是好年华。而肖春凤却迥然不同了，发福的五短身材，再加上挺着胸脯跛脚走路的姿态，活脱脱一个胖墩墩的南极企鹅。若是再穿上在家常穿那套深绿色的居家服，让辛月海咋看都像是邮局的邮筒。当初，那个能够唤起辛月海对母亲怀念的老婆，也随着时光流逝了。

　　肖春凤是一个不加任何修饰的女人。她从来不化妆、不烫发、不讲究穿戴。最多不过洗脸后，搽一点点雪花膏。而这雪花膏还是买那种最便宜的50毫升袋装的。胖乎乎的圆脸，永远被刚刚触肩的短发遮挡住半边。在做什么的时候，常常习惯性地用粗壮的手臂拂去挡在面颊的头发。在没有任何外来修饰和掩盖下，肖春凤显得要比同龄人苍老很多。清晰可见的黄褐斑和细碎的皱纹，也就大胆而直白地表现出来。

　　自打辛月海和韩梅有了那层关系之后，辛月海发现自己与肖春凤的夫妻生活，更像初冬的一潭死水了，寡淡无味，毫无激情。

　　辛月海从卧室换了睡衣出来，还没站定，肖春凤就扯着织了一大半的毛背心儿走到辛月海面前，先是扳过他的身子从后面比了比，复又扳过身来，又在胸前量了量，连声说道："挺好挺好，正合身儿。"肖春凤强压心中的怒火，才没让自己失去以往的常态。

辛月海表面上都要尽量做出平和自然的样子。而能让他做出这种样子的，就是源于内心深处隐隐的"愧疚"。他觉得无论自己是怎样地不爱肖春凤，但她毕竟是老婆、是儿子的妈。自己的婚外情的行径，毕竟是对她最大的背叛。他就是靠着这种"愧疚"，才能违心地做着面上的事情。

　　比如肖春凤有个什么头疼脑热了、大病小灾的，辛月海也可以做出关心的样子：倒杯水，拿片药，也能扶起她的身子，把热毛巾敷在肖春凤的额头上。有两次肖春凤住院的时候，辛月海也能陪护在身旁。别的都好伪装、都还好做，可是，真要让辛月海"真枪实弹"地与肖春凤对阵时，他却装不出来了。这就好比根本没有子弹的枪，也根本打不出子弹一样。因为他已经把所有的"子弹"都打在了韩梅的"靶子"上了。

　　每当肖春凤发出想要辛月海的信号时，辛月海总是找各种借口推托，不是说累了、困了，就是说身体不舒服，或者说单位应酬喝多了酒。

　　面对"萎缩"了的自己，也从来看不出肖春凤有什么失落，也不见她因吃了闭门羹而恼火。她倒是总现出一种隐隐的心疼之色：要么伸出手摸摸辛月海的额头，要么起身去给辛月海冲杯麦乳精。后来，她还买来好几盒六味地黄丸让辛月海吃，也买过海参、猪腰子什么的，她听说这些都是对男人有益处的补品。

　　辛月海不吃，肖春凤就像哄孩子似的逼着辛月海吃。为了能够让自己的"萎缩"得到一个充分的理由，辛月海只好放进嘴里。海参和猪腰子他倒是吃了，可六味地黄丸，却是含在嘴里没有下咽，趁肖春凤不备时，赶忙进到卫生间吐到马桶里冲掉。这让辛月海忽然想起早年看过的日本电影《追捕》中的杜丘。杜丘就是在被监视和强制服药后，跑到卫生间把咽进肚里的药吐出去的。只不过，他还没有像杜丘非得先咽进肚里再抠嗓子刺激出来那样痛苦。但是，辛月海心里的痛苦却丝毫不亚于杜丘。

肖春凤对辛月海越是那样做，就越让他感到从心里往外的发堵，就像一大团发酵的黏糕塞在了咽喉处，咽不下又吐不出。有时，他倒希望肖春凤能对他发火，也能像许多夫妻那样大吵大闹一番。这样，能够让自己的行为理直气壮一些，也能让他对性的逃避有个借口和理由。

可是，肖春凤除了母亲似的唠叨外，从没对辛月海有过他所希望的那种争吵。这就让辛月海感觉他好比是个独臂之人，想合掌拍下手却无手可拍的无奈。

辛月海终于熬到了能够与肖春凤分床的日子了，那就是儿子考上大学离开家的当日。

那天晚饭后，他就搬到了儿子的房间。其实，大可不必搬什么东西。但是，为了能够让肖春凤明确感觉到儿子的房间，就是他今后居住的屋子，辛月海除了搬过去他的铺盖，还把他平时随手翻看的一些书刊和笔记本电脑都统统拿了过去。

他一边倒腾着，一边平和着口吻对肖春凤说："儿子这一离开家，我这心里一下子空落了，挺想他的。我就住他房间吧，看到房间里的东西，会让我像看到了儿子一样。"

"也是，儿子考学一走，这家一下子像少了好多人。要是他那屋子一空，更觉得空落落的，行，那你就住那房间吧，又不是隔着八丈远，几步远的距离，还不都一回事。"肖春凤是一边忙着家务，一边头不抬眼不睁地回应着。

辛月海没太去琢磨肖春凤说的"一回事"具体指的是什么

意思，他只是为了自己终于摆脱了与肖春凤同睡的那张床而感到轻松了许多。独自静静躺在床上，辛月海可以信马由缰地想着韩梅、回味着韩梅；还可以不用背着肖春凤，给韩梅发几条充满爱意的发烫的文字……

对于辛月海来说，白天他就是一只飞出笼子的鸟，毕竟离开了那个与肖春凤同在的屋子。中午不用回家，在消防科吃工作餐。最难挨的就是晚上下班回家，只要辛月海一踏进家门，一种无法形容的压抑就如同蚕丝一样一层一层地缠绕他、裹紧他。

辛月海一直是想做点什么的，想让自己的精神寄托在什么事物上，借以得到片刻的轻松，哪怕是擦擦地、择择菜。不管做什么，只要能占着手，能让他的目光和注意力都放在忙碌的活计上。

可是，家里所有的家务事，都被肖春凤垄断了，无论辛月海想干什么活计，肖春凤总是那句："放下放下，不用你，你做不好，我来弄。"家里的一切，好像辛月海都摸不得，碰不得。别说家务活儿，就连辛月海的手帕和袜子，肖春凤都从来不让辛月海自己动手。

辛月海偶尔也需要公出，时间短的几天，时间长的十多天半拉月的。肖春凤总是在头一天晚上，就把他该带的东西一样不落地装进行囊。她会根据出差时间的长短，把换洗的衣服、袜子都带齐全。每次都是一边往背包里装东西一边说："你把换下来的衬衣袜子什么的，都装在我给你备好的方便袋里，你洗不干净，都带回来我洗。我给你包里装的，足够你替换的了。"对此，辛月海也就照做。于是，就形成了去时一包干净的备换衣物，回时一包换下的脏衣服的惯例。

从打他们结婚到现在，肖春凤给予辛月海的，都是衣来伸手饭来张口的生活模式。辛月海只要从外面回到家中，就是偎在沙发里，要么拿起遥控器对着电视屏幕胡乱地调频道，要么玩玩手机，要么到阳台看看那几盆花和几条鱼。

　　对于这一切，辛月海一点没有感觉出自己有多么清闲和自在，相反，在空落的无聊里，眼睛看到的，耳朵听到的，鼻子嗅到的，都是肖春凤的身影、声音和气息。

　　虽然搬进了儿子房间不再与肖春凤同床，可隐隐的，他的神经总像是被一根无形而柔韧的丝线牵扯着，以至于他每天夜晚无论是睡着没睡着，耳朵好像都在警觉地捕捉着门外是否有什么动静。

　　他担心着，或者说是害怕着肖春凤会什么时候轻手蹑脚地走进他的房间，然后再轻手蹑脚地钻进他的被窝儿。有几次，辛月海竟产生了要不要把门反锁的念头。但又一想，这样做，实在是太昭然自己对肖春凤的排斥了。

　　可是，辛月海的担心，还是在他住进儿子房间不到一个月的夜晚里发生了。正在睡梦中的辛月海，突然被惊醒了。辛月海第一时间就感觉到了自己的被子被掀开了——紧跟着，一只手臂就蛇一般地游移进了被窝儿。

　　"啊！你……你干什么！"辛月海惊叫着，抓过被子围住自己，呼地坐了起来——果然是肖春凤。

　　肖春凤穿着松垮的乳白色睡袍，由于半哈着腰，刚好齐肩的短发，遮住了半张脸，那双白多黑少的有些凸起的眼睛里，闪烁着若隐若现的光亮，这副样子，在幽暗的天光中，活脱脱就是《聊斋志异》里的女鬼。

　　"月海啊，喊什么呀？深更半夜的。外面下雨了，这刚停了供暖的屋子挺冷的，我看你电褥子也没插，被窝儿里凉不凉啊？”

肖春凤说这话的时候，她的手臂已经从辛月海刚才还躺着的被子里抽了出来，是的，是被子，而不是被窝儿了。

肖春凤的语调是低沉的、温和的，又似乎隐隐地有一点哀婉。她把自己抽回来的手臂，交给自己另一只手握着，交叉在堆积着厚厚脂肪的腹前。

就在两人默默对视的片刻中，肖春凤的神态和表情，让辛月海觉得她既像一个母亲对孩子似的关爱，又像是一个老婆在用肢体语言向丈夫昭示她身体的渴望。可是，这两种感觉混淆得一塌糊涂，就像一团烂泥巴糊在了辛月海的心壁上。但无论是哪种感觉，都让辛月海排斥。

不过，就在那特定的情境中，油然而生的一丝感触，像无数根茸茸的毛刺撩拨着辛月海。他说不清对肖春凤是可怜、心疼，还是愧疚、自责。他真说不清。他能说清的，就是肖春凤实在激发不起他一丝一毫的欲望。哪怕是让她钻进被窝儿的欲望都丝毫没有，只是升腾着一股从心里到外的厌烦。

此时的肖春凤，是多么希望辛月海能趁势让她上床啊，哪怕是他说声冷，肖春凤都能借口说帮他暖暖就钻进他被窝儿里。可是，辛月海既没让她上床，也没说自己冷，而是说：“我不凉，你快回你床上去吧！别感冒了！”

辛月海的这一个“回”字，把肖春凤的心说得拔凉拔凉。她知道，这是在拒绝。她拂了一下挡住眼睛的头发，慢慢转过身。就在要走出这个房间时，她折回身，顺手把电褥子的插销插到了电源上，轻声说了句：“睡吧，插上电褥子就暖和多了。”边说边挪向房门。是的，她是“挪”，而不是“走”，挪的速度要比走慢，她渴望着能在这放慢的速度里，听到身后一个留住她的声音。可是，没有。

就在肖春凤打开房门的当口，辛月海话到嘴边终归又咽了回去。他真的没有留住她的任何理由和愿望，那一丝可怜和愧疚，实在是较量不过他的本能。

门，被肖春凤轻轻地合拢了，正如她进来时轻轻地拉开。

怅然失落地回到自己房间的肖春凤，突然倚在房门上抑制不住地抽泣起来，冰凉的泪滴顺着眼角滑落下来。

在他们一直同床的日子里，虽然辛月海大多都是脊梁对着肖春凤睡觉，但肖春凤觉得毕竟他的身体在她的身边，毕竟能感受到他的气息和轻轻的鼾声，毕竟能在他睡熟的时候，把手轻轻搭在他的身上，那样，她就觉得心里很舒服、很踏实。

自打辛月海搬住到儿子房间之后，每一个夜晚肖春凤都希望辛月海能鸟悄儿地来到她的床上。她甚至有意把房门留一条缝隙。哪怕他是走顺了脚迈进去，或者是随意地躺到她的床上，她都会感到很欣慰和温暖。可是都没有。

在她实在按捺不住的心绪下，才在这个春夜走进了辛月海的房间，可辛月海却无情地把她撵了出来。他们毕竟分床一个多月了，这是以前从来没有发生过的。

以前无论辛月海怎样回绝她，还都是有理由可说的，还都是可以让肖春凤有台阶下的。可这一次却不同了，明晃晃的一个闭门羹，像一把闪着寒光的刀片，锋利地划在她的心头之上。

那一夜，分别睡在两个房间里的人，都没有睡好。肖春凤的脑海里，像装进去了一个大筛箩，她把以往没太在意的细枝末节，反复地筛着，如同细密的网眼儿终于筛出了"糠皮儿"

似的，那个辛月海睡梦中喊着"梅"的女人，终于成为肖春凤转移战火的目标。这对于辛月海而言，这战争的杀伤力，远比跟他直接交战，要厉害得多！

韩梅是在一个摄影群里认识辛月海的。

从打有了微信，有了各式各样的"群"，韩梅就觉得枯燥乏味的生活有了乐趣。至少在闲暇的时候，可以和摄影群里的好友一起户外采风摄影，在家时可以在摄影群里与群友相互交流、欣赏摄影作品，这就减少了些许她在家里的那份孤独寂寞的感觉。握在手中的手机，可以把她带到一个忘我的境界中去。可以通过这一方小小的屏幕，浏览到那样多的东西、欣赏到那么多优美的摄影作品。

这个摄影群很精简，只有十五个人，几乎都是男性，都是市级以上摄影家协会的会员。这个群主网名叫"雄鹰"，是省级摄影家协会会员。他是通过韩梅在公园画廊的摄影作品知道的她。他就按联系的方式和电话号码加了她微信。最主要的，雄鹰是看到了韩梅的头像才加了她的。雄鹰觉得摄影群不该清一色都是男的，也该有女的，特别是漂亮一些的女性。有了女人的群体才会有色彩，才更能激发摄影者们的创作灵感。泛泛地喜欢摄影的人多了，可他绝不想不分良莠什么样的人都吸纳，他对会员的能力要求很严。

每有一个新人入群，雄鹰都会召集群友交流聚会。按着惯例，凡是新群友不在 AA 制之内，也就是说，是大家共同宴请新群友。之后，再聚会时，就都和大家一样 AA 了。大家都觉得 AA 制很好，这样都觉得轻松自在，谁也不欠谁的人情，都图个乐和。

韩梅初次参加聚会那天，正是春暖花开的季节。天气特别地晴朗，碧空如洗，把城市的高楼、街道、树木、花丛、公园，以及形形色色走在大街上的人，都映衬得格外舒朗、明快。轻柔的风儿，时时吹过缕缕花香和草木的芬芳，似乎整个空气都弥漫着香甜的味道。

　　那天，韩梅穿了一身卡其色连衣大摆长裙，腰间是一袭鹅黄色纱质配饰飘带，头上戴一顶浅咖色骑士款网眼儿凉帽，帽檐上箍着一道黑色的皮带，脚上是半高跟黑色露着脚趾的皮凉鞋，腕上挎着一个小巧的深咖色的坤包。整个的装束和搭配，高贵，优雅，落落大方。这就使她修长窈窕的身材，显得更加楚楚动人。更何况还有帽檐下隐约露出的白皙、清秀的面庞。

　　韩梅无论是从前面看，还是后面看，都绝对不像是一个三十出头的女人，特别是帽檐后面垂至腰际随风飘动的长发，简直就是妙龄少女。

　　因为路上发生一起不大的交通事故，堵了一会儿车，韩梅赶到约定的那个叫"小城故事"的酒店时大家都到齐了，但都没入座，都在套间大客厅的沙发上坐等着她，表明着群员对新群友的尊重和礼貌。

　　当韩梅被服务生引领着进到客厅映入大家眼帘的时候，倏然间，就像一轮明月从摇曳的树梢旁闪现出来似的，等着的这些人都不约而同地站起身，目光齐刷刷投向韩梅。虽然在群里，文字上都打过招呼，但由于之前尚未照过面，所以群里这些人韩梅都不认识。他们也都不认识韩梅，只是凭着微信头像留下一些印象。

　　群主雄鹰还是一眼认定她就是韩梅。虽然好多人都是本人不如头像，看过头像再看本人时都大失所望，但韩梅恰恰相反，她的那种气质型的漂亮和洒脱，绝对会让每一个见到她的人赏心悦目。只不过女人的赞叹里会混杂不同程度的羡慕和嫉妒。就像这群人中的那个网名叫蕙质兰心的女人。

这个女人是群主雄鹰的老婆。当雄鹰喊着韩梅的名字，热情地迎上前，准备与她握手时，蕙质兰心偷偷捏了一把雄鹰，抢先挡在了丈夫前面，更是抢先拉过韩梅的手，笑容满面地寒暄道："你就是韩梅吧？真是个大美女啊！你这一到啊，蓬荜生辉啊！欢迎欢迎！欢迎你加入我们摄影群。"

这本该是群主道的开场白，竟让蕙质兰心抢去了。其实，她的本意并不是要抢这个风头，只是不想让丈夫靠近韩梅，不想让他和她有肌肤接触而已。别人谁都行，但韩梅不行，她太有魅力了，蕙质兰心担心丈夫抗拒不过这份魅力。

蕙质兰心能加入到丈夫这个摄影群里，并不是她也爱好摄影，而是为了看住丈夫。她就敏感地觉察出雄鹰曾经对群里的一个比较漂亮的女人动过心思，无论丈夫怎样解释说就是群主对群员正常的关心、正常的接触，可蕙质兰心还是凭着女人特有的直觉，就认定丈夫是起了花心。几番吵闹后，硬是让雄鹰把那女人从群里"踢"出去。

可是，雄鹰无论如何做不出这样的事情，他觉得用"踢"把那女人清出去，太伤她自尊，也太说不过去。但蕙质兰心又执意要让雄鹰这样做，否则，就不让丈夫再弄什么摄影群。雄鹰无奈，就想了一个招儿，那就是先把群解散，然后再重组。

于是，他就把所有的群员一个一个地移出去。这样不用踢，就很自然地把那女人清除出去了。在解散之前声明说：自己要做些事情，没时间和精力管理群了。对于这样的解散，有的人看出了倪端，有的还真以为解散了，但不管怎样，雄鹰既遵循了老婆的旨意，又给了那个女人一个台阶。

解散后没几天，雄鹰又把这些人重新组建起来。当然，同样又会找些重建的理由，这一"散"一"收"，就变相地把那个女人"踢"出去了。

在这摄影群重新组建后，蕙质兰心说啥也要加入进来。雄鹰从心里一百个不愿意。他太清楚，他这个醋坛子老婆一介入，自己就如同被一根看不见的绳索束缚住了。他再带领这个群时，也就放不开手脚了，一言一行都得受她把控和监视。

这不，韩梅刚一到酒店介入到这个群体，蕙质兰心就水不来先建坝，给了丈夫一个小小的警告。

但雄鹰又绝对不能在初次见到这个新群友，特别是一个漂亮的女人面前失去群主的面子，同时，还得给老婆吃颗定心丸。他最清楚老婆希望他在韩梅面前怎样说。

于是，他就扯着老婆的衣袖打哈哈向韩梅介绍说："我先做个介绍，我就是雄鹰，这位是我夫人，刚才，她把我想说的话替我说了，欢迎你加入我们这个摄影群，以后在摄影上大家共同学习、共同进步。"

"谢谢群主，谢谢群友们，我很高兴认识大家，也很高兴能有机会向你们学习，以后，还请大家多多关照和指导。"韩梅边说，边礼貌地向大家点头致意。

这个摄影群除了蕙质兰心，还有另外两位女性群员，这次聚会都因有事没有到场，按说，既然蕙质兰心有了刚才"打头阵"的架势，又以群主老婆自居，在入座时，从礼节和性别上，她理应该和韩梅挨着坐，但她没有，而是紧挨雄鹰坐下。雄鹰实在也不好安排大家怎样去坐，只是挥着手亲热地招呼着大家："坐坐，大家都坐。"

这随意的入座，就让韩梅和辛月海成了邻居。辛月海是个话语不多的男人，在上菜的当口，别的人都七嘴八舌谈论着什么，当然，谁都没有冷落了韩梅，即使他们谈东论西，目光也都时时落在韩梅脸上，好像都是跟她交流似的。只有辛月海总是静静地、面带微笑地倾听着，偶尔才恰到好处地插上几句话。

服务生先是端过来泡好的柠檬水，这剔透的玻璃壶正好放在了辛月海的跟前。辛月海默默地拿起玻璃壶，率先给韩梅倒了一杯，微笑着说："喝杯水吧！"

韩梅笑着回应了一声："谢谢！"

辛月海也笑着回应了一句："不客气。"

在这个群里，辛月海是最先被雄鹰拉入群的，他们很早就认识，他也是雄鹰最看好的一个人。平时辛月海也总是不多言不多语的，一到有什么活动和聚会，他总是帮着雄鹰忙前忙后。所以，大家对他印象都不错，因为是老群员也都特别熟悉，包括蕙质兰心，因为他也时常被雄鹰约到家里。

蕙质兰心一边嘻嘻哈哈地参与大家的交谈，一边时不时地瞄上韩梅几眼。韩梅的端庄美丽，让她自惭形秽，提起的心更放不下来了。

如果丈夫的摄影群里有了这样一个女人，大家还经常外出摄影聚会，丈夫不起花心才怪呢！她面上迎合着大家的交流，心里却是七上八下的。

当她看到辛月海给韩梅倒了柠檬水后，就突然有了她想要说的话，她大着嗓门，挥动着手臂，冲着大伙说："哎，是巧合还是天意啊？大家发现没有啊，这随意的一坐，咱这群里最帅的大帅哥辛月海和最漂亮的美女韩梅挨坐在一起了，还真是男帅女靓，难得的搭档。对了，摄影也是讲究搭档的吧？最起码，彼此都能给对方做个模特，那绝对是没的比的了！老公，你说是吧？"

蕙质兰心一边冲大伙说着，一边亲昵地靠在雄鹰的臂膀上，她的这番话和这做作的举动，让雄鹰心生气懑，他真恼怒她掺和在这个群里，如果没有她的介入，这个聚会的气氛，一定会被幽默的他渲染得别开生面，绝不会像眼前这样，像只被压制的、直想浮出水面的皮球。雄鹰清楚：蕙质兰心是有意把韩梅推向辛月海，有意把自己和韩梅拉开。在蕙质兰心看来，韩梅就好比是一个狙击手，当她端起枪闯进来的时候，蕙质兰心抢先竖过来一个靶子。一旦有了这个靶子，这个狙击手的枪膛就没有对准她丈夫这个靶子的可能了。

雄鹰很快展平了微皱的眉头，轻轻闪开老婆的依偎。不管咋说，自己是省级摄影家协会会员，也是这个摄影群的群主。于是故作轻松调侃道："大家都别介意啊，我这个压寨夫人啊，生性直言快语，说话不走心不走脑的。不过她说的也没错嘛，的确是啊，这大帅男、大美女坐在一起，就是和谐受看。"

这番话，让雄鹰说得一点水平都没有，完全失去了往日主持聚会场合的那份洒脱和自如。一句话，就像是在咀嚼老婆吃剩下的橘子皮，一点橘子的味道都没有。

8

因为孙兰香终归没有给卢山拿出扩大茶舍规模的资金，卢山只好按家庭会定的那样，要靠自己日后所留资金积攒够了，再实施计划。

令人欣喜的是，茶舍的茶和酒的销量都特别好。除了到茶舍来购买的，大多都是通过于淼在网络平台和各个群里卖出的。

因为生意和业务越来越繁忙，卢山实在挤不出时间，也实在没有地方再教徒弟茶道了，那些原本挂着名的徒弟们也就不怎么来了。除了自始至终坚守在茶舍的于淼外，常来的就只有那个唯一男徒弟小四了。他只要送完桶装矿泉水，有时间就会跑到小巷茶舍，和师姐和师傅喝喝茶，聊上几句，赶上人多时，就帮着忙乎忙乎，有时也帮卢山送送货。

对于教不了徒弟茶道的卢山，已经感到深深的愧然无奈了，所以，对于小四的助力很是感动。至于于淼那就更不用说了，早成为他的助手。不知不觉中卢山就对于淼有了精神的依赖。

为了能加快实施扩大茶舍规模的计划，增加更多的销路，卢山把他弟弟淘汰下来的三轮车借了过来，每天一大早，装上满满两暖瓶开水，拿上各种样茶，骑着三轮车到离小巷茶舍不太远的一个体育馆去。

卢山去体育馆，不是为了去卖茶，而是免费给那些在各种健身器材下，锻炼得大汗淋漓的人们送茶水。起初，谁也不去喝茶，卢山就一再声明是免费的，就是让大家了解一下各种茶叶的味道。对此，人们很不理解，有人小声嘀咕着："这真是怪人了，大冷天，骑车跑这来，免费给人沏茶、倒茶？还不收费，图啥？"有人接茬道："八成是信啥的，行善积德呗！"

能在大冷天儿，喝上免费的、热气腾腾的茶水，属实不错。卢山又一再强调是免费喝茶，这才有人凑上前来。

卢山觉得，做生意不是靠触动，而是靠感动、靠打动。他要通过义务性的热情服务，打开一条新的销路。

卢山常常是一边给他们沏着茶水，一边跟他们唠着嗑。幽默风趣的话语，常常引来人们的笑声。在人们品茶喝茶的时候，卢山还关切地问他们茶的味道怎么样，是喜欢浓些，还是淡些。根据每人的口味，去沏茶给相应的人。

每天，卢山总是随着晨练的人们早早地去，再随着晨练的人们一起离开，还时常地帮着他人拎一些随身的物品。卢山总是笑呵呵的，仿佛冬日里的一缕阳光，能给人一种明快和温暖。

卢山无偿的付出，让这些晨练的人们觉得过意不去。若是再白喝，就有点对不住卢山的热情和诚意了。再说了，连续多天喝茶，也让他们找到了自己喜欢的品种，于是，开始有人订购茶叶。随着购买的人越来越多，销路就渐渐铺开了。卢山清楚，在网络时代，一根线，就会编织出一张网，有了一张张网，生意才能好做。

在体育馆这根线上，还真就编织出了一张网，而且还是一张大网。当然，这不仅仅是晨练的人们帮他编织出的，还是其中的一个人起了关键作用。

那天清早，卢山正骑着三轮车往体育馆赶，半路上，眼见着一个白发老太太忽然倒在了地上，布兜里的水果滚了一地。见老太太倒在了地上，好多人围拢上来。可这些人也仅仅是围观，没有一个人上前帮忙扶起。只是有人喊着老太太，也有人你一嘴我一嘴地揣摩着导致老太太突然倒下的原因。

看到眼里的卢山，脑海里立马浮现出老妈的样子，这老太太和老妈年纪相仿，他就在想，如果是老妈这个样子倒在了地上，他是多么希望有好人相救啊！时间就是生命，怎么能袖手旁观？卢山立马把三轮车寄存在路边一个早餐铺门口，嘱咐一声后，就直接奔向了老太太。他一边大娘大娘地唤着，一边小心翼翼地把她扶起来。这时，人群里涌来各式各样的声音：

"真是好人啊！现在这样的人可不多了。"

"这人也真是大胆！还敢去沾边儿这样的老太太？就不怕被她讹上？"

"可不是咋的，他正好还骑着三轮车，如果老太太醒了一口咬定是他撞的，那他可是没事找事，要倒大霉了！"

"现在有多少好心人做了好事，结果，不得好报不说，还被人讹诈上！"

人们旁观着、赞许着、议论着，同时也为好人担心着。

也有人提醒卢山："看看老太太身上有没有联系方式或者手机啥的？"

卢山翻了翻老太太的衣兜，却没有找到什么联系方式，手机也没有。尽管有人打了120，可是这么冷的天，老太太怎么能就一直躺在地上啊！此刻，卢山也管不了那么多了，他背起老太太，缓缓站起身。虽然人们不敢靠前，但对于救助者还都是很敬佩的，大家很快给卢山闪出了更大的空间。

卢山冲看热闹的人群说："你们谁能替我叫辆出租车去？"

人群中立马有人响应。不一会儿，一辆出租车就到了跟前。人们不敢贴老太太的边儿，但还是能够帮着卢山的。有给开车门的，有帮卢山把老太太顺进车里的。这辆出租车，就在人们的一片唏嘘、不解和猜测中，驶向了市中心医院。

十多分钟后，就赶到了医院。卢山紧忙挂了号，由导诊员引领着，把老太太背到指定的诊室。

可能是一路颠簸的缘故，老太太渐渐有了些意识。她疑惑地看看周边的环境，又把目光落在卢山脸上。

卢山大声对老太太说："大娘，您醒了？这是在医院！"

老太太轻声地说："孩子，是你送我来的？"

卢山点点头："您晕倒在马路上了。我怕您出意外，就把您送医院来了。您有家里人的电话吧？"

老太太翕动着嘴唇，跟卢山说出一组手机号码，而后就又呼吸急促起来。卢山赶紧拨通了电话，告知了对方事因和医院地址，然后配合着医生，把老太太送进急诊室。

很快老太太的家人赶到了。一打照面，两人都愣住了，原来来人竟然是体育馆的徐馆长。两人顾不上说什么，都焦急地围在老太太身旁，观察着老太太的身体状况。好在经过一番抢救，老太太缓了过来。她慢慢伸出手，指着卢山哽咽着对徐馆长说："姑爷，他是个好人啊！是他把我送过来的。我从早市买水果出来，突然觉得心难受，没走几步，眼前一黑，跟死了似的就啥也不知道了。要不是他送我来医院，这大冬天的，就是冻也冻死了！一个老太婆，棺材瓢子了，谁敢管啊，可他却不怕！"

听了老太太的一番话，还有卢山对事情经过的描述，徐馆长一把握住卢山的手，激动地说："兄弟，从打你来体育馆那天起，我就觉得你是个好人、善人，果不其然，就今天这事儿，真的得好好谢谢你啊！要不是你，这天寒地冻的，我老妈还说不上咋样了呢！当今社会，有谁敢管这样的事啊！躲还躲不及呢！"

"没啥，我当时也没多想，我老妈也这个年龄，我觉得，她就像我老妈一样！"

"啥也别说了，我是感恩的人，这事儿，我记下了，你是可交的人！"

就是这件事儿，让徐馆长和卢山结下了情谊。看着卢山每天骑着三轮车免费送茶水，徐馆长深知他的苦心和不易。他想帮帮卢山，也算是回报。

徐馆长的爱人，在本市开了一家很有档次的金海岸汗蒸洗浴中心。到洗浴中心消费的大多都是讲究的有钱人。客人汗蒸时，都要上壶茶水。一边流着汗水，一边喝着茶水，这是汗蒸不可缺少的程序。所以，汗蒸馆需要大量的茶叶。这里不仅有汗蒸，还有餐饮，很多人汗蒸完，就地美美地品尝一番这里的美味佳肴。因此也缺不了酒水。

当徐馆长把卢山救丈母娘的来龙去脉说给爱人之后，他爱人更是感动得不得了。徐馆长这岳母没儿子，就两个女儿。她一直住在大姑爷徐馆长家里。在这个家里，姑娘姑爷也处得都很好，一家其乐融融的。这要是老人家有个三长两短的，他们怎么承受得起啊！为了报答卢山，徐馆长夫妇决定：今后就从卢山那里进茶和酒。

这应该是一件多么令卢山喜出望外的大好事啊！可当徐馆长把这件事对卢山说了之后，卢山不仅没露出惊喜，反而沉默了。他平淡地对徐馆长说："徐馆长，那天我救大娘，纯属本能，既没想到有什么回报，也没想过会有啥麻烦，就是由着自己的本心做的。我知道，你是因为感谢我才这样做的。你们是大买卖，我这是小鱼塘，唯恐浅水养不了大鱼啊！谢谢您的好意，你们还是按原有的货源进货吧！"

"兄弟，这是哪的话啊！进谁的货都是进，我们只是改变了途径而已，再说了，我欣赏、信赖你的为人。你们小巷茶舍，我也有所耳闻，虽然不大，口碑却很好。啥也别说了，就这么定了，以后，我们汗蒸洗浴中心的茶和酒，就包给你了。"

徐馆长说完，掏出手机，立马加了卢山的微信，然后，拍了拍卢山的肩头笑着说："把我的微信置顶哦，我可是随时需要和你联系的。"

就这样，卢山有了大户，茶和酒销量又一次大增，销售额一路飙升。再加上线上、线下、零售、批发，不到俩月时间，小巷茶舍就呈现出突飞猛进的态势。

这时候，卢山就很有底气地要把茶舍的隔壁租下来了。可令他想不到的是，一向支持他决定的于淼，这会儿却反对了。她对卢山说："师傅，咱们现在有了很多的销路，特别是洗浴中心这一块，是咱们最大的保障。有了资金回笼，不如趁着房价还算低，干脆把咱现有房子和隔壁的一同买下来。我一个亲属是城市规划处的，听说以后咱这河沿小区旁的河流，要整改成湿地公园景观带，这小区的旧楼房，也要随着修缮改造，这样，咱小巷茶舍的前景就更好了。如果那时再想买房，价格肯定高了。所以，现在买下来性价比是最高的！"

"你说什么？"听了于淼的这番话，卢山惊讶地盯着于淼，他也说不清是惊讶于淼这大胆的想法，还是惊讶这破旧偏僻的小区真会有天翻地覆的变化。

见师傅迟疑半天没什么表态，于淼寻思着师傅可能是在考虑资金问题。尽管现在赚了些钱，可要一下子都投到买门市上，肯定还是很吃紧的。再说，其他方面的支出也不少。

想到这儿，于淼顿了顿，然后坚定地说："师傅，资金上你别犯愁，反正我手头的存款现在也用不上，我借给你10万，看够不够？你就把这两个门市都买下吧！以后，租金还会跟着水涨船高。现在买下来，绝对是个机会，机不可失，时不再来啊！"

于淼的这番话，又让卢山来了句："你说什么？"只是这次的口吻更加地惊讶。

须臾间，卢山只觉得眼眶发热，一股热流由心底一直涌上眼角。他紧咬着嘴唇，眼睛避开于淼看着别处，才没有让泪水滚落下来。他在想，于淼这个只是萍水相逢来到这茶舍半年多的徒弟，却能在他的生意上给予这样大的支持、鼓励和帮助。可与自己生活了半辈子的孙兰香却视钱如命，处处阻挠自己。其实，按照自己的情况，还是能够拿出20万的，毕竟自己跟连桥做海带生意时也挣了不少。可是，都被孙兰香死死地把管着。

当卢山憋回去泪水，再次把目光投向于淼后，看到于淼的眼圈竟然也红了，卢山的心不由得一揪，脱口问道："于淼，你怎么了？"

"师傅，你怎么了？"于淼反问了一句。

卢山深深地呼了一口气，一字一顿地说："我被你感动了。真的，从来没有过的感动！"

"师傅，我是从你的这份感动里，理解、体会到了你的不易和无奈。"于淼直视着卢山说。卢山紧紧抿着嘴唇，垂下了眼帘，但马上又抬起头来，脸上挂着平静的笑容，轻声对于淼说："于淼，你说的都很对，老天爷给了我们机会，为什么不抓住？我听你的，把这两个门市房都买下来，但是，我不能从你这借钱，你总是一个人挺着家，也很不容易，我从别的地方想想办法。谢谢你对师傅的这番厚意，我会永远记得。"

听了卢山的话，于森有些急了，说道："师傅，你跟我这么外道干吗？再推延下去，大家都知道了以后城市改造到这儿，恐怕想买人家都不卖了，就高价租你怎么办？如果你还是我师傅，还认我是你的徒弟，你就先用我这钱，把门市买了，等啥时有了，再还给我还不行吗？"

"不行，我不能用你的钱。"卢山坚定地说。

"那行。如果你不用我这钱，那从明天起，你就不是我的师傅，我也不是你的徒弟了，我就离开小巷茶舍。真的！"于森说着，就站起身，去自己的衣柜收拾衣物，还把茶杯格中自己的茶杯也拿了下来。

卢山见于森似乎真的要走，心就有些慌。卢山无法想象没有了于森的小巷茶舍，会是个什么样子。

他霍地站起身来，走到于森身后，轻轻地把于森手中要收拾走的物件，一件件拿起，一件件放回到柜里。把她已经装进兜里的茶杯，又轻轻地摆放在墙壁的茶杯格中，带着暖暖的气流，在于森颈后低语道："别走，于森，师傅就照你说的办！"

于森知道卢山是不会让她走的，正如她舍不得离开卢山，舍不得离开小巷茶舍一样。她只是想用这个办法，让师傅接受她的建议。听卢山答应下来，于森立马回过身来，脸上绽放出灿烂的笑容，孩子似的伸出食指冲卢山说："拉钩！"

卢山伸出食指，却没有去拉钩，而是轻轻地在于森高挺的鼻梁上刮了一下，微笑着说："你呀，就像个任性的孩子！"

门市房买下来了，卢山绝不会辜负于森的厚意，今后，小巷茶舍的一切都有于淼的一半。但这与她要垫付的10万元钱无关，他会加大利息地偿还她。卢山觉得，一个女人能够这样慷慨解囊、重情重义，一个最最重要的原因，就是于淼对他的信任。

在这个破旧脏乱、几乎所有人都不看好的地方，两个房东为一直闲置的、连租都没有人租的门市房，能够一次性付款卖掉很是窃喜。经双方讨价还价，最后以每平方1500元，总价12万元成交（俩房东各6万元）。仅仅用了7个工作日的时间，原本40平方米租来的小巷茶舍，就一下子变成了80多平方米。

两个门市房经过两个月的装修和改造，合二为一，成为一个崭新的小巷茶舍。对于如何处理那盏桃花灯，卢山和于淼出现了分歧。和装饰一新的茶舍比起来，那盏桃花灯显得有些陈旧，卢山觉得再挂上去有些不协调。但于淼却对那盏桃花灯格外喜欢，强调说："好好擦洗擦洗，就和新的一样。师傅，你大概都没有注意到，好多来茶舍喝茶的人，特别是女人，都喜欢站在桃花灯下拍照呢。"

"哦？"卢山想了想，印象里似乎真的有人和桃花灯拍照，也就不再反对，转身去忙其他的事情了。

等他从外面回来，已经是黄昏时分。远远的就看到了挂在茶舍房檐下的那盏点亮了的桃花灯。于淼就站在桃花灯下，仰头看着桃花灯。面庞红润清秀，一袭典雅的复古红裙妩媚妖娆，人与桃花灯相映生辉。……一时间，卢山呆立在原地，整个人都看痴了。

灯下的于淼却并不知情。她看似在欣赏桃花灯，其时，此刻她的耳朵正被茶舍音箱里播放的小说情节所吸引——

第六章

菜总算上齐了。除了吃菜喝酒说话，也按往日的惯例，不管会喝不会喝，都要手里有酒杯，然后以酒为载体，每个人挨个轮着说段话，自我介绍一番。该轮到辛月海自我介绍时，他拿着酒杯缓缓站起身，有些自嘲地说："我没什么网名，辛月海，是我的真名实姓。我在市消防大队工作。本人除了爱好摄影，似乎是个与时代格格不入的人。不会喝酒，不会吸烟，不会跳舞，不会打麻将，更不会阿谀奉承。所以，干了十好几年的科员到如今才混了个队长。让大家见笑了。我没啥能耐，就是特别喜爱摄影，我愿意跟在座的每一位群友，共同体会和感受摄影带给我们的美好与快乐！我也不会喝酒，这杯是水，那就让我以水代酒，一是欢迎新群友韩梅入群，二是祝愿咱们摄影群在群主的带领下，越来越好，大家都能拍出更多更好的作品！"

辛月海说完，雄鹰带头鼓起掌来，大家也都跟着拍着巴掌，韩梅不是随从，而是不由自主地鼓起掌来。辛月海那很有磁性的声音，加上那朴实的话语，让韩梅听了感觉特别悦耳。

正当雄鹰想让韩梅自我介绍时，蕙质兰心又"当啷"来了一句，直接抢过话头，冲辛月海嚷道："对了，辛月海，你还得要好多年才能退休吧？看着你可比你雄鹰大哥小多了，你属啥的？多大啊！"

听了蕙质兰心这番话，雄鹰这个气啊！这个不懂礼节、没啥素养的醋坛子，尽给自己丢份子了。特别是有韩梅这样的女人在场，他更感到处处没面子。

大概辛月海看出雄鹰的不悦，就赶紧接过蕙质兰心的话题说："哦，现在女人都是忌讳别人问及年龄的，但男人没关系，我属马，今年43岁。"

"你看看，我说得没错吧，一看你就年轻帅气，再说，你根本也不像43，倒像是34！你雄鹰大哥再有两年就退休了，已经属于半大老头子了。"

蕙质兰心是特意要这样说的，她就是让韩梅清楚，雄鹰这个"靶子"，不值得她用枪去瞄准。雄鹰当然也清楚蕙质兰心的用意，恼怒着她对自己负面的言行，处处撅他的面子！他真怕蕙质兰心再弄出什么嗑儿来，赶紧接过话茬说："是啊是啊，不过世界卫生组织已经明确指出，60岁的人，还列为中年人呢，所以啊，咱们还都不老，只要心态年轻，年龄就是数字。对了，该轮到韩梅了，大家鼓掌欢迎！"

大家鼓起掌，目光齐刷刷地聚焦在韩梅身上。雄鹰堵住了蕙质兰心插话的空隙，蕙质兰心只能咽下被她思绪触动着的、一股脑儿想要冒出的话，也就跟着大家机械地拍着巴掌。

韩梅端起酒杯，缓缓站起身来，显得非常淡定从容，大概是因为酒精的作用，白皙的面庞微微泛起了红晕，美丽动人的双眸中平添了无尽的妩媚。

她翘起细长透明的手指，捏着酒杯，慢声细语地介绍说："我叫韩梅，在市热力公司工作，是一个普通的小职员。我能够加入这个重量级的摄影群，感到很荣幸。我没什么大的成就，连市级会员都不是，能跻身这里，实属滥竽充数！我酷爱摄影，作品虽然登过报纸，上过宣传画廊，也得过奖项，那也纯属歪打正着。在座的都是我的老师，我会虚心向你们学习，也恳请各位老师今后不吝赐教。谢谢了！"

韩梅双手合十环视着众人表达了敬意后才慢慢坐下。

掌声不由自主地响了起来，比刚才的掌声更热烈，同时，还夹杂着大家的赞叹。除了雄鹰不敢直言赞叹什么，其余的男人几乎全是溢美之词。大家都为群里增添了这样漂亮知性的女群友感到高兴。只有蕙质兰心恰恰相反。大家对韩梅越是赞赏，韩梅越是处处得体优秀，她的心里就越是妒忌和不安。在这种心态促使下，整个聚会的场面，她都像一块绊脚石，左挡右挡，就怕自己的爷们儿再露头。

雄鹰越是想把这次聚会组办得像模像样，结果越是不尽如人意。以往聚会蕙质兰心也参加过，可也没像这次这样尽出洋相。因为有了韩梅这样的女人在场，她处处做出让人看了发腻、发烦的言谈举止。除了说些不着调的话语，还百般做出和雄鹰亲昵恩爱的样子。这就让雄鹰觉得像是硬捏着他的鼻子往嘴里灌药一样。

别人的名字韩梅都是一听而过，并没存在记忆里，唯独辛月海这三个字，深深刻入脑海之中。因为之前韩梅看过辛月海的一个摄影作品，名为《月下静海》。画面静美干净，大海像一位柔美的少妇，静静地躺卧在海天之间；皎洁的月亮，仿佛一个圆圆的挂钟，在深夜静谧的海面上发出幽幽的钟声，钟声随着起伏的波涛传向远方……

这个摄影群还是很活跃的，每天大家都相互问好，发一些摄影作品，有自己的，也有转发共享的。还有人发一些摄影知识，偶尔也发些其他内容的链接。

摄影上的交流和相互的欣赏，让韩梅觉得一下子充实了很多。最主要的是，每个双休日、节假日，她都有了可去的地方，都可以游离出那个令她冷凄、寂寥的家。从打她和丈夫离了婚，这个家就好比是被狼掏空了内脏的兽骨。一晃，她在这个"兽骨"里已经独居了三年。

在这座城市，她什么亲人也没有。父母早逝，就留下她这一个女儿。她是由一个远在县城的姑妈带大的。中专毕业后，分配在了这座城市。一同分配到这里的，还有她的老乡，也就是后来成为她丈夫的鲁阳。

在一个两眼一抹黑的陌生城市里，能遇到一个老乡，又是同龄的校友，绝对是件令人欣慰的事情。鲁阳被分配在市发电厂，离韩梅工作的热力公司很近。

当时，两个人都住单身宿舍。工作之余两人你来我往。赶上休息日或节假日，两人一同逛逛公园，看看电影，唠唠闲嗑，吃吃饭。谁要是有个什么事情或头疼脑热，都会第一时间告诉对方。对方也会不遗余力地帮忙。

一来二去，老乡加校友就顺理成章地处成了恋人。相处两年多后，两人又顺理成章地结了婚。一切一切，都平淡自然，就像一条缓缓流淌的，没有波澜、没有浪花的河流。

婚后，两人感情还算不错。可是结婚快三年了，韩梅一直没有怀孕，这就让鲁阳很是着急。他们鲁家两代单传，父亲那辈，家里就父亲一个男丁。到了鲁阳这辈又是一个。所以，接续香火的重任就落在鲁阳肩膀上。

鲁阳结了婚，他父母就急等着抱孙子。可左等右盼，韩梅的肚子却一直没有动静。那时，鲁阳的父亲已确诊患了肺癌，生命即将走到尽头，最大的愿望就是能在临终前见到孙子，看到鲁家香火延续下去。韩梅也很着急，她觉得作为鲁家的媳妇，不能给鲁家留后是自己的不孝。

鲁阳的父母，也包括鲁阳，一再催促韩梅去妇科医院做全面检查。在鲁阳的陪同下，韩梅也只好怀着忐忑不安的心情去了医院。经过各种仪器的一通折腾之后，等待检查结果的韩梅，就如同一个等待判决的罪犯。当韩梅听到医生喊她名字的时候，她的心瞬间就怦怦狂跳起来，那颗心似乎一张嘴就能从嗓子眼儿跳出来似的。

她惴惴不安地坐在医生对面，医生翻阅着她的检查报告，沉着脸说："你是排卵功能异常，导致不能产生正常的卵子，所以，无法受精怀孕，也就是说，不能生孩子了！"

　　从心底生出的绝望，让韩梅差点没有晕厥过去。她苍白着面孔，无力地蹭出妇科的房门。鲁阳更是如五雷轰顶，他颓然呆立在那里，半天说不出话来。过了好一会儿，才有气无力地说了句："走吧……"

　　这句"走吧"，真的是走了。鲁阳提出了离婚。不能生孩子的女人有什么理由不放手？韩梅毫无怨言地答应了。他们离得很平和，正如结婚时也很平和一样。

　　鲁阳和韩梅离婚后不久，他的父亲就去世了。他也离开了所在的这个城市，停薪留职去了南方。韩梅就像是一只受伤的羔羊，在那空架子的"家"里，独自舔舐着伤口。

　　在一个阳光很好的清晨，当她看到镜中憔悴的自己，忽然觉得自己不该这样沉溺下去。自己还年轻，不能生育怎么了？自己生活一样能过得很好。她就像跋涉在荒芜的沙漠上渴望见到一洼绿地的人一样，为了让自己的生活焕发出新的生机，酷爱摄影的她，重新拿起相机，在光影世界中捕捉着照进生活的亮点。

　　当雄鹰把她拉进摄影群后，她就犹如一条被人放生的小鱼儿，自由地游向辽阔无垠的大海。

　　双休日或节假日，这个摄影群经常出去采风、摄影。他们有时去本市周边的山村旷野，有时自驾去外地某处山林。他们大多都是去拍些风光，拍些风土民情之类。这就让韩梅感到原本空荡荡的生活，有了很多美好的填充。

　　从打韩梅第一次聚会认识蕙质兰心，她就看出蕙质兰心的心思。所以，为了打消她的多疑多虑，她从来不在微信里私信雄鹰，有什么需要问及的事情，也都是在群里公开问。

每一次聚会外出采风，韩梅都尽量远离雄鹰，有时，会有群友主动搭讪、交流一些拍摄技巧。这就让雄鹰感到特别失落，他一直觉得，他是群主，在摄影上又很专业，韩梅也有足够的理由去请教他。可是，谁看不出他那醋坛子老婆的德行啊！他老婆那时时察言观色的目光，像蘸了醋的鞭子，始终在雄鹰的身上抽来扫去。他若想走近韩梅、搭讪韩梅，他那老婆说不上还会整出什么闹剧来。所以，为了避嫌，为了这个摄影群能够安存下来，雄鹰只能任由他那老婆没完没了地胡闹着。原本不是每次都随行的蕙质兰心，自打韩梅入群后就从不落下，她就像雄鹰的尾巴似的，只要他去哪里，她就跟随到哪里。

韩梅进群三个来月了，她从没加任何人的微信。群里有几个男的加她，她都没有接受。但不知为什么，她却隐隐地希望辛月海能加她，但却一直没有。辛月海对韩梅也没有过多的话语，只是在大家外出摄影时，偶尔唠唠摄影方面的话题。

这次他们是去一个叫中生代岩石层的大峡谷。开了两辆车，一辆是雄鹰的越野吉普，一辆是辛月海的面包车。两辆车刚好能坐下这一行人。

在没出行前，雄鹰就希望他身旁的副驾座上坐的是韩梅。待到大家临要上车时，正好蕙质兰心去找卫生间了。她有个毛病，只要一出门，特别是远一点的路程，总要给肚子腾点空儿。

就在这当口，雄鹰就想把韩梅叫过来。只要她坐在了他的副驾座上，就是他老婆回来看见了，也就那样了。于是，他的目光就在这些人中寻找着韩梅。因为大家都穿着群里统一买的服装鞋帽，所以，还真不是一眼就能准确找出韩梅的。

就在他看到了韩梅刚要喊时，韩梅已经上了辛月海的面包车。本来她是想坐到后面去的，可同上这辆车的群友们都让韩梅坐副驾座位上，说女士优先。还你一句他一句地打趣说，怕和美女挨上，心跳加速，不能自持，美女还是独自坐到前面去吧。还有的打趣辛月海说，可别因为身边坐着个美女，就开车分神啊！这一车人呢！

　　辛月海不善于开玩笑，所以对这样的调侃，也不会找出什么相应的幽默话题，只是呵呵笑了两声，随口道：你们就逗吧！

　　蕙质兰心理所当然地走向雄鹰的吉普车，打开副驾驶的车门，娴熟地坐了上去。雄鹰一脸的不高兴："真是懒驴上磨屎尿多！"

　　"你说什么？！"蕙质兰心没太听清，但从雄鹰的表情看，知道不是什么好话，就气哼哼地问了一句。

　　"准备出发——"雄鹰把胳臂伸出车窗外，扬了下手臂，就把蕙质兰心的问话岔开了。

　　这条中生代岩石大峡谷，离市区200多华里。虽然是开着车去的，但也只能把车停在离峡谷挺远的一块平地上。余下的五六里山路，只能步行。

　　那是一条越走越陡，道宽不过一人，充满荆棘的毛草道儿。所以，这行人只能阶梯状地一个跟着一个前行。按照群主在群里的通知要求，韩梅也和他们一样，穿着草绿色多兜的摄影服，戴着橄榄绿的摄影帽，穿着高靿紧口系带的爬山鞋，扛着三脚架。夏末的阳光，火辣辣地泼洒在人们身上，使已经落在后面的韩梅更觉燥热和疲惫。因为这次去的是偏僻的大山里，周边没有人家和饭店，所以，大家都要自备吃喝。这种负重前行，让韩梅觉得很像军训中的士兵。

就是徒步走，韩梅都已经气喘吁吁，何况还背负着那么多沉重的物品。人家蕙质兰心有丈夫雄鹰代劳，再说，她来的目的压根儿不是摄影，所以，也就压根儿没啥摄影装备，就是背着个装有吃喝的挎包，没走多远，也都甩给雄鹰挎着。

从来没有走过山路的韩梅，感到脚步越来越沉，肩上扛的三脚架和挎着的背包，一个劲儿地往下打滑溜，总得一边走一边不住地往肩上扶。韩梅心里直叫苦，难怪群里的另外两名女性，都自动放弃了这样的出行。

韩梅一边给自己打气加油，一边不住地抹着额头的汗水。雄鹰也想以群主的身份，给韩梅一些帮助。可那个令他讨厌的老婆，一直哼哼唧唧地尾随在身后。雄鹰即使有这样的心思，也不敢有这样的行动。

"大家速度减慢点儿，走走歇歇吧，都照顾点儿没走过山路的人。"雄鹰觉得不管老婆咋样发酸、矫情，咋也得为韩梅说句话。于是，想来想去，就从嘴里溜出了这番话。他用了一个"都"字，就把自己的心思隐在话语里了。

大家都响应雄鹰的提议，纷纷停下脚步，望着吃力行走的韩梅。其实，在这样特定的环境中，面对韩梅这样楚楚动人、娇弱漂亮的女人，这些男人都想借此机会，给予韩梅切实的照顾。可是，他们只能是那样奢想着，谁也不愿意让别的男人感觉出自己在讨好韩梅。如果只有一男一女的旅行，早就不是眼前这个局面了。

在大家或站或坐的暂短休息中，辛月海钻进了道旁的林丛里。一阵窸窸窣窣后，在林叶的颤动中，他拿着一根从树上撅下来的树枝走了出来。这是一根挺直溜的，能有擀面杖粗细的树枝，经他修剪后，俨然成了一根很实用的拐杖。

辛月海把这"拐杖"塞到韩梅手中，轻声说："拄着它，会轻快一些。"他一边说着，一边取下韩梅肩上的三脚架和背包，统统扛在了自己宽厚的肩膀上。

辛月海这突如其来的举动，让韩梅愣住了，她竟不知道说什么了。那句最平常的"谢谢"二字，竟像卡在了嗓子眼儿似的。她只是轻抿了一下嘴唇，抬手拂去被汗水粘在额头的一缕头发，直了直腰，深深地望了辛月海一眼。于是，无声就变成了一份沉甸甸的谢意。

有了拐杖的助力，再加上卸掉了肩上的重负，韩梅一下子感觉轻松了许多。从开始爬山，韩梅就一直落在后面。可是走着走着，本来走在前面的辛月海竟也落了下来，并且还落在了韩梅的后面。

辛月海从打接触女人，就是他的老婆。他是一直被老婆全方位呵护着、保护着、关心着、包揽着的。从婚前到婚后，再到现在，一直都是这样。

他老婆始终像只张着大翅膀的老母鸡，而他就像是躲在老母鸡翅膀下的一只雏鸡。在大他6岁的老婆面前，无法彰显他作为男人的强大。在生活上，这么多年，他就像一个孩子或弟弟一样在老婆的照看下活着。

"就在这儿吧！"随着雄鹰的这声招呼，大家终于到了目的地。这是一个两面被刀削般的岩石层围拢着的大峡谷。举目四望，呈焦糖色的岩石重峦叠嶂，空旷、壮观、深邃，一下子激起了摄影人的兴致，大家开始纷纷拿出摄影器材准备开拍。

"哎呀，辛老师，你的手指怎么划破了！是不是刚才撅树枝弄伤的？"韩梅细弱的惊呼声，伴着一股随风飘过的馨香，飘进辛月海的耳朵和鼻腔。

从打韩梅进到这群，每一个人她都称为老师，包括雄鹰的老婆蕙质兰心。

"哦，没什么，就一个小口子。"辛月海一边调着光圈，一边不以为意地回应着。

"你看，还小口子呢？划这么深呢！都流血了！"

韩梅软哝哝的声音里夹杂着嗔怪和焦急，她边说边从挎包里拿出救急包。她先是用碘酒在辛月海的伤口上轻轻地擦着："很痛吧，这得擦干净消毒，不然会感染的。"

从韩梅拉过辛月海的手开始消毒，一直到包扎完毕，辛月海都一动不动地、悉心体味着韩梅给他包扎伤口的每一个程序、每一个细微的表情和每一个轻柔的动作。因为离得特别近，韩梅身上散发的淡淡的幽香，直沁辛月海的心脾。

"哎，这是咋了？受伤了？好温馨的画面啊！这可是难得的摄影作品了。"蕙质兰心一边嚷着，一边朝韩梅和辛月海这边走来。

一行人几乎都在不同地方各自选取着拍摄角度。蕙质兰心没有专业摄影设备，她只是用手机随走随拍。无意中，就捕捉到了韩梅给辛月海包扎伤口的画面，随手摄录了下来。

雄鹰独自坐在一块岩石上，一口接一口狠劲地吸着烟。他有点后悔不该到这个什么中生代的岩石层大峡谷来。他觉得，到了这大峡谷，他的心却像跌落到了冰谷一样。

"老公你看，我抓拍的，这效果不错吧！这人物、这景色……"

"你烦不烦啊！真是叫雀儿无肉吃，这么多景不够你拍的？"

雄鹰再也抑制不住心中的怨气，冲着正拿着手机过来让他看的蕙质兰心低吼起来。

蕙质兰心一下愣住了：丈夫还从来没这样跟她发过火。她刚要发作，雄鹰已经瞬间清醒，一把拉过她，温软着口吻说："别人有啥好看的，你往这一站，我给你拍几个特写，那可是没谁可比的了。来来，我都对好焦距了，刚才正好要叫你，你却跑那边去了。"

　　雄鹰没有想到，自己会在这瞬间里编出这段谎话来。他庆幸自己被逼出来的"急中生智"。他知道这个炮仗老婆，一旦药捻沾上火星，就会立刻噼啪作响地炸开。他害怕在这样的场合里给她点燃了。在家里咋响咋炸，他都可以应对：要么躲出去，要么戴上耳塞，把音乐放到最大音量，任由着他老婆吼叫就是了。

　　雄鹰的这番话，还真把蕙质兰心刚要点燃的药捻掐灭了。蕙质兰心一边嘟嘟囔囔，一边从挎包里掏出一条火红的纱巾，这是她要拍照时一贯的习惯。每次摄影外出，挎包里总是塞上好多条红红绿绿的纱巾，然后，搔首弄姿地让雄鹰给她拍照。

　　这次，没等她去让他照，雄鹰竟主动要给她照了，她说不出来心里是畅快还是有点淤堵，反正她隐约觉得雄鹰和往常给她拍照的神态不太一样。

　　是啊，怎么能一样呢。伪装压抑自己、违心去做自己厌烦的事情那该是什么样的感受啊！这回，雄鹰可是彻底品尝到了。

　　辛月海翘着手指在摆弄相机。虽然手指受了点伤，但并没影响摄影。他和韩梅有了刚才那样的近距离接触，自然比别人更熟络也更近一些。有时，韩梅怕辛月海手指活动不便利，还帮他挪挪三脚架、换换镜头、调个光圈什么的。

　　韩梅站在一个制高点上，大峡谷尽收眼底，那刀削一样的岩层颇有气势，形成了一种无形的压迫。

辛月海半弓着腰，抻着脖子，眼睛贴近相机，手指轻缓转动。他拍的不是岩石层，而是正在拍摄岩石层上的韩梅。

镜头里的韩梅，是那样柔弱、清纯。她那身浅绿色的摄影装，把她那高挑、苗条的身材展现得越加楚楚动人。韩梅摄影时的神态和动作，在坚实、厚重的山岩衬托下，形成刚与柔强烈的反差，呈现出一种独特的美。

大家都沉浸在摄影中，雄鹰喊大家开饭了。人们才惊觉已经到了午餐时间。雄鹰率先摊开自己带的食物，大家也跟以往野外就餐一样，把各自带的食物集中在一起，然后围坐成一个圆圈。

不知是巧合，还是大家看出了辛月海和韩梅的亲近，特意留出了空当，辛月海又和韩梅挨在了一起。

"韩梅，辛月海，你俩尝尝我做的这个香菇炒腊肠味道怎么样！"刚刚开吃，蕙质兰心就喷着唾沫星子给韩梅夹菜。她有意把辛月海和韩梅的名字喊在了一起。她是在说给大伙听，更是在说给雄鹰听。韩梅礼貌性地说声谢谢，就悄悄把蕙质兰心夹到她餐盒里的菜拨到一边儿。

蕙质兰心的这番话，对别人而言，没什么太大的反应，甚至光顾吃东西都没太在意。雄鹰却敏锐地察觉到老婆说完这番话，窥视他的神态。所以，他把刚刚卷好的干豆腐卷大葱，一口塞进嘴里，故意把咀嚼声弄得挺响："青龙河的干豆腐就是好吃。我是怎么吃也吃不够，你们也都尝尝。"

"辛月海，啥时咱们在外出摄影采风会时，你把弟妹也带来一起聚聚。她可是你的好贤内助啊！做得一手好菜不说，把你收拾得利利索索，你这才叫福气啊！她还挺好吧？还在学校教书育人呢？"

辛月海心里一下子沉了下去。无论在什么场合、跟什么人在一起，他都最不愿意唠家常，最不愿意提及老婆肖春凤。

辛月海捧起水杯喝水，含糊不清"哦"了一声，算是回应了雄鹰。怕他再问起什么，赶忙起身，说是想到那边看看还有没有新的景观，就离开了。

韩梅和辛月海一样，也是特别不愿意唠家常的人。不仅仅是"不愿意"，而是"很害怕"。提到家庭，必然就要提到爱人、提到孩子，可这些都像是锋利的尖刀，会刺痛自己。

韩梅很怕蕙质兰心拉开这道闸门，所以在这道闸门还没有牵动时她也躲开了。她直奔了自己还没有收起来的三脚架，左调右转，又忙碌起来。

没过多一会儿，大家也都吃完喝完，有继续去拍片的，也有坐在一起闲聊或吸烟的。这边就剩雄鹰和蕙质兰心了。在人前蕙质兰心对雄鹰极尽夫妻恩爱状，有时发腻到让雄鹰想吐。可是在人后，两人面对面时，就都无话可聊了。以往即便是一同回家的路上，也是一前一后隔着挺远的距离，就像毫无相干的陌生人。与在众人面前的表现，简直有天壤之别。

雄鹰一直觉得蕙质兰心和他的关系，就好比是狗和骨头的关系。骨头对狗而言，已经没肉可吃，弃在一边。可是，一旦哪个同类触碰了这块骨头，它就会从喉咙里发出警告，意思是：这是我的骨头谁也不准动！一旦有侵犯者，它就会凶猛地扑过去，就会有一番激烈的争夺和撕咬。雄鹰觉得他就是那块骨头，而蕙质兰心就是那只狗。

雄鹰不敢惹蕙质兰心，他奈何不了她的泼。她一旦耍起泼来，摔东砸西，大吵大叫。雄鹰越是顾忌面子怕邻居听到，蕙质兰心越是扯着嗓子喊个没完，搅得四邻不安。每当战争结束后，邻居见到雄鹰时，就会用异样的眼神看雄鹰，好像要在他脸上找出战争留下的痕迹。

有时，雄鹰气得真想打蕙质兰心几下子，可是，更是使不得。

有一次，他刚要动手，还没等到跟前呢，蕙质兰心就呼地跑到厨房操起一把锋利的菜刀，指着雄鹰叫嚷："给，你有种，就用这个往我脖子来一下！"边说边举着菜刀往前冲，那架势，倒像是蕙质兰心要行凶似的。雄鹰一下子就熊了，直往后躲。

雄鹰提出过离婚，可蕙质兰心不同意。要是离，就得满足她的条件，那就是：她要雄鹰净身出户，除了家里所有的财产归她，还要雄鹰额外给她60万，否则永远别想离婚。面对这样苛刻的条件，雄鹰也只能认命，只能把所有的怨恨都压抑在心里。

他时常想起男人们常调侃的那句话：升官、发财、死老婆。他觉得这话好像就是说给他的，实在是太精辟、太深入人心了。

这次，当蕙质兰心看到韩梅和辛月海有了那样近距离的接触，辛月海对韩梅也现出那样前所未有的殷勤和帮助，蕙质兰心就感到了一份释然。她希望韩梅和辛月海永远是这样的情形，更希望他们能越走越近。

韩梅在这边缓缓移动着相机，选取着合适的角度和景致。忽然，在镜头里看见了辛月海。辛月海默默地坐在一个岩石层的横断面上，一只手托着腮，一只手放在他支起的膝盖上，平放的那条腿很有力度似的蹬在另一块岩石层上，好像在凝眸沉思着什么。

韩梅被镜头里的男人深深地吸引了。这是一幅多么具有阳刚之气的画面啊！他棱角分明的面庞与层次分明的岩石背景十分协调，素色的主基调，恢弘、大气、人景合一，有一种浑然天成的美。韩梅感叹着：真是特写的特写啊！她立即按下了快门。

9

门市房一同买下来，绝对是一件很大的事情。但卢山直到茶舍全部装修好了，才把此事告诉家人。

这的确是令家人震惊的事情。反应最大的是女儿，她欢呼道："老爸，你太厉害了！这么牛啊！竟然把两个门市房说买就买下了！茶舍的生意一定是不错啊！这可是要把茶舍越做越大了！是不是把咱家的家底儿，也都铺进去了？做生意嘛，就该有胆略！看来，这次老妈还真是支持老爸了。"

娇娇的这番话，刺痛了卢山和孙兰香。卢山淡淡地瞥了一眼孙兰香，对女儿娇娇说："你认为她会吗？"

这边孙兰香马上接口道："我当然不会。不过现在，我也没什么反对的了。但话还得说明白，不管你是贷款、借款，还是别的什么途径所欠的钱，与我丝毫关系没有。还账时，你可别说债务是夫妻共同偿还。这可是在我不知情的情况下你买的。一旦有什么不良后果，你自己负责。"

卢山就料到孙兰香会说这些，就简洁地对她说了句："放心，一切都与你毫无关系。"孙兰香眨巴着眼睛，好像在咀嚼卢山这番话的味道。

卢山老妈听了他们的对白，一边吸着烟，一边慢悠悠地说："让牛下奶，就得添草喂饱，那要想让茶舍生意做大，就得肯下本钱，我相信三儿的，孙女说得对，做生意，就该有……有什么来？反正就是要有胆量的意思。"

这时的孙兰香，已经不考虑她又是三比一的独立大队了，而是顿然间产生了一个想法。当天下午她就把这想法付诸行动了。

她拿着家里的房产证和存折，以及卢山曾收藏的粮票、布票和邮票等，到市建行办理了个人保管箱业务。把这些东西，统统以她的名字存在了保管箱里。她怕卢山用这些东西做抵押，怕家底落在卢山手上。每个月家里所有的花销，她都理直气壮地朝卢山要，自己的工资则分文不动地积存在工资存折上。就是买根大葱，她都不会从自己的钱里出。

在孙兰香看来，尽管小巷茶舍的生意好了起来，但在这个破地方，终究也再好不到哪儿去。对于小巷茶舍的认知，她还只是停留在刚刚好转的时候。至于后来的线上、线下、微信群，还有黄金海岸汗蒸洗浴中心的销路，她是不知道的。自从家庭会上，明确了家庭收支的分配后，卢山对她就不再说任何关于茶舍的话题。只要在家，卢山就是埋头学习，两人基本没什么话可说。孙兰香也找不出什么可聊的嗑儿。她只是告诫自己：把住家底，保住自己的工资收入，至于卢山的小巷茶舍，他愿意怎么折腾就怎么折腾吧！

很长时间，卢山都不知道孙兰香把家底都存在了保管箱，直到有一天，他发现一张失落在床脚边写有孙兰香银行保管箱开箱的回执单，才知道了这事儿。但卢山并没有声张，仍然装作不知道，压根儿没去问过孙兰香。他实在是懒得与她浪费口舌，不愿因为争执去看她那副讨厌的嘴脸，也觉得毫无意义。

其实，自打那次家庭会后，卢山对孙兰香以往仅存的那点热度就冷却了，心里的缝隙也在悄然变大。特别是当他知道了孙兰香独自开设私人保管箱后，卢山心里的裂痕，就裂变成了一道鸿沟。以往，每天晚上洗脚的节目，早已拉上了帷幕。就是身体本能的欲望，也在不知不觉中消失了。两人只是同屋共灶，床上却是背靠背泾渭分明了。

孙兰香也再没去过小巷茶舍，就是扩大后的小巷茶舍，她都没去看过。唯恐自己沾了边儿，小巷茶舍亏损赔钱时搭上自己。

小巷茶舍在扩大装修的时候，徒弟们几乎都过来帮着忙活。特别是男徒弟小四，几乎天天到场。因为他小舅子是搞装修的，所以在人工和装修材料上，给卢山省了不少钱。扩大装修后的茶舍，在卢山精心的设计和布局下，环境更加古朴幽雅，韵味十足。前来喝茶、买茶、聊天的人也就越来越多。

因为地方大了，徒弟们没事的时候，就都过来坐坐。不管他们谁来，依然都是习惯性地穿上统一的瓦灰色服装，使幽雅的小巷茶舍，更加显现出独有的风格和韵味。因为忙于生意东奔西跑的卢山，已经很少有时间给徒弟们讲茶道了，作为大师姐的于淼，就接替起师傅的义务，引领着师妹和师弟学习操作泡茶的程序，连带着接待前来的茶客，也恰好有实际操作的平台。

黄金海岸汗蒸洗浴中心，的确是小巷茶舍财源上的一棵参天大树，有了这棵大树，再加上分布开的枝枝杈杈，小巷茶舍的生意越做越火了。徐馆长也时常来小巷茶舍坐坐，卢山更是隔三差五地买些营养品去徐馆长家看看他岳母。

卢山万分感激着徐馆长。他太清楚，徐馆长是明明把一碗饭，硬是拨给他半碗。卢山实在不知怎样答谢才好，只能是实打实地用心与他交往。

随着时间的推移，徐馆长的岳母对卢山也越来越亲近，没有儿子的她，就把卢山认作了干儿子。偶尔卢山因太忙，在该去的时候没有去，老太太就一遍遍地叨咕，非得让姑爷徐馆长给卢山打电话问个究竟不可。

小巷茶舍能够在那样的一个破地方，结出丰硕的果实来，卢山沉重的心，也渐渐舒缓轻松下来。他可以在年底，就把10万元还给于淼了，同时，也能够让于淼分享到应该得到的成果。

因为小巷茶舍生意越来越忙，中午就不能关门了。有时，看卢山一个人忙不过来，于淼干脆就和师傅一同忙在茶舍里。卢山实在不忍看于淼为了小巷茶舍付出这么多，总是劝她回家好好休息几天，可是于淼微微一笑说："师傅，你要是能回家休息几天，我就回家休息几天，你在，我就在！"

于淼的这句话，像一盆炭火，让卢山心里热乎乎的。而每每这个时候，卢山总是要想起本不愿去想的老婆孙兰香。鲜明的对比，更加触发着他对于淼早已滋生的暖暖情意。

既然于淼执意跟着忙活不肯回去，卢山就绝不能让于淼受了委屈。自己怎么都好对付，可是有于淼在，就要让她吃得好，也要有一个能休息的地方。

所以，在已装修好了的茶舍格局中，卢山硬是又开辟出一个可以吃饭和休息的地方。为了节省空间，他购置了一个可以推拉合拢的沙发床。需要休息时，拉开就是床。不需要时，合上就是沙发。为了简洁、方便，还买了一个连铺带盖的睡袋。只要卷巴起来，就可以板板正正放在柜子里。

可是于淼却拒绝享用那个沙发床。她说："师傅，这本该是给你用的，我这做徒弟的怎么能没大没小的。"卢山真想直抒胸臆对她说：我就是为了你才这样做的。可是话到嘴边又咽了回去，改口道："你可不单单是我徒弟，还是我的助理和高参，有了这几个头衔，享受这点待遇，还是不足挂齿的吧？我还想，等以后真把生意做大时，干脆就给你配备一个阔绰的助理单间呢！"

听了卢山的玩笑，于淼掩嘴笑了起来。她也就不失幽默地调侃道："那好啊，那就等你把生意做大了后，我再享用助理单间吧！"

至于午餐，在卢山叫过几次外卖之后，就被于淼拒绝了。于淼说："师傅，咱不能总叫外卖，那多费钱啊！以后你就别管了，我来做吧！只要你不嫌就行。"

卢山兴奋地答道："我怎么会嫌呢，高兴还高兴不过来呢。"

做饭的区域是封闭严密的，还有排风，并且离放茶、喝茶的地方隔了一道墙，还有月亮门隔断，卢山不用担心茶叶会被什么食物的气味影响。于淼做的饭菜很好吃，调剂得也不错。该买什么菜的时候，卢山就及时买回来。当然，隔三差五也要买些肉蛋鱼之类的荤腥。卢山得空的时候，就帮于淼一起忙活。两个人配合默契，仿佛是居家过日子的两口子。

有了两人同锅共灶携手打造的午餐，卢山感到了从未有过的温馨和亲切。于淼举手投足，一颦一笑，都让卢山如沐春风般清爽和惬意。情愫的激流就总是在心底荡漾着，但也只能是在心底。

卢山不敢承认自己已经爱上了于淼。他总是在告诫自己：我是师傅，我还曾给徒弟们讲过中国传统文化，讲过为人之本，我怎么会对女徒弟产生这种想法呢！再说，我和她可都是有家室的人。卢山就是时时用这根道德的"鞭子"，把眼见着要跌落在情感深渊的野马驱赶回来。可是，"鞭子"，似乎越来越力不从心，这就让卢山感到"鞭子"对于野马的约束力越来越弱了。但他仍然紧紧握着"鞭子"。

卢山总是借用平时的温和、恬淡、幽默，遮掩着汹涌澎湃的心海狂澜。

一晃，进入腊月了。临近春节，小巷茶舍就更忙碌了。除了销售，还要忙活着怎样把小巷茶舍装点得更有节日的氛围。当然，这也都是卢山和于淼共同去做的。虽然其他徒弟时而也过来，但也都是蜻蜓点水似的，特别是临近春节，都忙碌着自家的事情，也就见不到大家的身影了。

其实，这倒是卢山希望的，也是于淼希望的。在卢山的心里，其他徒弟只是叶，只有于淼是花朵。并且，是开在了心里永不凋零的花朵。而于淼，更是喜欢和师傅在一起，愿意和他一起忙生意，愿意和他共享难得的闲暇。卢山的一举一动、音容笑貌，都让于淼感到心里舒坦，感到生活中充满了阳光。无论是闲暇时的悉心交谈，还是忙碌时的擦肩接踵，都让她感到是那样惬意而温暖。即便偶尔细润无声的宁静，两人也会心意相通，体味到彼此心灵上的某种倾述或聆听。

于淼对小巷茶舍的坚守，是执着而任性的。从打她来这八个多月的时间里，每天都是早来晚走，从没中断过。她都是吃住在本小区的奶奶家，即便偶尔回自己家看看，也都是傍晚小巷茶舍关门之后。至于洗澡、美容、美发之类的零碎事情，也都是晚上去做。可是有一天，于淼却打破了常规。

那天早上，卢山一走近小巷茶舍，就感到了气氛不对。没有了以往的音乐，没有了于淼若隐若现的身影，没有了摆放在门前的树脂茶壶模型，没有了他能够感觉得到的气息。

卢山加大步子走到近前，紧紧闭合着的两扇房门，已经冰冷地告诉他：于淼没有来。

打开房门进到茶舍，原本一切如故的物件、陈设，在卢山眼里，一下子变得暗淡起来，心也随之空空落落。他在揣摩：她是不是有什么事要办？是不是睡过了头？是不是她奶奶身体有了什么不适？卢山摸出手机，可转念一想，还是别打扰她了，她肯定是有什么事要办，兴许一会儿就过来了。

卢山这样想着，就不住地看着表，心不在焉地整理着茶台和货架，但目光却不时透过落地玻璃门，最大限度地瞄向于淼来的方向。

可9点都过了，还是不见于淼的影子，他实在是做不下去什么了。他的心开始随着钟表指针的滑动，越来越焦躁不安。他的手不由自主地摸过手机，不假思索地摁下了于淼的手机号码，可是手机里传出的声音却是："您拨打的电话已关机……"

这下，卢山的心彻底慌了，预感着于淼一定是有了什么不好的事情，不然她绝不会毫无音信地现出这种情形。

想到这里，他要亲自去看看，可他又迷茫了：她会在哪里呢？是她奶奶家，还是她自己家？她自己家作为师傅居然都不知道，只好先去她奶奶家看看。老人家是认识卢山的，还是那次晚上卢山请于淼去饭店吃饭后，送于淼回她奶奶家时认识的。那次，卢山还特意给老人打包了一份清蒸鸡蛋。

老人家说，于淼昨天晚上回她自己家了。卢山问明于淼家的详细地址，怕老人家担忧，就说于淼早上临出门时钥匙忘屋里了，他是来替她取钥匙的。拿了钥匙，就急匆匆地跑出单元楼。

卢山以最快的速度，打车到了于淼家的小区。他几乎是跑步上楼的。来到于淼家门前，他没有马上用钥匙开门，而是一边喊着于淼的名字一边敲门。可是，一连敲了好多下，门里都没有一点动静。他的心情越来越忐忑，只好用钥匙开了房门。

进了屋，卢山叫着于淼的名字，却始终没有得到回应。他的目光就在各个地方急切地寻找着于淼。最后奔向关着门的卧室。

门一推开，眼前的情景一下子让卢山的心揪了起来！只见于淼披头散发、双眼紧闭、脸色通红地蜷缩在被子里。卢山失控地扑过去，一把抱住于淼，连声喊着："于淼，于淼，你怎么了？"这时，隔着睡衣卢山都能感到于淼的身体是滚烫滚烫的。把手往额头上一摸，吓了一跳，这是在发高烧啊！

卢山也顾不了那么多了，扯过于淼床边的衣裤胡乱给她穿上。又扯过衣帽架上的貂绒大衣给她裹严实，然后用手机叫了出租车，背着于淼迅速下楼。

赶到医院，一量体温，40摄氏度，医生马上给静脉输液并进行物理降温。医生诊断是重感冒引起的高烧昏厥。一瓶药液快输完的时候，于淼才悠悠醒来，茫然地看着眼前的一切。

"你醒了？"卢山起身，用手在于淼的额头上试了试，已经不那么烫手了。他悄声嗔怪道："怎么搞的！昨天还好好的，怎么今天就这个样子了！"

"师傅，我怎么到了医院，是你送我过来的？"于淼声音虚弱。

看到于淼嘴唇干裂，卢山让于淼倚靠在自己怀里，把一杯温度适中的水送到她的嘴唇边。

"不然呢？你都高烧40摄氏度了，还能自己上医院啊？"

于淼眨了眨干涩的眼睛，目光就凝聚在卢山的面庞上，无力地唤了声："师傅，你来了，茶舍怎么办？"

也恰在这时，卢山的手机就接连不断地响了起来，连同信息提示音。可卢山都没有去接听，只是设置了语音留言：因有事，办完再联系。于淼知道，这都是订货或取货的电话，这正是临近春节销售最忙的时候。

此时，于淼是多么希望就这样永远地倚靠在卢山温暖的怀抱中啊！哪怕让她的身体再难受一万倍。但想到了茶舍，她还是轻轻地从卢山的怀抱中挣脱了出来。

"师傅，这个时候，茶舍不能关门，你必须回去！我没事的，就是昨晚洗澡时受了凉，输完这瓶液，我自己打车回去就可以了。"

"你说得真轻巧，你这个样子，能自己回去吗？我会让你自己回去吗？！"卢山心疼地看着于淼说。

说话间，护士走过来，把滴完的药瓶换下，接续上第二瓶药。于淼问："护士，我开了几瓶药？得啥时打完？"

"四瓶。一天两瓶。两天的。"

"那今天这两瓶打完，剩下的，我可不可以拿回去？"

"如果烧退了，你也没什么大的不适，也是可以拿回去打的。只是必须是正规持证护士打。"

听了护士的话，于淼释然了。她想，只要能回去，师傅就可以回茶舍了，她还是回奶奶家，在奶奶家附近的诊所输完液，也可以回到小巷茶舍了。

在于淼和护士对话期间，卢山脑子里想的却是：于淼该回到哪里休息？是她自己家？还是奶奶家？若是她自己家，谁来照顾她？若是回她奶奶那里，奶奶毕竟年纪大了。如果回茶舍呢？白天倒可以，作为师傅，我可以照顾她。毕竟茶舍还有为她买的一直未用的铺盖和沙发床。可是，晚上怎么办？于淼肯定是不会同意的。

想到这里，卢山脑子里闪出一个人来，那就是徐馆长家的保姆。那保姆年龄不算大，手脚利落。主要是认识，知根知底的。平时，徐馆长家也没什么太大的工作量，请她过来帮着陪几天，应该没有什么问题。在情分上，卢山不仅仅救过徐馆长的岳母，更是救过徐馆长。那是在徐馆长住院手术时，需要紧急输血，是卢山冲上前去对医生说："我是O型血，并且健康，就输我的吧！"当时，医院血库也正血源紧缺，于是，就用了卢山的血。以至于后来，徐馆长总是叨念着：我的血管里还流淌着你的血呢！我这生命中还有你的成分呢！我这一辈子，可是忘不掉你了！

对，就找徐馆长，请他家保姆到于森里，陪护照顾她几天。卢山主意已定，就把这想法告诉了于森。于森却坚决不同意，她故作轻松状地说："师傅，你把我看得太脆弱了吧？一个感冒值得这么大动干戈吗？你看，我现在不就好了吗？我就是高烧给烧迷昏了，烧一退就没事了。再说，明天再打两瓶，就更没事了。我还是回奶奶那去。"

卢山实在拗不过于森，也只好顺应了于森的意思。

输完液，卢山搀扶着于森出了医院。叫了一辆出租车，不是到河沿小区，而是让司机开到了市中心一个最大的台北粥城。

当卢山扶着于森下车时，于森轻声在卢山耳畔说："知我者，师傅也。你怎么知道我饿了？这真是个好地方！"

卢山就轻轻刮了一下于森的鼻子说："饿了好，多吃点儿，出出汗，有了抵抗力就不容易感冒了。"

坐在环境幽雅种类繁多的粥城里，卢山点了好几份营养粥、面点，还有荤素搭配的小菜。

这一次，两人没有对坐，而是挨坐在一起，卢山像一堵墙壁似的给于森做着依靠和遮挡，这让于森感到卢山身体的温暖和保护。她内心燃起的火苗，胜过了她昨日的高烧，仿佛随时都会冲出体外。她真希望此时的时光凝固住，就这样依偎着师傅，感受所有的美好和温馨。可毕竟也只是愿望，快吃完的时候，于森眼里蒙着泪水："师傅，这顿饭，将是我这一生中，最好吃、最难忘的一顿饭……"

于森哽咽说不下去了，她不知道该怎样表达才更准确和贴切。

卢山从纸巾盒里抽出一张纸来，替于森擦去眼角的泪水，轻柔地说道："傻丫头，别哭啊，流泪，可是要把刚刚打进去的药顺泪水流出来了啊，那不白打了吗？"

第七章

也就是这次野外摄影，才让辛月海加了韩梅的微信。

加韩梅微信时，辛月海没有任何的私心杂念，他只是想把自己给韩梅拍的照片发给她。尽管他很喜欢，可以算作自己的摄影作品，但是，肖像权辛月海还是懂的，特别是还不太熟悉的女性肖像权更要尊重。于是，他把这些照片发给韩梅。就在辛月海考虑用什么样的文字，拉开初次文字交流的序幕时，韩梅的文字先发了过来："辛老师，您受伤的手指怎么样了？疼不疼？如果感到肿胀，就打开一些，别沾水，千万别感染了。今天都是为了我，你才受了伤，还帮我负重前行，我真是太感激了！"

韩梅并没有就辛月海发来的照片给予相应的文字表达，而是先问起他受伤的手指。她始终也没有用"谢谢"这两个字，而是用了"感激"。在韩梅看来，"感激"与"谢谢"的分量是不一样的。

辛月海回复道："手指没什么事儿，不疼了，我皮肤愈合快，你别太在意。都是同道群友，是我应该做的。"

两人一问一答发完上面的两段文字后，韩梅才提及辛月海发给她的那些摄影作品。

"辛老师，看到您发过来的这些摄影作品，真的是让我眼前一亮，也特别喜欢。谢谢您把我融入到您的作品中。虽然里面都有我，但那完全可以按您的作品去保留和发表。我不会反对的。"

韩梅打完这番文字，还特意在末尾发了一个俏皮的微笑图片。

然后，就在等那"吱吱"的回复微信的提示音。

很快，辛月海就回复过来："彼此彼此。韩梅，你拍摄的那几幅，更有特点，我很欣赏。你把我照得那么阳刚、那么阳光，把岩石和人物巧妙地结合在一起。这真的是我最喜欢的。"

"是心有灵犀？"

吱吱吱吱，辛月海连续着发来两段文字。大概就从那一刻起，那个源自辛月海的吱吱声，就在韩梅的心头升起一股莫名的期盼。那天，就彼此拍摄的作品，两人交流了很多。最后，还是辛月海先打出的"晚安"，两人的交流才结束。

第二天一大早，韩梅就给辛月海发去问候。她觉得她绝不能在辛月海问过早安之后才回应。那样，就有失礼貌。毕竟是辛月海先加了她好友，毕竟辛月海年长她几岁。

为了打开微信第一眼就能看到辛月海，韩梅还特意把他置顶。韩梅没有用那种可以转发给任何人问候的图片，而是直接打文字：辛老师早上好！后面加上一个握手表情。辛月海很快就回复了韩梅。他同样是用文字问候的，同样加了一个握手表情。

就这样，每天清晨，除了在摄影群里向大家问个早，韩梅和辛月海在私信里也相互问早，只是，问候的形式和在群里的问候形式不一样。在群里，都是那种可以群发式的图片问候。而两人私信里却都是文字。

渐渐地，两人就不局限于问候了，随时也发一些有关摄影艺术方面的链接，以及社会热点方面的链接。有时，也打字聊些什么。大多还是关于摄影方面的。随着交流的增多，也开始聊一些别的话题，诸如饮食、天气、时事、养生、市井趣闻、人间百态等等。

两人都觉得，越聊越轻松自然，越聊越有聊不完的话题。于是，这种不定时的、随意的交流、聊天，就慢慢渗透在两个人的生活层面里。特别是韩梅。

以往，没有需要的时候，她不太摸手机，也很少在微信里与什么人聊天，因为她没有要和谁聊天的兴趣。尽管加她好友的人不少，可她一概懒得理会。但是，辛月海却不同了。

自打他们有了微信有了彼此的沟通聊天，韩梅就总爱掏出手机看一看，虽然设置了微信提示音，但还是怕被其他什么声音掩盖住，错过了一次交流的机会。

只要手机传来微信的提示音，辛月海总希望着是韩梅。每当看到被他置顶的韩梅的头像上角的红点时，他就会急不可耐地点开，或者是去聆听那甜润的声音，或者去看那有温度的留言。然后，秒回。

当两个人在微信上有了越来越多、越来越深的交流后，彼此就都有了对摄影群聚会的期盼。

可是，自打中生代大峡谷那次聚完后，雄鹰就再没有组织外出。以往，摄影群每月总要有的两三次外出摄影聚会的机会，一下子搁浅了。以至于过了一个多月了仍毫无动静，这是从打建群以来没有发生过的事情。

但摄影群仍和以往一样，每天都有大家相互间的问候。偶尔的，也有群友们有一句没一句地聊天。群主雄鹰也如往常一样，时不时地冒个泡儿，发个什么东西，或者闲侃几句。但就是没再提外出摄影的事。他不提，大家也没有问。

其实，即便群里没有外出活动，也并不影响想要外出摄影的人。平时，几个人小范围相约出去的也有。雄鹰也并不反对，但他作为群主，还从来没小范围带队出去过。他觉得，他是群主，他带动的应该是整个队伍。

雄鹰在上次活动中，看到韩梅和辛月海走得那么近，心里就酸溜溜的，更厌烦着那个时时刻刻紧盯着自己的跟屁虫老婆。

蕙质兰心觉得这恰恰是丈夫在意韩梅、喜欢韩梅。丈夫突然中断群活动，其实就是在吃辛月海的醋，这也就证明他的心邪性了。一想到这儿，蕙质兰心就又泛起酸来，她就阴阳怪气地对丈夫提议："咱们群好久没外出摄影了，是不是该聚聚了？"

雄鹰也就没好气儿地说："我想聚的时候，兴许就天天聚，不想聚的时候，可能就永远不聚了，这可是我说了算的。"

若是没有韩梅同往，辛月海仍旧不会参加几位群友组织的小范围活动。好在那俩群友提及了韩梅，这正中辛月海下怀。于是欣然地告诉了韩梅，当然，韩梅也很高兴能够加入。

落落大方、言谈有素的韩梅，对参加活动的几位群友大哥，都十分友好，大家玩得都很开心。

让人没想到的是，雄鹰在知道他们私下组织这次活动后，一改往日里的绅士风度，在群里居然把矛头直冲向辛月海。说他是拉山头，搞分裂。甚至还影射韩梅，说辛月海是重色轻友。配合着他那些火冒三丈的语音，后面是一连串愤怒的表情。

面对雄鹰的斥责，辛月海没有争辩，没有说出是另外两个群友召集的。他只是说，同是本群的群友，即便是小范围外出也没啥不妥，以前也不是没有过。况且，大家挺长时间没出去了，也正值秋季枫叶浸染的时候，我们这几个人小范围出去，有什么可指责的呢？

　　面对雄鹰和辛月海在群里你一言我一语的争论，牵头聚会的那两个群友始终在潜水，没敢说出是他们的提议。辛月海也就干脆把这件事扛在了自己身上。

　　对于雄鹰而言，不管牵头四人聚会的是不是辛月海，只要有他和韩梅，他的矛头就是冲向辛月海。无形的醋意，像一把巨大的铁锤砸烂了他的理智，雄鹰对辛月海竟完全失去了以往哥们儿般的友好。他在对辛月海的指责中，甚至还带出几句脏话。一时间，群里的气氛一下子如同泛起了巨浪的湖面。大家都潜水看着热闹。

　　眼见着气氛越来越僵，这时，韩梅突然发出一段文字：雄鹰老师，请不要责怪辛老师，我们这四人出行是我的主意，与三位老师无关。我只是被秋色吸引了想出去拍几张片子。可您一直没有带领大家出去，想必一定是有事缠身、脱离不开，所以，我们也不好向您提议，就小范围约了几个人。我到群里的时间还短，不太懂群里的规矩，如果是我坏了规矩，还请群主多多原谅，只是别因为我，错怪了辛老师！

　　韩梅的这番文字一出现，那引领着舌战的吱吱声就戛然而止了。好半天工夫，才有了信息的吱吱声。不过这声音，不是来自雄鹰，不是来自辛月海，也不是来自提议聚会的那两个人，而是来自雄鹰的老婆蕙质兰心。

　　她用的也是语音。先是听见她那有些沙哑而又尖厉的干笑，然后就是很做作的语调："哟，咱这群还从来没有今天这样热闹过呢！这都是唱的哪门子戏啊！凡是戏，都是要有主角的吧，那这出戏里的主角是谁啊？我感觉，好像是韩梅。只是韩梅没有把这角色演好。要是演好的话，可能就不是这个样子了。但话说回来，这也不怪你，有时角色也是要过导演这一关的。要是过了导演的关，哪还管角色演得好不好啊？哈哈哈——"

蕙质兰心语音结束后，很快就有了韩梅的文字回复：我才疏学浅，听不明白什么意思，也压根儿没有兴趣去辩解。我明白的是，我不该在这个群里了。不是群不适合我，是我不适合这个群。所以，我还是跟大家说声再见吧！

这次，韩梅对蕙质兰心没有称呼，直截了当地针对她的语音给予回击，然后，马上退群。她就好比一掌击出去，不屑于接招而转身离去一样。

韩梅的退群，给这个群带来一场地震。

谁也没有想到韩梅竟突然退了群，其中，最失落的是辛月海。当韩梅的头像一下子从这群里消失，他就觉得仿佛是一轮明月被乌云吞噬了一般。怅惘倏然间就漫过心头，让他无比地消沉。同时，也让他对这个群失去了兴趣。

而那两个提议四人聚会的群友，对于韩梅的言辞，更是感到愧然，堂堂男子汉，没一个敢站出来说明原因。

要说心情最复杂的还是雄鹰。从辛月海那看，对于韩梅的退出，他是释然的，愿意看到的。可是对他自身来说却是很难受的，就像五彩缤纷的天花板，突然掉下了最喜欢、最具色彩的那块一样。

雄鹰觉得蕙质兰心在群里放的那通炮，才导致了韩梅退群。他倒是不敢露出这个意思，而是从他作为群主的角度，说蕙质兰心不该擅自在群友面前乱说话，丢他的份儿，树立打击面，等等，去借题发挥，把所有的怨气都发在了蕙质兰心身上。他第一次敢摔了杯子，第一次敢对蕙质兰心大吵大叫。他已经不忌讳邻居听见了，反正，蕙质兰心的叫嚷，早被邻居们听惯了。

他这反常的举动，让蕙质兰心清清楚楚地感到都是源于韩梅。是韩梅才让他对辛月海那样吃醋，才让他与昔日好友反目。毕竟，雄鹰和韩梅压根儿没什么，只是雄鹰的一厢情愿，蕙质兰心也就只能撒撒泼，骂些最难听的话，以解心头之气。雄鹰怕她再把什么虎嗑发到群里，悄悄把家里Wi-Fi线扯断了。

自打韩梅退了群，辛月海再就没有参加这个群的任何聚会。虽然人在群里，但连互动和冒泡也没有了。雄鹰为了做出他坦然自若的样子，又和以往一样，时不时召集大家出去摄影。可是，参与的人越来越少了，就连他那个跟屁虫老婆也不再跟着了。一直活跃的摄影群，一下子变得死气沉沉，这让雄鹰感到特别没面子。

韩梅退群后，辛月海和她在私信上的联系倒是更多了些，却一直没见面。辛月海好几次话到嘴边想约韩梅出去，可就是不好张口。他越来越想见韩梅，满脑子都是韩梅阳光一般灿烂的笑容和仙子一样曼妙的身姿。

几天后，辛月海还是忍不住在微信里约了韩梅。信息发出后，他仍和以往一样，拿着手机等待回复。因为，每一次他给韩梅发完信息，都能很快收到她的回复。可这次却不一样，一直没有韩梅的动静。辛月海几乎机不离手地等待着，可就是一直没有得到他渴望的回音。

辛月海的心就直往下沉，猜想是不是韩梅不愿意约见？是不是自己特别想见她的愿望，被她看成是别有用心或者是轻浮？是不是韩梅根本就没把自己放在心上？

他想打电话，可是不能。他们虽然也相识了一段时间，群聚时或微信上有着很多的沟通联系和聊天，但却心照不宣，谁也没有聊过有关家庭方面的话题。除了微信联系，谁也都没有打过电话，尽管都知道彼此的电话号码。

足足过了半个多小时，辛月海还是没有接到韩梅的回音，辛月海的心几乎沉到了谷底。就在他想彻底放弃的时候，手机铃声突然大作，吓得他不由得哆嗦了一下。手机屏幕上呈现出的两个字，让他的心倏地亮了起来：韩梅！

"喂，辛老师吗？"韩梅的声音有些急促，可能是信号不太好，声音夹带着若隐若现的颤音。

"是我。"辛月海的心有点莫名的突跳。

"辛老师，你现在哪里？我想求你……"韩梅停顿了一下，带着些许的哭腔，"辛老师，我迷路了，怎么也走不出这个林子了，你能过来一趟吗？就是咱们曾经去过的那个枫林峡。还有……我……我的脚脖子也崴了，不能走路，我都、都急死我了……"

信号不太好，断续的颤音，把韩梅后面的话掩盖了。

听了韩梅这番话，辛月海的心跳更加厉害了。他唯恐韩梅听不清他的回话，他把手机紧贴在嘴边大声说："我马上就过去，你千万别着急，也别再动地方，就在那儿等着我！"

"嗯，知道了。"

听见韩梅的回音后，辛月海立马骑上摩托车，飞也似的向距离市区三十多里的枫林峡驶去。

与此同时，倚靠在树丛中的韩梅，手里紧握着一根树枝，焦急地等待着辛月海的救援。

此时，已经是下午3点了，茂密的林丛光线渐渐黑暗了下来。起初，韩梅只是想走进去拍一些密林的片子，也想自拍一段视频。可是，走着走着，竟走不出来了。越想走出这个林子，就越是觉得林子更密集了，她隐隐约约还能听到远处火车的汽笛声，就想冲着声音的方向走，可是，她又实在确定不了究竟是在哪个方向。望着越来越暗的林子，她怕越走越深，无奈之下，想到了求助。而这求助的对象，竟让她不假思索地想到了辛月海。

从打她毕业分配到这个城市，除了结婚时的丈夫和同事，她并没什么可以称得上朋友的人，一些要好的同学也都不在这个城市。只有辛月海，是她从内心深处认可的唯一朋友，一个可以信赖和依靠的男人。

韩梅退群后，并没有放弃自己的摄影，有时，为了拍些新颖的片子，也是为了户外锻炼，时常独自外出。她能到这枫林峡，是因为在群里时大家一起来过，她感到离市区不太远，景色也挺好，就开车独自来了。

韩梅一边不住地看表，一边侧耳倾听着林子外的动静，渴盼着辛月海的到来。

终于，她听到了由远而近的摩托车的声音，并且还听到了辛月海在急切地呼唤她的名字。韩梅的心头立刻生起一股巨大的热流，竟让她油然而生一种自己也说不清的激动和情愫。她的眼泪竟不由自主地溢出眼眶，用尽力气大声回应着："唉——我在这呢——"

"知——道——了，我——到——了！"

匆匆赶到的辛月海，把摩托车扔在林外的一棵树旁，扯过路途中买的那一小袋白面就一头扎进了林子里。可是，偌大一片林子，究竟在哪个方向呢？

"韩——梅——"

辛月海边喊着，边锁定着声音的方向。

"我——在——这——"韩梅回应着。

辛月海凭借着在部队各种野外训练的经验，顺着韩梅的喊声，确定前行的方向。然后，一边撒面粉做标记，一边往里走。辛月海不住地撩开路途上的荆棘，目光前后左右地在林子里寻找着。

"辛老师！"还是韩梅先看到了辛月海。

当辛月海的身影映入眼帘时，韩梅顾不上疼痛，挪动着一瘸一拐的脚，朝着正奔向她的辛月海扑过去，两个人紧紧地拥抱在一起。在辛月海的怀中，韩梅孩子似的大哭着。辛月海的怀抱是那样温暖、厚实，她感到自己的整个世界都在辛月海拥抱中。

辛月海用手轻拍着韩梅的后背，柔声说："别怕，有我在！"

辛月海的这声"有我在"，让韩梅感到作为女人有男人可依赖的那种安全感和幸福感，她就那样紧紧地被辛月海拥着，贪婪地体味着辛月海身上特有的气息。

两人都感受到自己被对方的目光点燃着、融化着，紧紧双拥的臂膀表达着压抑在心底的爱意。当韩梅缓缓地把脸贴在辛月海发烫的面颊上时，辛月海不可抑制地把自己炽热的嘴唇，滑到了韩梅的唇上。

韩梅闭着眼睛，更紧地揽着辛月海的脖颈，任由着辛月海两片炽热的唇时而激烈狂吻，时而缠绵吮吸……

走出林子，就是一条羊肠小道儿。辛月海一路背着韩梅下山，等到了韩梅停车的地方，早已累得大汗淋漓了。这会儿，韩梅的脚已经明显地肿了起来，辛月海这才意识到，当务之急是送她去医院。当然，韩梅的车得由他开了，他的摩托车也只好锁靠在那片林子外面了。

驶离枫林峡，辛月海才问了句："他不在你身边吗？"

片刻的沉默后，韩梅才有气无力地吐出两个字："没有。"

这两个字，似乎是夹裹着叹息从韩梅的口中说出来的。辛月海从反观镜中看了看韩梅，看到了她正把含着泪水的目光，投向已经亮起路灯的街道。

虽然辛月海不能明确断定这"没有"，指的是暂时没在身边，还是原本就没有。

就在车马上驶进市内的时候，辛月海的手机响了起来，可他像没听见似的，毫不理会。可这顽固的铃声就是一直响着，大有不接就一直响下去的意味。韩梅提示着辛月海接下电话，辛月海才不得不拿过手机扫了一眼屏幕。出乎他预料的居然是雄鹰，这让他很意外。

自打韩梅退出后，他们很久没有联系了。辛月海与雄鹰就好像是已经是分了岔的河流。

电话里传来雄鹰平淡的语声："我不想问你现在在哪里，和谁在一起。我只想告诉你，你老婆电话打给了我，我跟她说你喝多了，跟我在一起呢。只有说喝多了，你才不会去接她的电话。等你回家她问起你，别说两岔了！"

雄鹰说完这番话，没等辛月海回复就挂了。听了雄鹰的电话，辛月海心里倏然生起一份感动，感动在两个人已经弄僵之后，他竟然还能为自己挡箭。

其实，就在辛月海驾驶摩托赶往枫林峡的途中，他就看到了老婆打来的电话，可他就是没接。因为他不想编什么理由去搪塞，更不想因为任何什么事，耽误了救援韩梅的时间。

到了医院，经拍片检查，韩梅脚跟筋拧伤，还有轻微的骨裂。医生开了一些药，说咋也得需要一段休息时间才能慢慢恢复。从下了车到医院再回韩梅的家，都是辛月海一路背着。

也就是从那一天开始，辛月海迈过了韩梅家的门槛儿。

那的确是一种"艰难"的迈进。因为韩梅的脚一点不敢落地行走，所以，五层高的楼房，硬是靠辛月海背上去的。虽然韩梅一再说不用背，只要扶着她，慢慢上就行。可辛月海说啥也没舍得。

在两个人紧紧相拥和热吻的那一刻起，辛月海就已经告诉自己：韩梅是自己的女人，自己对韩梅一定要有男人的担当。尽管他还不能确定韩梅的婚姻状况是怎样。

辛月海一踏进韩梅的家门，就明显感觉出了这是一个没有男人的家庭。家里没有任何男人的衣物和用品。就是他脚上穿的拖鞋，都是女式的，只是鞋号大了点而已。这就让辛月海感到韩梅是一个很自律、清纯的女人。这就让他对韩梅的喜爱又增加了几分。

当男人和女人一旦有了亲吻和拥抱，那么也就打开了情爱的闸门，接下去的肉体交融，也就在情理之中了。

看天色已晚，辛月海准备离开。韩梅一脸怅然，她是多么希望辛月海能留下来陪在身边啊。即便什么都不做，只是默默的陪伴，她都会感到极大的幸福。辛月海在屋子里环视了一番，想着还能为韩梅做点什么。他先是把保温瓶和韩梅该吃的药放到了韩梅的床头柜上，还有一些点心零食什么的，还有手机充电器。对于不敢下地走的韩梅，他忽然想到了她去卫生间怎么办。于是，他就在卫生间拿过一个塑料盆放到了韩梅的床边上，微红着脸说："你去不了卫生间，就用这盆方便吧。我明天再过来。"

韩梅只是红着脸点点头，没说什么。

"那……我走了。"

辛月海走向房门，身后传来韩梅的声音："辛老师！"

辛月海折回身走近韩梅，轻柔地问："你叫我什么？还要一直叫辛老师吗？"说着，轻轻托起韩梅那满是羞涩的面庞。

"叫你月海吗？"韩梅凝视着辛月海的眼睛。

"不，你就叫我大海吧，这是你对我的专称。"

辛月海在肖春凤那里听腻了月海月海的称呼，他不想这个在肖春凤那里听腻了的称呼再被韩梅叫出来。他不想在韩梅这里有半点与肖春凤的关联。

"嗯，那我今后就叫你大海了。"

韩梅顺势握住抚摸在她脸上的辛月海的大手，轻柔地对辛月海说。

"对，那现在就叫一声吧！"辛月海说。

"大海——"韩梅投入地叫了一声。

韩梅的话音刚落，辛月海就俯下头再一次亲吻了韩梅："从今往后，我的手机，为你24小时开机。无论你有什么事情，只要需要我，我都会第一时间到你身边！"

辛月海的这番话，让韩梅又情不自禁地涌出泪水。男人的发自内心的关爱、呵护，像和煦的春风，吹皱了她沉寂已久的心湖。她在床头柜里摸出一串带着水晶挂件的钥匙，扳开辛月海的手，把这串钥匙放到了他的手心上，含着泪说："交给你了，你就是它的主人了！"

辛月海打车回到自己家楼下的时候，漆黑的整栋楼只有他家的窗户亮着灯光。他知道肖春凤一定还是半靠在沙发上等着他。辛月海之前有过两次半夜三更回家：一次是参加战友的聚会；另一次，就是和雄鹰在一起，真的是喝多了酒。算上这次，是第三次了。

还没等辛月海用钥匙打开房门，房门就从里面打开了。穿着松松垮垮灰白色睡衣的肖春凤，突兀地出现在辛月海面前。这让辛月海既有些慌乱，又很不舒服，心里就像突然间塞进了一大团的棉絮一样。

"喝多了吧？是不是挺难受的，我给你泡好的柠檬水，在你的保温杯里呢，你赶紧喝点吧。"

肖春凤一边说着，一边做出接过辛月海外衣的架势。辛月海含糊地"哦"了一声，就闪过肖春凤，也没有脱外衣就径直进到卫生间里了。

他先是打开了水龙头，让肖春凤感觉着他是在方便或洗漱。在这空当里，他急不可耐地打开手机韩梅的微信页面。因为恰好在进门的时候，他就听到了信息的提示音。他知道是韩梅。

在水流声中，他看了韩梅发来的信息："大海，你到家了吧？回音，惦念！"

这个在微信上，第一次改变了称谓的昵称，让辛月海的心里陡然间生暖；这个由韩梅唤出来的、对他来讲极为陌生的昵称"大海"，完全覆盖了肖春凤喊了他二十多年的"月海"。他觉得那个"月海"，顷刻之间就被"大海"冲刷得无影无踪了，也更像是失去了灵魂的"骸"。

"梅，我到家了。你休息吧，明早我过去。晚安！吻你——"

辛月海和韩梅都没有用当下人们用滥了的"亲爱的""宝贝"或"亲"这些昵称。

走出卫生间的辛月海，发现肖春凤的房间还亮着幽暗的床头灯，屋门也虚掩着，他想给她把门关严，可还是停住了手。他蹑手蹑脚走向自己的房门。辛月海知道肖春凤没有睡，他不是怕惊扰她，而是怕肖春凤听见他的脚步声喊住他。

在这样安静的夜晚，辛月海总是有点怕肖春凤。怕她那无声无息的走近，怕她那总是遮住半拉面颊的头发，怕她用她那种"温柔"的语气喊出"月海"。

辛月海回到自己房间，反手把门锁上，熄了灯。从打那次肖春凤半夜摸到他屋里之后，辛月海每天晚上临睡时都把门锁上。这样，他才能安心睡去，也更方便在微信上给韩梅发发信息或聊聊天什么的。他和韩梅最初的微信上的沟通和联系就是在这样静谧不受干扰的时空里进行的。

对于辛月海夜晚上了锁的房门，肖春凤不等辛月海说什么反倒替他解释："门缝儿不严实，有时过堂风会顺着门缝儿进来，免得着凉，插上也好。"她在用这种自圆其说，给辛月海更是给自己找着台阶。但心里是什么感受，就只有她自己知道了。

这个夜晚，注定是个不眠的夜晚。躺在了床上的辛月海，满脑子都是他和韩梅的一幕一幕，像电影的回放镜头似的。从枫叶峡到医院，从医院再到韩梅的家。他在回味他们相拥热吻的甜蜜时，更是牵挂着韩梅的伤情。他就想，她现在怎样了？是不是睡着了？是不是也和他一样，在回想两个人在一起的情景？

10

卢山直接把于森送回到她奶奶家，安排好一切，才独自回到了茶舍。茶舍门口停了好几辆车。车主见卢山开了门，就嘻嘻哈哈地都跟着进来，说笑道："看你没上拉门，就知道不会太长时间回来，我们哥儿几个索性就在这打起了扑克。这一玩儿，还觉得你回来得早了。"

这几个人都是小巷茶舍的老顾客。忙活了一阵子，打发走这些老顾客后，正想打电话给于森问问她身体情况，就又来了几个喝茶和买茶的。卢山也只好放下手机。

这边正忙着斟茶、卖茶，月亮门隔断那边又来了买酒的顾客，卢山刚要过去，忽然听见于森的说话声。不知什么时候，于森已经返回了茶舍，此刻她正热情地接待着顾客。卢山的心忽地一亮，就像黑暗中看到了闪电一样。他几步就走了过去，待买酒的人离去后，黑着脸，低声责怪于森："你怎么来了？我不是告诉你让你在家好好休息几天吗？你烧成那样，是需要休养的。真是不听话！"

"师傅，马上快过春节了，茶舍现在正是忙的时候，我在家怎么能躺得住啊！再说，我烧退了，真的没事了。"于淼一边说着，一边换上了小巷茶舍的灰色制服。那神情和执着的样子，分明是在告诉卢山，怎么撵，我都是不会走的。

因为这边还有品茶的顾客，卢山只好无奈地摇摇头，又去那边了。待那几个人离去后，卢山立马扎进休息间，三下五除二，就利落地把沙发拉成了床铺，然后把铺盖也拿了出来。然后以命令似的口吻对于淼说："你要非在茶舍，就必须听我的！你赶紧进去躺着休息一会儿，顾客来了，有我呢！你现在需要休息，懂吗？你要还是我徒弟，就必须听我的！"

卢山加重的语气里，有着不可违背的分量。于淼还是第一次见师傅有这样威严和不可抗拒的气势。

于淼努着嘴，迟疑了一下，瞥了一眼师傅，就乖乖地躺在了上面。

"这就对了，听话！"卢山刚刚威严的面孔，一下子又温和起来，柔软的语气，俨然长辈对待孩子似的。他先是把电褥子通上电，然后帮于淼盖好被子，这才转身出去。在房门轻轻关上的刹那间，于淼猛地用睡袋把自己紧紧包裹在里面，在崭新的、散发着布匹味道的睡袋里，咬着嘴唇，无声地哭起来。

在于淼还没记事时，父亲就因工伤去世了。母亲为了女儿一直没有再嫁。直到于淼成家后，母亲没有了后顾之忧，才重新找了老伴儿。于淼从未体味过父爱。她在应该结婚的年纪里，稀里糊涂地结了婚。婚后，也从未在丈夫那里体味过温情和关爱。她的婚姻，无滋无味，犹如自来水一般。

可自打她来到小巷茶舍，卢山总能给予她既像父亲，又像恋人似关爱。特别是今天，从家里到医院，从医院到台北粥城，从台北粥城到奶奶家，从奶奶家再到小巷茶舍的每时每刻，都让于淼体味着从未有过的呵护与关爱。她时时沉浸在依偎在卢山温暖怀抱中的幸福感和知足感。那感觉，好暖好暖，让她好想一辈子都沉醉其中……

暖暖的睡袋，暖暖的幻想，让于淼暖暖地进入梦乡。高烧过后，她的确是太虚弱了。她能看似精神起来的样子，完全是靠着一种动力的驱使，这动力就是卢山。只要她身在小巷茶舍，只要她能看到师傅，再难受她也会坚强起来。

当于淼从沉沉的睡梦中醒来时，天已经完全黑了，她霍地坐了起来，钻出睡袋，怪起自己怎么睡得这样死。

下了床，于淼拉开房门，一缕灯光从厨房的磨砂玻璃门里透过来，师傅晃动的身影，剪影似的在玻璃门上移动着。有排风机呼呼的声音，有在菜板切菜的声音，有在碗里搅动的声音。于淼轻轻把门拉开，倚在门框上，静静地凝视着忙忙碌碌的师傅。

她很想悄悄地走过去，在他的身后双手环住他的腰，轻轻地把面颊贴在他坚实的后背上。可是，没有。她不能。她怕自己承受不起、承受不了幻想中发生的一切。无论什么情形，她似乎都觉得无法面对。

"哦，吓我一跳，你怎么像小猫似的没动静啊！睡醒了，冷不冷？睡得好吗？"卢山回身时看见了于淼，着实吓了一跳。

"嗯，挺好的，特别暖和。"

"醒得正好，我给你煮了面条，还有荷包蛋，小青菜。你趁热吃。吃完，我送你回奶奶那儿。"卢山说着，把盛在碗里的面条端给于淼。

"师傅，谢谢你，让你为我操心受累了。那你呢？这么晚了，你也饿了吧？"

"跟师傅客气什么。你吃吧！我回去吃。"卢山把"回家"俩字改成"回去"，他怕"家"这个字眼儿，刺痛了于淼。而自己本身对这个字眼儿，却已经很淡然了。

"师傅，我吃不了这么多，咱们一块吃吧。"于淼说着，就拿过另一只碗，拨过去一半。

卢山的确是煮了不少面条。既然于淼拨了过来，卢山也没有拒绝，也就陪着于淼一起吃了起来。吃完就把于淼送回到奶奶家。并嘱咐于淼第二天输液，他会去陪着。

这天晚上，卢山失眠了。脑海里反复重播着他去于淼家背她去医院的一系列片段。他着意回想着扶起于淼，给她穿衣的细节。想在这个细节里，体味一番自己对于淼曾经幻想过的感受。可是，这个细节，竟像丝毫没了印记似的，留给他的，只有不可名状的焦急和不安。卢山虽然有些遗憾，但却也让他为在那样危急时刻，自己心无杂念感到庆幸。他觉得，这才是师傅应有的样子。

第二天，为了不耽误师傅的时间，于淼早早就去了奶奶家附近的那家卫生院。因为头一天就预约了去的时间，所以，到了卫生院很快就挂上了输液瓶。刚打没多久，卢山的电话就打过来询问情况。于淼没想到，他竟也起了大早。输了两天液后，于淼觉得自己也好得差不多了，也就没有再去医院开药。

这时，离春节只有几天的时间了，除了忙活着茶舍的进货、卖货、送货、发货，卢山还按计划，做了他要做的事情。他把于淼那10万元，还有额外给她的4万元，以于淼的名字，存在一个活期存折上，作为这近一年来，她对小巷茶舍辛苦付出的回报。另外，给其他几个徒弟，每人也准备了200元的红包。为了渲染出节日的气氛和仪式感，卢山都没有选用便捷的微信红包发送，而是用了看得见、摸得着的实物。无论是这张存折，还是给其他每位徒弟的200元现金，卢山都装在专用的红包里。

当其他几个徒弟谢过师傅，乐呵呵地接过红包离去之后，于淼的面色却沉了下来。

在小巷茶舍将要关门的时候，于淼走到卢山面前："师傅，我借给你这10万，是因为你是我师傅，在你困难的时候，我做徒弟的不能袖手旁观。再一个，我已经与这小巷茶舍融为了一体，觉得也应该这么做。可眼下你竟额外给了我这么多，这就让我感到变了味道，好像我是放高利贷似的。这钱，我不要。再说了，我也不急着用这钱，你还是先把这些钱用在资金周转上，等来年生意更好了的时候，你再还给我也不迟。"

于淼说着，把装有存折的红包递还给卢山。卢山接过红包的同时，也拿过于淼的手包，把这红包重新塞了进去。一边拉着拉链，一边郑重其事地说："于淼，当初你能借钱给我，是对我最大的信任。如果今天，你拒收这钱，就是对我最大的伤害！你是我徒弟，可是，你对小巷茶舍所付出的，已远远不是徒弟能做出来的，即便是……"卢山刚要说出孙兰香的名字，但马上咽回去了，换了称谓说，"即便是家里人，都没有做到，但你却做到了。小巷茶舍能有今天，真的有你一半的功劳。劳有所得，现在家庭劳动还社会化了呢，何况你为小巷茶舍做了这么多！现在生意好了，不像当初那样朝不保夕。我已经想过，以后我绝不会再让你对小巷茶舍无偿付出，按劳取酬，理所当然。因为，你不仅仅是我的徒弟，还是小巷茶舍的创始人……"

说到这，卢山又顿住了，因为，他实在找不出什么合适的词语表达出想要表达的意思了。

"是你和我与小巷茶舍连在一起的金三角！"于淼顺着卢山的话茬，这样接道。

"这词不错。既然是金三角，那就得平衡一致。别的不说了，你把存折放好，密码是 6 个 6。"

拗不过卢山，于森也只好把存折收下，但她却打定了主意：10 万本金收下，师傅多给的钱，她将用在小巷茶舍的进货和花销上。快春节了，小巷茶舍需要打点的地方很多，对此于森了如指掌，也都装在心里。好多的老客户，比如徐馆长那黄金海岸洗浴中心，还有徐馆长的岳母，等等，她都一一做好了计划，要替师傅把这些应酬都做了。

孙兰香虽然面上不介入小巷茶舍，但暗地里还是窥探着茶舍的生意状况。她咋也没有想到，就这么个不起眼的、开在这破地方的茶舍，还真就有了令她惊讶的效益。她开始后悔当初自己的判断失误。算一算，自己的工资虽然自己攒着，家里的花销全由卢山出，可那才几个钱儿？现在茶舍的收入可是越来越膨胀了，这样的经济大权，还是要自己掌管着才好。孙兰香这样一算计，就决定推翻家庭会上定的那种收支分配，改回从前的模式。

于是，在当天晚上，她做了几道像样的酒菜，特意等着卢山回家吃饭。

回到家的卢山见到眼前的一幕，就猜出孙兰香一定是有了什么小九九，因为这样的家庭氛围早就不见了。从打小巷茶舍生意忙碌起来后，卢山晚上回家的时间也就没有了固定，就告诉老妈和孙兰香不用等他吃饭，他回来自己热热就行。久而久之，也就成了惯例。

所以，这打破惯例的场面，让卢山开门见山地问孙兰香："看这架势，你是有什么事要跟我说吧？"

"你真是我肚子里的蛔虫，什么事都能知道啊！"孙兰香的脸上堆满了笑容，这笑容让卢山感到特别陌生和牵强。卢山一边漫不经心地挪了挪凳子，一边回应道："你这形容，可是够恶心的。不过，就算是蛔虫，也未必什么事都知道啊！"说到这儿，意味深长地瞥了一眼孙兰香，忽然就想起了她私自开设银行保管箱的事。

"那啥，俗话说得好，男人是搂钱的耙子，女人是装钱的匣子。现在小巷茶舍的生意可是越做越好了，赚的钱也是越来越多了。我是你老婆，这钱还得是我把着合理。还是像以前那样，每天把收入的钱打给我，由我管理。茶舍需要什么支出你就朝我要，因为这回我心里有底了，在用钱上再也不阻拦了，你看这样行吗？"孙兰香一口气说完了她要说的主题。

"不行。如果还要像以前那样，我又被你捆住了手脚。我们还会因为钱争执不休。我一门心思想把茶舍经营好，就要有我的自主权，绝不能被遥控、被挟持。再说，在我买下两个门市扩大小巷茶舍规模的时候，在我急需钱的时候，你出过一分钱吗？你不仅没出过一分钱，甚至你还跟我划清了界限，声称一旦生意亏了，与你无关。现在看生意好了，就又扭过头来了？你觉得这合适吗？我看，还是按照上次家庭会上定的办吧，你的工资完全由你自己攒着。我可以养着你、养着家，但是，不能重蹈覆辙，不能再把经营生意的自主权交给你！"

卢山也一口气回绝了孙兰香。

孙兰香的脸色马上晴转多云。她嗫嚅着嘴唇，不知该再说什么。一直坐在旁边没有插嘴、吧嗒吧嗒抽烟的卢山老妈，这会儿慢悠悠地转过身来，岔开话题道："你们俩，不都把话说开了吗？该咋办就咋办！来来，都吃饭吧！"老太太用了一个"都"字，也就包括了孙兰香。看着儿子的生意好了，脊梁终于在孙兰香面前挺了起来，老太太也就不必再去替儿子挣口袋了。儿子一忙，在家的时间就少了，大部分时间，就是她和儿媳妇孙兰香在家里，老太太也就不想把关系闹得太僵。要是再闹翻，两人在家时该多别扭啊！所以，这样一想，老太太就和起稀泥来。

孙兰香的如意算盘落空，心里堵得慌，她只能怪自己目光太短浅。卢山回绝她的那番话，她实在是无力回击。无奈，也就维系原来家庭会上定下的"家庭财政执行办法"了。

第八章

也不知过了多久，在似睡非睡迷迷糊糊中，辛月海听到门外有窸窣的声响。他下意识地看看房门，是上了锁的。他又抓过身旁的手机看了一下时间，是凌晨5点钟。他猜想，可能是肖春凤上卫生间吧？可又不像，一直出出进进着，没有消停下来的意思。

辛月海实在耐不住了，特意咳嗽几声后才下了地，正当他要打开房门的时候，肖春凤竟率先敲响了他的房门。是轻轻的，只是三下。显然，她是听到了屋子里有了动静才敲的门。

"月海啊，你也醒了吧？那你出来一下，我跟你说个事儿。"

辛月海就打开了房门。映入眼帘的是好几个挺大的、带着纸壳包装的网购物品。已经打开了一个，是肖春凤已经安装完的小座椅。

肖春凤仍穿着那件灰白色的睡衣，下摆处，挂着些许包装物残留的纸屑。大概是一夜没怎么睡好，本来有些下垂的眼袋显得更加泡肿了。

"什么事？"辛月海揉着眼睛，漫不经心地问。

肖春凤抽了一下流淌的鼻涕。因为她有严重的鼻炎，只要走近她，随着她吸溜鼻子的声音，还时时闻到一股臭味。这也是辛月海躲避她的一个原因。所以，辛月海是坐在离她有着距离的沙发上问她的。

肖春凤从纸抽里扯过一张纸擦了一下鼻子说:"我办了个补习班,已经收了三名小学生,今天开始,就到咱们家来补课。我觉得咱家九十多平方米的地方,两个人一人占一个屋挺浪费的,我就想把咱儿子那屋作为辅导孩子的教室……"

"那我呢?"

还没等肖春凤说完,辛月海就急着发问。

"你原来在哪儿还在哪儿呗。"肖春凤故作平静地说。

其实,肖春凤就是以办补习班为由,把辛月海从儿子那房间再拉回来。她从心里不愿意夫妻两个人就永远这样同一屋檐下分居着。她不奢望别的,即便辛月海在房事上永远回避她,但只要他能睡在她的床上,这也算是两口子。

听了肖春凤的话,辛月海霍地从沙发上站起来,气咻咻地说:"你这是先斩后奏啊!这哪是和我商量,看看,这些东西你都买到家了,你这是早就有了这个打算啊!事到眼前了才和我说,告诉你:我不同意!"

辛月海扔下这句话,他就回屋了。

肖春凤没了动静,但她依然不紧不慢地拆着包装,安装着座椅。她已经定下了这事,就是要做下去了。她已经告诉孩子家长,今天上午九点就开课了。她觉得,只要木已成舟,把辛月海住的那房间床一撤,课桌和椅子一摆,没了睡觉的地方,他就得乖乖回到她这屋来。这张双人床,原本就是他俩住的地方啊!

回到房间的辛月海很快换下睡衣,穿好衣服就出来去卫生间洗漱了。他正惦记着韩梅,正不知该找什么借口,这下倒好,他可以借着生气走出这个房门。

当辛月海拎起手包,穿鞋要出去的时候,肖春凤喊住了他："这么早，天还没太亮呢，你去哪啊？"

"我去球馆打球去，我办了月卡，以后得天天去！"辛月海扔下这话，就打开房门出去了。他也不知道自己怎么会在这瞬间里，就能编出这样的可以给今后早出找到的借口。

肖春凤说了一句什么，可辛月海一点儿没听见，那是被嘭的关门声截断了。

辛月海的家和韩梅的家分别在这座城市的两个区，开车半个小时的时间就到了。他上到了五楼，拿出钥匙开门时，心里立刻生起一份别样的感觉。俨然，他成为这个家的男主人。

厅里只亮着幽暗的壁灯，辛月海顺手打开房门旁客厅的顶灯，轻轻唤着："梅，梅——"

他怕自己的突然出现吓着她，先给个动静。他径直走进卧室，床是空的。顿时，辛月海的心立刻提到了嗓子眼儿。这时，他隐约听到卫生间有声响，他又轻声地喊道："梅，梅——"

这时，里面才传出韩梅的声音："大海，你怎么来这么早？"

听到韩梅在里面，辛月海急着说："你怎么自己下地了？我不是把便盆放你床边了吗？"

辛月海一边说着，一边走向卫生间。正犹豫着要不要进去，就听到卫生间里"当啷"一声，好像是什么东西落到地上，紧跟着听到韩梅轻微的一声"哎呀"。

情急之下，辛月海也顾忌不了那么多了，径直推开卫生间的门冲了进去。只见穿着粉红色睡衣的韩梅正侧倒在地上，一脸的痛苦。韩梅见辛月海进来，连声摆手说着："不用不用，你出去出去！我自己来！"

韩梅无论如何不愿意让辛月海看到自己这个样子，特别是坐便器里还有没被水冲掉的秽物。她就是在刚刚提起裤子扭身要去按冲水按键时，脚不受力而摔倒了。

　　见到韩梅这个样子，辛月海怎么会退出去呢，他给便器冲了水后，不容分说就抱起韩梅走出卫生间直奔了卧室。

　　面对着满面绯红的韩梅，辛月海嗔怪道："我不是把便盆放你床边了吗？你怎么这样不听话呢？"边说，边弓着手指，亲昵又责怪般地在韩梅高挺笔直的鼻梁上刮了两下。

　　这会儿，她一边拢着松散的长发，一边柔声地对正在为她叠被子的辛月海说："大海，你咋来这么早啊？昨晚你半夜了才回去，也根本就没睡几个小时的觉啊！"

　　"没事，你现在这个样子，我怎么放心得下？"

　　辛月海在和韩梅对话的当口，就把被子叠得跟豆腐块似的了，惹得韩梅赞叹道："不愧是当兵出身，这被叠得可真规整！"

　　"可惜，我不会做饭，但我一定得让你吃上可口的饭菜！"

　　他先是帮韩梅洗漱完毕，然后就去外面一个粥铺买回了早餐。吃过早餐，又让韩梅吃了药，辛月海才放心地开车去上班了。

　　辛月海的工作还是挺清闲的，况且也算是一个基层领导，每天简单部署一下工作，看看报纸，喝喝茶水，也不一定非要在那儿死守着。特别是当下韩梅需要照顾的时候，他更是到单位点个卯，象征性地布置一下工作，就悄悄撤离了。

　　虽然辛月海不会做饭，但丝毫没有影响到韩梅的进餐，反倒更是营养多样化地调剂着。除了早餐在外面的粥铺买，中午和晚上都是辛月海到饭店看着菜谱去定做，然后取回来，两人温馨甜蜜地共进午餐或晚餐。这就让韩梅感到特别亲切和温暖，更从中体味到缕缕柔情。

辛月海留宿在韩梅家的那个夜晚，韩梅本是让他回去的。她不想因为自己更多地占有辛月海的时间，也不想因为自己让辛月海家里的那位担忧。但辛月海决意不回去。因为他认为，家里属于他的空间越来越小了。

　　不过眼下想来，辛月海倒庆幸肖春凤这样做了，因为这就让他有了十分充足的不回家的理由。

　　辛月海在韩梅那里住了两晚之后，一直没给他打电话的肖春凤抻不住了，她终于拨响了辛月海的手机。可是辛月海一直未接。连续响了几遍之后，就再没动静了。可是，不多一会儿，手机又响了，这回又是雄鹰。

　　因为有了第一次他给做挡箭牌的前例，辛月海猜测，准是肖春凤把电话又打到雄鹰那里了。果不其然，雄鹰在电话里发泄着自己的不满："辛月海，你的步子可是迈得够大、够快的了，都敢夜不归宿了。上次我对你老婆说你在我这里喝多了，这次我说你跟我学麻将了。你帮我想想下次她再问我时，我该咋说了？记着，别说两岔去，再把我装进去。你可真行！悠着点吧！小心后院着火！"

　　雄鹰说完，依旧不等辛月海回复就挂了电话。他已经猜到了辛月海一定是和韩梅在一起了。所以，他压根儿也不想听辛月海解释什么，也不想让他再费脑筋编出什么理由来。他知道，辛月海是不会坦言自己和韩梅在一起的。

　　辛月海在微信里回复了雄鹰。他并没有解释什么，也没有编什么理由，只是发了一个抱拳致谢和握手的表情。

　　辛月海当然知道雄鹰一定会猜出他和韩梅在一起。但他也不会顾忌什么了，一切都顺其自然吧。

　　家，终归是要回的，终归也不能总在韩梅这里。辛月海觉得自己还是回去看看，看看究竟是个什么情况了。

辛月海两天两夜没回家，肖春凤就慌了神儿，立马取消了在自己家办补习班的打算。恰好这时，有一个教数学的老师找到她，想和她合办另外一个数学补习班，已在华府小区租了一个教室。于是，她就爽快答应了。她马上把房间复原回辛月海原来居住的样子。

辛月海是在上班的时间抽空回家的。他知道，这个时间肖春凤是在学校的。他是从心里不愿意看到她。

见一切都恢复了原样，本来应该高兴的辛月海，心里突然生出一股失落。这就意味着，他没有理由再夜不归宿了。

辛月海又去了韩梅那里，把韩梅换下的内外衣服都翻找了出来。他不顾韩梅的阻挡，硬是扔进了全自动洗衣机里。洗衣机转动工作的时候，他又开始收拾居室的卫生，把该给韩梅做的事情尽量做彻底了。辛月海愿意成为韩梅的依赖，愿意以男人宽厚的怀抱，去温暖抚慰眼前这个小女人。韩梅每每在辛月海为她做这些事情的时候，总是柔声细语地和他说着暖心的话儿，微笑地看着辛月海笨拙而又认真的样子。

待辛月海都做完了该做的事情后，两个人就并坐在秋日的暖阳下，谈天说地，聊着以往共同在摄影群里的点点滴滴，聊着从相识以来发生的一切事情。

这天的晚餐，辛月海是在手机上点的外卖，多日的同餐共处，他大致知道了韩梅的口味。

这天夜晚，韩梅嘴上仍违心地催促着辛月海回家，可是，当辛月海真的要走的时候，韩梅的心竟一下子空了。她甚至后悔着自己心口不一的催促。

但她马上也理解了辛月海，毕竟他已经两天两夜没回家了，毕竟家里还有老婆。她甚至设想着辛月海回家后，该怎样面对老婆的追问。

韩梅从床头柜里摸出一个大信封，然后递给辛月海。

"这是什么？"

"这里是4000块钱。你能够这样精心地护理我，我已经感激不尽了，怎么能还让你搭着医药费、生活费呢？"

韩梅边说，边把信封硬往辛月海衣兜里塞，又补充道："你一定拿着，不然，我心里会很过意不去的！"

辛月海把韩梅握着信封的手推了回去。只见他涨红着脸，凝视着韩梅，有些变了声调地说："梅，你知道你这样做，对我是多么大的伤害吗？"

韩梅使劲儿地摇着头。

辛月海抓过韩梅的手说："我是心甘情愿的！"因为激动，他的声音甚至有点哽咽。

韩梅把头紧贴在辛月海的胸膛上，喃喃地说："我知道，我知道……"

虽然辛月海又回归到家中儿子的那个房间，可是心情却不是原来的心情了。韩梅沉沉地坠在心里，让辛月海每时每刻都牵挂着。

既然回到了家，总是要面对肖春凤的。两天两夜没有见到辛月海的肖春凤，见到他的第一眼就惊呼起来："月海啊！你怎么了？怎么这样憔悴了？是不是哪不舒服了？本来你是不喝酒、不打麻将的……你吃点什么，我去做。"

辛月海不以为意地说："没什么，就是有点累了，也还不饿。"

"怎么会不饿呢，也是该吃晚饭的时候了。"

看到辛月海无精打采的样子，肖春凤没再问什么。两人吃晚饭的时候，依然和以往一样，只能听见彼此咀嚼的声音。肖春凤有心想说点什么活跃一下气氛，但看到辛月海一脸的木然，话到嘴边，便就着饭菜一起咽了下去。

她就尽量收敛着自己平时的唠叨。因为她看到辛月海听她说话时总是皱着眉头，特别是吃饭的时候。大早以前，辛月海就说过，吃饭时别说话，影响消化。

虽然肖春凤没问及辛月海什么，可是，她从辛月海的衣服上，嗅到了令她警觉的气息，那就是女人身上的化妆品的香味。因为她从来不化妆，所以，她判断不出来这香味究竟是化妆品中的哪一类。但她可以肯定的是，这是源自女人身上的味道。

肖春凤在洗衣服的时候，故作不经意地问了辛月海一句："打麻将也有女的吗？"

辛月海就简单地回了一个字："有。"

也就是从那天开始，辛月海就开始特别注意自己的手机了。不仅加了锁屏密码，每天从外面回家之前，还删除掉与韩梅的微信信息或来电显示。他再去韩梅家时，也穿起他新买的家居服。每次再从韩梅家出来时，都浑身上下拍打拍打。这天，韩梅手机里正在播放相声，辛月海刚好走到门口，用扫帚仔细清理衣服，相声演员脱口说出的一句话刚好钻进他的耳朵：这就叫做贼心虚。

辛月海虽然夜晚不能再去韩梅那里了，但每天白天到单位扎一头，没什么特殊的事情或必须要做的工作，他都是赶往韩梅那里。他不在韩梅身边的时候，就抽空在网上看一些家常菜的做法。他用心去看，用心去记，然后，回到韩梅那现买现卖。对于辛月海每做完一道刚学的菜，无论做得多么不地道，韩梅总是鼓励辛月海说做得很好吃。哪怕是他做煳巴了，韩梅也笑呵呵地说她就愿意吃那种锅巴似的口味。

在韩梅的脚刚刚敢下地走的这天，她无论如何是要出去的，要为辛月海亲自做一桌佳肴，因为这天是辛月海的生日。

韩梅先是去了椰风海岸洗浴中心，彻底把自己收拾清爽之后，去了市内最大的品牌皮具专卖店，给辛月海买了全球品牌排名第二的爱马仕皮带和一个同品牌的手包。她喜欢这个名牌名称里带的"爱"字，仿佛那是一种对他们感情的寓意。

从专卖店出来，韩梅又去红房子蛋糕店定制了生日蛋糕，然后又到超市买了许多食材，把整个车后备厢都塞得满满当当的。

韩梅此刻的心情和车窗外的天气差不多，晴朗、阳光。她顺手打开了车载广播，广播里传出一个男人有些沙哑的歌声。那歌声像叮咛，又似安慰，一下子就抓住了韩梅的心："……记得不要在乎别人非议，要习惯性选择忘记；把所有冷眼嘲笑都当作一种鼓励，就不会觉得有多委屈；无所谓平凡与伟大，这世界赐我们独一无二的你。你所有的努力就是成为自己，这比什么都有意义。要记得麦田和远方，还有你那再也回不去的故里……"

这首歌怎么好像是给我写的一样？韩梅听着听着，眼前就变得模糊起来，抬手一抹，全是冰凉的泪水。她把车停靠在路边，好半天心情才平复下来。想再听一下这首歌，却不知道歌名是什么，想着回头拨打一下听众热线咨询咨询。

回到家就开始忙碌。她要在辛月海晚上下班之前，把生日宴准备好。辛月海从打照顾韩梅近一个月的时间里，他都是提前下班，尽早地赶回韩梅家给她做饭。

其实，对于脚脖子好转，韩梅既高兴又失落。高兴的是，终于可以自由自在地行走了；失落的是，辛月海就不能每天风雨无阻地到她这来了。想到这些，她就宁愿自己再接着受些苦，也不愿意辛月海从此减少甚至不来她的家里。

辛月海还是一如既往地提前下班。开门进屋，就立刻被眼前的一切惊呆了。他不仅看到韩梅做了一桌子的菜肴，还看到了她已经行走自如，并且打扮得异常漂亮迷人。这个被他照顾近一个月的"病号"，一下子又还原成美丽、漂亮的样子，让他开心不已。辛月海上前激动地抱起她，随后，又像是突然想起什么似的，轻轻放下韩梅，说："梅，我出去一下，你稍等！"

大约八九分钟的时间，辛月海就呼哧带喘地跑了回来。头上身上，挂着星星点点初冬的小雪花，手里捧着一大束鲜艳的红玫瑰。

正当辛月海准备向韩梅表明心迹时，门铃声突然响起。韩梅打开房门，接过了蛋糕店按韩梅约定的时间给送来的生日蛋糕。

见到制作得精美的生日蛋糕，辛月海立刻顿住了，旋即，才意识到今天是自己的生日。可就在这一刻，他很不合时宜地想起了肖春凤。

从打辛月海和肖春凤结婚至今，辛月海每一年的生日，肖春凤从未忘记过，都是像模像样地给辛月海做顿生日宴。那么，今天她也一定是这样的。辛月海怅然地站在那里，心里五味杂陈。如果他今天回去晚了，或者不回去，肖春凤肯定会打来电话。为了不受到她的干扰，不如先给她打电话，就说自己今天过午就回乡下去了。这个理由还是很充分的，因为每隔个一年两年他总是要回乡下去看看大舅。

电话刚拨过去，肖春凤立即就接了："月海啊，真是巧，我正要给你打电话呢，你就打过来了。今天是你生日，我把今晚的补习班时间改在上午了，做了好多你爱吃的，下班你就赶紧回来吧！"

"我正要跟你说呢，我回乡下去看大舅，你就别等我了！"不等肖春凤回复，辛月海立即就挂了电话。

缠绵甜蜜之后，又是崭新的一天。第一次，他们以恋人的身份准备出行。辛月海特意向单位请了几天假，理由和对肖春凤说的一样。这让他感到比较稳妥。即便是肖春凤委婉打探到单位，也是与他说给她的理由吻合。自打他觉出肖春凤对他有所警觉，辛月海就不得不小心谨慎一些。

出行这天，天气特别地晴朗，初冬清新的空气，让两个人神清气爽。他们开的是辛月海的车，带的是韩梅的摄影装备。他们的目的地是农村的雪乡。他们想拍些雪乡的景致，更是想把他们眼下的一切一切，都融入到洁白苍茫的雪乡之中。

五个多小时的行程，就到了他们所要去的雪乡。为了充分体味感受农家的风情和韵味，他们就入住在了雪乡农家。

分布在大山白发中的农家，都是柴门木栅，院落里堆满农家特有的农具，还有挂着白雪的苞米楼子。缕缕炊烟，袅袅升腾，远远看去像是一条条随风舞动的银白色飘带。

对于他们的入住，店家质朴而热情。看到他们携带的摄影器材，就笑着问："是来摄影的吧？要是天儿再冷冷，来这里摄影的人就更多了。"

"是啊，雪乡是很美的啊！你们住在这里真好！空气好，四季景色都好！"辛月海回应着老乡。

到了房间，两个人就迫不及待地相拥在一起，开始了另一种环境下的缠绵。在这远离市区，远离一切纷扰的乡野人家，两个人感到由衷的轻松和自如。特别是辛月海，似乎真正和韩梅一起开始了崭新的生活。

虽然他们带了摄影器材，但是，并没有过多地去拍摄什么，两人都觉得在一起的时光太宝贵了。他们更想在有限的时间里，充分享受二人世界。

他们几乎都是手牵着手进进出出。白天，浑身上下映照着从林隙中洒落下来的阳光；夜晚，欣赏挂在树梢上的月亮。他们的耳朵也没闲着，时时倾听林啸风吼，嘴里呼吸着清爽的空气，相拥时，两个人享受着彼此怀抱的温暖。

一日三餐，辛月海和韩梅都是吃着地地道道的农家饭菜，并且，都由店家把饭菜直接送到他们居住的房间里。两个人依偎在小火炕上，慢慢地吃，慢慢地品，慢慢地聊。那种温暖和惬意，那种放松和从容，让两个人都感受到了莫大的快乐和幸福。

越是怕时间过得快，时间越是匆匆得令人怅然若失。在要离开雪乡的这个早晨，辛月海和韩梅的心都沉重了起来。

二人收拾好行囊，默默伫立，他们实在不愿离开这里。他们宁愿与大山相守，与柴门相伴，只要是两个人在一起，无论在什么地方，哪怕茅庐也是天堂！

可是，毕竟得走，得回到各自的现实中。

就在汽车刚驶出雪乡没多远的时候，辛月海的手机响了。他没有马上接，猜想是肖春凤，还是单位，还是其他什么无关紧要的电话？

"喂？"辛月海摸过手机接通了电话。

"月海啊！我是你大舅，你今天赶紧来家一趟，有急事！"

辛月海一听是大舅，心里就"咯噔"一下。因为以往，大舅可从来没主动给他打过电话。

"大舅什么事啊？这么急？"辛月海疑惑地问。

"唉，你回来再说吧，不是几句话说得清的。好了，我这来买货的了，先挂了！"

辛月海意识到，乡下大舅家里，一定是发生了什么特别重要的事情，否则，大舅是绝不会这样急切地给他打电话。

辛月海把车停靠在村头的路边上，扭过头望着副驾驶座上的韩梅说："看来，我得过去一趟。你呢？"

"你定，听你的！"韩梅淡定地望着辛月海，等待着他的决定。

辛月海一边启动汽车，一边说："那就一块去！"

"好！"韩梅欣然同意。

汽车进了辛月海大舅家的村子。熟悉辛月海的乡亲，都热情地打着招呼。当他们看到从另一侧车门下来的韩梅时，就都议论起来，人群里传出各种声音："这回可看到月海媳妇了，真好看！"

"可不，咱月海长得这样英俊，那媳妇肯定就错不了呗。"

"哦，这可是天上的一对，地上的一双啊！"

辛月海抬头看看远处的大山，又回头瞅瞅光彩照人的韩梅，心里自豪着，也自卑着。

韩梅成了亲戚口中的"外甥媳妇""小婶儿""嫂子""弟妹"。辛月海和韩梅也都面带笑容答应着他们的各种称谓。

因为辛月海是怀揣着疑惑和担忧踏进大舅家的，所以，进了家门，他就首先去看大舅。大舅气色挺好，生活宽裕后还装了假肢，小卖店和家里的状况都有了不少起色。

再看大舅妈和表哥表嫂以及孩子们，也都挺好的。辛月海就纳闷了，那会是什么事呢？

正当辛月海要问及大舅究竟是什么事时，就听大舅望着窗外自言自语道："还真快，我这刚打电话没半个钟头呢，他就来了。"

大舅说话的当口，一个老男人就进了屋，也是一身乡下人打扮，辛月海没有见过。来人不等辛月海大舅介绍，就冲着辛月海问："你就是月海吧？"辛月海懵懂地点点头。这时，大舅指着来人给辛月海介绍："这是大铁炉酒坊的酒掌柜，他要领你去见个人。"

这就更令辛月海丈二和尚摸不着头脑了。跟一个陌生的人，去见一个什么人呢？

"大舅，我究竟要去见谁啊？总得事先告诉我啊！"

"你去了就知道了！"大舅迟疑了一下，还是不想说。

不容辛月海多想，酒掌柜就拉着辛月海走出了屋子。辛月海本不想带韩梅去见这个谜一样的人物，但大舅和酒掌柜却都冲着辛月海说："你必须得带上你媳妇，你们两口子都去！"

就这样，辛月海和韩梅云里雾里地上了酒掌柜开来的三轮车，又云里雾里地来到了一个破旧低矮的院舍。跨进院子，酒掌柜才扯住辛月海说："你要见的这个人，是你爹。他应该没有几天了，现在神志还清醒着，一直嚷嚷着要见见你这个儿子。怕你不来，所以，就没让你大舅告诉你见谁。关于你这爹的故事，等下我再慢慢说给你。眼下，你一定要认他，这可能是最后的一面了，别让他带着遗憾走。"

酒掌柜的这番话，如同一闷棍简直把辛月海砸蒙了。

这个没给辛月海留下丝毫印象和父爱的爹，这个毁了他的家和母亲的爹，给他一生埋下了痛苦种子的爹，竟然这样突兀地出现了。"爹"这个字眼儿，一下子把辛月海带回到痛苦的幼年，眼前又依稀看到上吊时母亲晃动着的身影……

这个令他憎恨、早已经死去的爹，竟然还活着？那娘去世前后，直到幼小的他寄养在大舅家时，他又在哪儿？

一想到这些，愤怒立刻充满了辛月海的胸膛。他冰冷着面孔对酒掌柜说："我没有爹。那个可恶的爹早死了！"说着，扯着韩梅就要走。

就在这时，一个似乎用尽了气力的呻吟穿过破窗传了出来。在那有气无力的呻吟中，隐约还夹杂着"儿子"两个字。

辛月海的心，一下子像被刺痛了，他停下脚步。

酒掌柜抄着袖，用近似哀求的目光看着辛月海。韩梅扯了扯辛月海的衣袖，低声说："进去看看吧，毕竟是你爹。"

院子到屋子的距离，让辛月海恍惚觉得是钻进了他那痛苦童年的时光隧道。黑魃魃的隧道里，弥漫着他记忆中的辛酸，那些辛酸侵蚀着他的思想、阻挡着他的脚步。可是，冥冥当中，他又被另一个力量牵拽着，力量与力量的拉锯较量中，他终于还是推开了屋门。

幽暗的屋子里散发着一股难闻的气味。不大的小炕上，堆着凌乱的棉被，被子里蜷缩着一个瘦小的、几乎让棉被完全隐没了的小老头儿。炕沿边上，放着一盒点心和一瓶水果罐头。都是开封的，零星撒在炕上一点点渣屑和汁迹。屋子不是很冷，炕沿下的灶坑里，有烧过火的灰烬。

"辛喜贵，你儿子儿媳来看你了！"酒掌柜扯着嗓门儿冲小老头喊着。

辛喜贵转过骷髅一般的面庞，深陷的眼睛里，闪烁着灰白的光亮。一只枯槁的手，缓缓地从脏兮兮的被子里伸出来，向辛月海无力地挥动了几下，像是在招手让他过去，又像是在摆手跟他打招呼。他干咳了几声，嘴里就发出儿子儿子的唤声。除了这个呼唤，他再说不出别的了，好像也没有气力能说出什么了。他只能用闪烁着灰白光亮的眼睛，在辛月海和韩梅的脸上、身上，扫来扫去。他时而翕动着嘴唇，可终归，除了"儿子"俩字，再也说不出别的话了。

辛月海死死地盯着眼前这个陌生的、被称作爹的人的脸。他真想把这目光变作鞭鞘，替死去的娘、死去的奶奶爷爷，还有他们那破败的家，狠狠地抽他一顿。辛月海一直是沉默着。他不是不知说什么，是压根儿不想说什么，只用无声的目光，带着沉淀在他记忆深处的怨恨，凝视着辛喜贵。

酒掌柜打破沉默，他一边往灶坑里又加了一些干柴，一边扬起脸对辛月海说："月海，你就对他说点啥吧，哪怕啥也不说，就叫他一声爹，他也就却心愿了！"

辛喜贵真的是如酒掌柜说的那样：头脑清醒着呢。当他听了酒掌柜这番话后，两行浊泪顺着塌陷的眼窝滚落下来。一阵剧烈的咳嗽，将屋顶的尘土都震落下来。

这时，韩梅扯过炕边的卫生纸，轻轻擦去溢出辛喜贵嘴角的痰液，就是这个动作，让辛月海感动得流出眼泪。沉默片刻，辛月海终于把手缓缓地伸向辛喜贵。辛喜贵就像溺水的人终于抓到了一根救命稻草似的，一把抓住了辛月海的手。那是一只冰凉、皮包着骨头的手，当这只手被辛月海的手握住了之后，就剧烈地颤抖起来，紧接着，呜呜的哭声，伴着强烈的气喘就塞满了整个屋子。

辛月海把手从辛喜贵的手中抽出来的同时，轻声唤了一声"爹"。他想开了，这也许算是对即将离开人世的人一个善举吧！

辛喜贵那骷髅似的、布满了泪水的面庞上，绽出了一丝笑容。这笑容，就是骨头之外的那层皮堆起的褶皱。他吃力地把手顺进枕头的一个口子里，摸了半天，最后掏出一个油纸包。然后，把油纸包塞在韩梅的手上。接着又拽过辛月海的手，把他的手盖在韩梅的手上，继而用尽力气似的把两人的手合拢在一起。喉咙里咕噜着什么，随后就喷吐出一口乌黑的血，脑袋一歪，就没了气息。

辛月海慢慢地用被子盖住辛喜贵。这时，酒掌柜麻利地卸下了门板，和辛月海一起把辛喜贵抬到了门板上。

酒掌柜走到跟前对着辛月海，也像是对着辛喜贵叨咕着："都是做好了走的准备的。装老衣服自己都穿好了，就是硬挺着等你们回来。儿子也见到了，也听到了儿子喊的这声爹，也了却了心愿，一路走好吧。到了那边别再喝大酒了，去找月海他娘吧。也许，她还能原谅你。"

简单办理完辛喜贵的丧事之后，酒掌柜才把关于辛喜贵"死而复生"的前后经过讲给了辛月海和韩梅。

原来，辛喜贵是被酒掌柜交给一个外省开煤窑的亲戚偷偷带走的。酒掌柜这样做，觉得自己是在做善事。他见这个人见人躲、这个继续败着家、整天没个人样的"酒魔儿"，就想，莫不如让他远远地离开家乡。这样不仅给乡邻除了害，也给辛喜贵的老娘和媳妇省份心。于是，就在一次辛喜贵又跑到酒坊喝醉了的时候，把他交给了事先约来的亲戚，连夜把他带走了。

可当他得知辛喜贵的老娘为了寻找这个失踪的儿子导致摔倒、瘫痪、精神失常，得知辛喜贵的媳妇为了这个家，造得不成样子，酒掌柜就动了恻隐之心，生一份歉疚。于是，在一个漆黑的夜晚，悄悄摸进凉水湾村，把辛喜贵换酒喝的那对银镯子，悄悄丢进辛喜贵家的柴火垛旁。

至于辛喜贵，在外面几十年一直都在煤窑里干着挖煤的营生。刚开始两年多的时间里，煤窑老板见他仍是半魔怔状态，也就不给他开工钱，只是管他吃住。后来，辛喜贵渐渐好转了，活干得也越来越像回事之后，才象征性地给他开了点工资。

彻底断了酒的辛喜贵，也就绝不是早年"酒魔儿"的样子了，他开始懊悔自己的当初。他曾经向煤窑老板打探过家里的事情，煤窑老板就没好气地告诉他："你娘被你气死了，你媳妇被你逼得上吊了！你没啥心操了，就安心在这干到老吧，有你吃有你喝的！"

听了这个消息的辛喜贵没有流泪，他只是像牤牛似的，拼了命似的干活，好像这是他唯一能够惩罚自己的方式。他在心里一遍一遍地念叨着：我还有儿子，我一定要多挣钱，一定要见到儿子！

辛喜贵在外省煤窑干活的几十年间，大铁炉酒掌柜也顺道去看过他几次。辛喜贵对酒掌柜并不记恨，但也绝不感恩，只是有一种老乡见老乡的亲切感。

辛喜贵钟摆似的枯燥生活，摆了六十多年之后，病魔袭身，再也摆不动了。他日渐消瘦，时时吐血，煤窑老板派几个工友带他去医院检查，才知是肺癌晚期。医生说，已经没有住院治疗的必要了。

煤窑老板念及辛喜贵在他这一干就是二十多年，也看在亲戚酒掌柜的分儿上，就把辛喜贵按五保户送到了养老院。除此之外，还给了辛喜贵一个存折，其实，这只不过是辛喜贵这些年被煤窑老板扣押的积累下来的工资。

就在辛喜贵刚进养老院不久，听了信的酒掌柜还是特意坐火车赶到养老院去看他。辛喜贵看到酒掌柜之后，一反常态，竟抱着酒掌柜如同见了亲人一般呜呜痛哭起来。看到瘦得不成样子的辛喜贵，酒掌柜的眼泪也涌出了眼眶。

其实，在酒掌柜内心深处，总是隐隐觉得辛喜贵嗜酒如命，最后变成酒魔，与他是脱不了干系的。如果自己不雇用他卖酒，不在最后把他送到煤窑，或许辛喜贵不会这样。

辛喜贵痛哭了一通后，就扑通跪在了酒掌柜膝下，央求着酒掌柜帮帮忙，他想见见儿子辛月海。他这一哭，一跪，就把酒掌柜的心给弄碎了。酒掌柜知道他活不了多久了，自己总不能眼见着他带着遗憾客死他乡啊！

于是，酒掌柜干脆把辛喜贵带回了自己的村屯，并拿定主意一定要通过辛月海大舅，把辛月海叫回老家，帮助辛喜贵实现最后的人生愿望。

酒掌柜在离酒坊不太远的地方，给辛喜贵找了间闲置的农舍，给他备了些生活用品，给他送吃送喝，延续着辛喜贵的生命。他在第一时间把这事情告诉了辛月海大舅，恳求他一定要让辛月海赶快回来一趟。

II

　　卢山正准备去买春联和烟花爆竹，于淼就已经抢先一步都买好了，并且还添置了一些彰显节日气氛的装饰品。还有两天的时间就是春节了，她就想一定要把小巷茶舍布置得红红火火。当然，这也是卢山的想法。

　　于淼还告诉卢山，春节应该打点的地方，她都打点完了。无论是该发红包的，还是赠送实物的，她都以小巷茶舍的名头办利索了。

　　卢山得知这一切，真的不知该说什么了。想说谢谢，想说一些表示感谢的话语，可又觉得实在是不够分量，也表达不了自己的谢意和感动。所以，索性就啥也不说了，一切都沉淀在心里。

　　卢山只是抿着嘴唇，沉沉地点了点头，深深地凝望着于淼，在于淼高挺的鼻梁上，又轻轻地刮了一下，昵语似的说道："你呀，你……"

　　空闲的时候，卢山和于淼就开始动手，收拾、装饰小巷茶舍了。看到于淼又在清洗那盏桃花灯，卢山就停下手里的忙碌。桃花灯似乎有些褪色，但经过于淼的一番擦拭，灯笼上的桃花依旧栩栩如生，鲜艳动人。

每收拾、装点完一处，两人就很高兴地相视而笑。偶尔坐下来一起喝喝茶、说说话，然后再继续清理其他地方。两人相互配合，丝毫不觉得累，反倒觉得这个过程充满了温馨、和谐和快乐。

在这个空当里，卢山忍不住问了于淼他本不愿提及的话题："他回来了吗？毕竟过春节了，总该回来和你一起过年吧？"

"不回来了。他说是带孩子和他父母去南方旅游。"于淼淡然地答道。

"你在哪里过年？是去你奶奶家？还是去别的什么地方？"

"师傅，你打算小巷茶舍放假几天？"于淼没有回答卢山的问话，而是转移了话题。

"你说呢？"卢山反问道。

"我觉得，过年了，人们都放假，也都吃得油腻，如果茶舍继续营业，兴许会有人来喝茶、买茶的。如果继续营业的话，你放心在家里陪陪家人，我来负责接待。如果没有客人，我一个人听听小说，喝喝茶，看看书。春节我哪儿也不想去，就想待在小巷茶舍。如果照常营业，我晚上还回我奶奶家。"

卢山思忖片刻，直视着于淼说："你真的哪儿也不想去，就想来茶舍吗？"

"真的。"

"可是，我是怕你，单单就是为了茶舍累着你！"卢山认真地说。

"不累，这恰恰可以让我得到休息。"于淼幽幽地看着卢山答道。

"如果你真是这样想的，那咱们的小巷茶舍就不放假，继续营业！"卢山肯定地回答。

"真的？师傅，那太好了！"由于兴奋于淼面庞浮上两朵红晕。

其实，卢山知道于森的内心。一个没有家人陪伴的女人，怎么过这个春节啊？就算回她奶奶那里，整日守着一个耳聋眼花的孤寡老太太又是多么枯燥无味啊！卢山忽然就为于森难过起来。他就暗暗地对自己说：这个春节，我陪她过了。

春节到了。

这天上午，于森和卢山就把对联和福字贴在了房门和窗户上，外加一个贴在广告栏上的通告：春节假期，小巷茶舍照常营业。很多商家，贴完对联之后，也就都关门闭店了，而小巷茶舍依然像精神抖擞的战士一样，坚守岗位。

看到眼前红通通依然开着门的小巷茶舍，于森有一种想哭的冲动，但这大过节的，哭可不吉利，所以她硬是把泪水憋了回去。于森太清楚了，师傅继续营业完全是为了她，不仅给了她一个心灵安歇、慰藉的地方，还给予了她温暖的陪伴。

春节最大的事儿就是吃年夜饭，卢山已经预约好了一个酒店，他要把于森连同她奶奶列入他们一家中。

当然，对于这件事，卢山事先跟家里人说好了的。理由很充分，也很理直气壮：说这就是一种情分的回馈，毕竟是于森在他买门市房资金紧缺时帮了大忙。对于借钱这事儿，孙兰香无话可说。对于要一同吃年夜饭，孙兰香却极力排斥。她本想直接回绝不去，可是毕竟是年夜饭不同以往。再说，女儿娇娇和婆婆都一致赞同，总不能自己光杆儿一个在家吧？无奈之下只好忍了。

对于卢山盛邀于森和奶奶与他们一家同吃年夜饭这事儿，于森也是一再谢绝。她讷讷道："师傅，本来是你们一家人的团圆饭，硬是外加了我和奶奶，这样不好。还是你们去吧。我就和奶奶一起吃年夜饭也挺好的，谢谢师傅。"

"我定好的事情不能变，咱们在一起吃年夜饭！"

见师傅如此坚决，于淼最终还是答应下来。

对于这个不同寻常的年夜饭，于淼是绝不会轻描淡写似的前往的。她先是帮奶奶换了新衣，梳洗干净，然后自己也里外焕然一新。最主要的是：她还备好了给娇娇的礼物。

其实，从打搞了那次免费赠送礼品活动后，卢姣就加了于淼微信好友。两人时常打声招呼，发个表情，偶尔也会闲聊几句。卢姣挺佩服于淼的，看到在整个的活动和宣传中，都是于淼在为小巷茶舍摇旗呐喊、上阵助威，就觉得老爸有这样的徒弟脸上很有面子。

一切都准备妥当后，卢山就开着自家的面包车，载着一行六人去往订好的酒店。同时，也载着一车的欢声笑语。

几个人一见面，让卢山感到出乎意料地欣慰和高兴。首先是娇娇和于淼，两人竟热情地搂着肩膀，就像是交往很久的闺蜜似的。于淼马上从挎包里掏出一个精致的首饰盒递给娇娇，微笑着说："娇娇，这是我送给你的礼物。看看喜欢吗？"

娇娇接过来打开，里面是一条金光闪闪的18K金翡翠项链，脱口说道："哦，好漂亮啊！我太喜欢了！"娇娇说着，顺便看了一下发票，惊呼道："哦，1600呢！这么贵重，让于淼姨破费了，谢谢啦！"

"不用谢，你喜欢就好。"

这边娇娇和于淼有说有笑着，那边卢山老妈和于淼的奶奶，手拉着手地感叹着："哦哟，咱俩天天在小区溜达，就是没搭过话儿！"

"可不是咋的，这回，可都知道谁和谁是一家子了。"

眼前的这一幕，倒是把孙兰香冷在了一旁。她把头扭向车窗外，心里嘀咕着：自己是怎么了？怎么处处像个局外人似的？反倒是他们搞得一团火热？

"嫂子!"于淼的这声招呼,把孙兰香从冷落中拉回来。她也就强作笑脸扭过头来。于淼替孙兰香整理了一下滑落肩头的围巾,笑着说:"嫂子,你这身衣服真好看,特精神,看见你很高兴! 工作还很忙吧?"于淼是绝不会冷落了孙兰香的。

"忙,一直是很忙的。"说完这句话,孙兰香就不知再说什么了。

因为是事先预订好的年夜饭套餐,所以省去了点餐环节。六个人入座后没多久,丰盛的年夜饭就陆续上桌了。

于淼特意挨着孙兰香坐下。不论之前孙兰香对她态度怎么样,今天她都要给足师傅面子,不让师傅有半点尴尬和不适。于淼在交谈中和举止神情上,都尽量突出孙兰香女主人的地位。这就使孙兰香的面色与在车上时有了迥然不同。她不住地给于淼和她奶奶夹菜、让菜。偶尔,也妈妈地叫着给婆婆夹上几筷头。她说话的口吻,做事的派头,无不昭示着她是女主人、是卢山的老婆。

席间,好听的拜年话、祝福嗑儿,自不必细述。单说愉快的气氛,就远超卢山的想象。这也让卢山从心底更加喜欢于淼,更佩服于淼。

但无论如何孙兰香是不会打心里愉悦起来的。她表面上春风满面,心里却是酸溜溜的。她特别不愿意看见于淼,于淼整个的人,都让她看着泛酸、泛妒,都让她相形见绌。可为了显示出女主人的风范,面上还要装作愉悦。所以,这个年夜饭对她而言,是最最难吃、最最不愿面对的场面。

吃过了年夜饭,卢山开车直接把这一行人拉到了小巷茶舍。他是准备整个儿三十儿就在茶舍过了。因为只有这样,才能把于淼和奶奶纳入其中。也只有小巷茶舍,才是于淼心灵的依附。还有一点,就是让左邻右舍的邻居们都看看师徒两家和谐的关系。卢山先是给大家沏了茶,于淼也帮着忙活着。卢山说:喝喝自家的茶解解腻，也体会体会喝茶的妙趣。

快到午夜时，窗外已经有人在放烟花爆竹了。娇娇就扯着卢山也出去放。于淼则拉着孙兰香也跟了过去。

于淼很亲近地紧挨孙兰香站着，放鞭炮时，捂着耳朵，身体倾斜在孙兰香身旁，更是现出那种心无芥蒂、亲密无间的样子。孙兰香也捂着耳朵，只好配合着于淼的姿态。俩老太太则是躲在茶舍里，透过窗子看烟花。娇娇则像假小子似的和爸爸卢山一起充当炮手。

欢声笑语中，有娇娇喊妈叫爸的声音，有俩老太太喊老姐姐老妹妹的声音，有于淼喊嫂子的声音，还有于淼喊师傅的声音，更有孙兰香喊老公的声音。

若是在以往，孙兰香喊老公卢山是挺不习惯的。可在这特定的场景里，在左邻右舍的观望中，卢山倒是希望她这样称呼的了。甚至声音越大越好，大到听到的人越多越好。只是，他怕这个称呼刺痛了于淼。

孙兰香这样喊老公，只是给于淼一个人听的，洪亮的喊声里，夹杂着不可侵犯的属性。而卢山之所以在这个场合中接受这种称呼，隐隐地也是为了于淼。似乎这声称呼，可以抵挡可能出现的闲言碎语。

年夜饭是吃完了，但春节的重头戏，还有迎财神的年夜饺子，卢山绝不会让于淼和奶奶半路回家去。为了不让于淼和奶奶感到节日的孤单和冷清，也为了省事，他事先买好了速冻饺子。

煮饺子的时候，这六个人都跟着忙活着：俩老太太剥着蒜、唠着嗑，孙兰香煮着饺子，于淼洗涮着碗筷，卢山也在一旁打着下手，娇娇拼接着桌椅。

待饺子端上桌，把没有吃完打包回来的菜一摆上，再放上一阵烟花爆竹，迎财神饺子就开吃了。这个大年三十儿，也就算过完了。

虽然孙兰香心里别扭，但为能够很昭然地在小巷茶舍露一面，在于森和她奶奶面前显示一番女主人的姿态，也就觉得没啥不太痛快的了。再想想于森给娇娇的礼物，就填平了心里那些不深不浅的坑儿。

第九章

下了高速，辛月海停了车，转头看着韩梅。

"再走不远，就到地方了！"韩梅幽幽地说。她没有说"到家"，而是说"到地方"了，语气里充满了失落。

"是啊，快到了。"辛月海几乎是叹着气吐出的这几个字。

这时，韩梅从挎包里摸出辛月海爹塞在她手心上的油纸包，轻轻放在辛月海手上："收好吧，毕竟是你爹给你留下的唯一的东西，也是纪念。"

辛月海慢慢打开了油纸包，里面有两样东西：一个是黄灿灿的金手镯，一个是皱皱巴巴的存折。隐在其中的，还有一张纸片，纸片上，歪歪扭扭写着几个字：月海儿，这是爹留给你的。大概是有的字不会写，还画了一个代表着人脸的圆圈，简洁的眉眼下画满了点点，大概，那是表示着泪水吧！

辛月海又展开存折，一共有 5000 元。辛月海自言自语道："这就是他的一辈子！这些钱，我一分不会要，给我娘和他分别修两个坟墓。至于那只金手镯，你就收下吧！"

辛月海说着，就想把金手镯戴在韩梅的手腕上。

韩梅一边挣脱，一边说："不，他是送给他儿媳妇的，我不能留！"

"这就是送给你的，你就是他的儿媳妇！"辛月海坚定地说。

"可现实中，我不是！"韩梅忧戚地说。

辛月海不容置疑地握住了韩梅的手，灼热的目光里充满真诚："我认定的，唯一的爱人就是你！"

韩梅回去的第二天就去上了班。在韩梅在家养病期间，也有同事要去看她。韩梅考虑到辛月海经常在这里，她不想让同事们碰见，谎称去外地疗养。

既然说去了外地疗养，她就特意网购一些即食的海鲜鱼片，准备送给同办公室的同事们和几个要去看她的姐妹们。可万万想不到的是，韩梅踏进单位，凡是见到她的同事们，不但没有热情地跟她打招呼，相反都用一种异样的眼光看着她。平时，几个比较要好的姐妹，也都不冷不热地打声招呼，口气中含着隐隐的怪味。有的，还在韩梅身后悄悄嘀咕着什么。韩梅忽然有了一种不祥的感觉。

单位的女主任把韩梅叫到办公室，先是绕着弯聊了几句闲嗑，才一点一点循序渐进地进入主题。她一边用纸巾擦拭着水杯，一边头不抬眼不睁地轻声问道："韩梅，你是得罪了谁吧？"

"主任……出了什么事？"韩梅的心突突地狂跳着，她已预感到了事情不会那么简单。

女主任从抽屉里拿出一个很厚的牛皮纸信封，开了封口的："你过来看看吧！匿名发出的。"

韩梅拿过来，倒出里面的东西，她的心一下子被揪了起来，竟是好多张她和辛月海去雪乡两人在野外亲昵的合影，除此之外，还有一沓子打印出的她和辛月海微信聊天的记录。附加着的，还有一页同样打印出的谩骂韩梅的文字：韩梅，你用你的美貌，勾引有妇之夫！说你破鞋不好听，那就冠予你狐狸精吧！因为狐狸精是可以到处放骚的。这倒更能符合你！请你远离我丈夫，因为我们是不可分割的整体，我绝不允许你破坏我的家！

韩梅一阵眩晕，她立刻明白了是辛月海老婆干的。可是，那雪乡偷拍的照片又会是怎么回事呢？难道她是雇了私家侦探？

韩梅的心里七上八下，还没等她回过神儿来，女主任又接着说："如果这些东西，只是发到我这儿，还好说，我会悄悄给你，不会声张。可糟糕的是，这些东西，各个科室、部门和办公场地，像发放传单似的，弄得人人皆知。你这病假，也一下子被人们认为是寻欢作乐去了！"

主任站起身，目光看着窗外，感慨道："你看到外面的雪人了吗？"

然后又指指窗台上那盆开得正旺的蝴蝶兰："你再看看这盆花，它们两个无论怎么惦着对方，都不能到一块儿，雪人到了屋里就变成了一摊污水，花到了窗外就没了生命。人啊，一旦为情所困，就糊涂了。"

韩梅记不清自己是怎样离开主任办公室的。现在她唯一的想法，就是尽快逃离这里，就是赶紧给辛月海打电话。

韩梅紧绷着面孔，在同事们的交头接耳中，匆匆离开了单位。她感到自己仿佛被抽了筋骨一般，软绵绵的腿，似乎都不听自己的使唤了。

韩梅猜得没错，匿名发出这些东西的，就是辛月海的老婆肖春凤。但她无论如何不会猜到那些照片竟然来自蕙质兰心。

肖春凤能够见到多年未见的老邻居蕙质兰心，是在她上补习班的那个小区。再次见面，蕙质兰心拉着肖春凤的手，一刻也不愿松开。那热情源于她满肚子的话，像发酵垃圾一样，已经迫不及待想找个地方倒出去了，而肖春凤恰恰是容纳这些东西最好的垃圾箱。

当韩梅在群里时，蕙质兰心担心漂亮的韩梅被老公雄鹰看上，于是她就极力把辛月海作为靶子推向韩梅。可当这两人真的好上之后，特别是韩梅退了群，辛月海也淡出之后，蕙质兰心竟又从另一层面嫉妒起韩梅，嫉妒她有男人去喜欢。她就特别渴望自己也能在老公之外，有个喜欢自己的男人，可是，一直没有。哪怕她去主动巴结谁，也都是竹篮打水一场空。

有一次，雄鹰喝多了酒，想起以前发生在摄影群里的事情，嘴上就没了把门的，就把替辛月海做挡箭牌的事叨咕出来。并且，还肯定地说辛月海和韩梅在一起了。

蕙质兰心就一边捶打着雄鹰，一边骂道："你不泛酸啊？究竟为了谁啊？这等破事，你也给拦着！"

雄鹰没为这事泛酸，可蕙质兰心倒泛起酸来，她也说不清她泛的哪门酸。可她又特别喜欢打破砂锅问到底，强烈的八卦之心，让她在雄鹰醒酒后一再追问。可是雄鹰却矢口否认，说是自己醉酒瞎嘟嘟的，让她别当真。

雄鹰太知道蕙质兰心的品性了，他担心着她的破嘴会给传到外面去。可是，雄鹰越是否认着，越让蕙质兰心感到其中有猫腻儿。她就渴望着要是能见到肖春凤，就可以把自己对韩梅的嫉恨借助肖春凤发泄出去。

因为在韩梅没进群之前，她曾暗暗讨好过辛月海，可是辛月海就是木头疙瘩似的没反应。反过来对韩梅却"反应"那样强烈。所以，当蕙质兰心那天见到了肖春凤之后，以多年未见为由，硬是连拉带拽，顺便就去美食城。就在这顿晚餐中，蕙质兰心的嘴，一边往肚子里吃东西，一边从肚子里往外掏东西。

也就在这天晚上，肖春凤知道了辛月海和韩梅更多的事情。虽然肖春凤越听心里越堵、越气，可表面上却显出很平静。她一边故作镇静地夹起一口菜放嘴里，一边不以为意地说："我家月海不是那样人，可能就是两人在摄影上聊得来，多接近了一些。再说，男女之间也是可以有友谊的啊！至于你说的雄鹰替月海找借口做挡箭牌，可能是怕我们两口子闹，他也是好心。我不是小心眼儿的女人，我信任自己的丈夫！"

蕙质兰心本以为肖春凤听了她这番添油加醋的描述后，会特别生气，会顺着她的话题刨根问底。可哪成想，她竟能这样丝毫不当回事儿！蕙质兰心不免有些恼火，就好像把一根锋利的针刺到了棉花里一样。

她也就只好平和着口吻说："咱们都是做老婆的，现在的男人啊，哪个不好色？家花没有野花香，还是看紧点好吧！况且你……"

说到这儿，蕙质兰心赶忙把后半截话打住了，她差点儿没秃噜出后半句来。

肖春凤当然明白蕙质兰心憋回去的半截话是什么，她自嘲地说："况且我还这个丑样子。不过，我家月海对我挺好的，他不嫌弃就行！"

肖春凤是憋足了气力，才违心说出这番话的。此时此刻，她真想找一个无人的地方，放声痛哭一场。

可是，在外人面前，肖春凤是绝对要维护自己的家庭和辛月海的。多年前曾和蕙质兰心做邻居，她深知道她的为人。面对这个热衷于东家长西家短的女人，肖春凤就算再怎么难过，也不愿意在她面前表现出来。

蕙质兰心很为没有达到想要达到的效果而不爽，就好像心里的垃圾，一股脑儿倒出来之后，又都被吸纳了回去一样。所以，当肖春凤要买单时，她也就没太阻拦。

有了这第一次见面，也知道了肖春凤的补习班在哪儿，蕙质兰心每次打完麻将后，约摸着肖春凤快下课了，就朝她那走。她总是感觉没说透，自己出击的力度不够。

事有凑巧，能够让蕙质兰心有力度出击的证据，终于让她获得了。

那是在辛月海和韩梅雪乡出游的第二天。蕙质兰心随着她刚加入不久的摄影群正好也去了那里，只是他们住在另一片农舍中。第二天，蕙质兰心他们就出去摄影了。远远的，她就看见两个熟悉的身影，特别是韩梅那特有的曼妙身姿，让她一下子就判断出是她。判断出了韩梅，也就确定了韩梅身边的男人是辛月海。刹那间，蕙质兰心如同打了鸡血一样兴奋不已，学着电影里大侦探的样子，鸟悄地跟了上去。

从雪乡回来后，蕙质兰心立马就去找了肖春凤。这个时候辛月海和韩梅正在辛月海的大舅家。

这次蕙质兰心找肖春凤的理由很充分。她拽着肖春凤的手说："第一次，本来我是要请你吃饭的，可你却非要买单，这可让我心里不得劲儿，今儿，我请你！你说啥也得给我个面子哦！"

肖春凤实在是懒得见她，不想听到那些令自己堵心的事情。可是，隐隐的，她又希望着能在蕙质兰心那里，了解更多关于辛月海和韩梅的信息。

为了不突兀，蕙质兰心在要拿出这些重量级的"物证"之前，还是与肖春凤唠了些别的话题。铺垫一番之后，才郑重其事地从挎包里掏出一沓子照片反扣在饭桌上，卖着关子对肖春凤说："猜猜这是什么？这不仅是我的摄影作品，而且，还是对你特别有用的东西。本来嘛，我是不想给你的，可我又不忍心你一直蒙在鼓里，我是很同情你的，所以，思来想去就——"

"我看看！"蕙质兰心的话，让肖春凤预感到了什么，她不等蕙质兰心把话说完，就一把夺过这些照片。当肖春凤看到一张张辛月海和韩梅亲昵甚至拥抱和亲吻的照片后，脸上一下子就没有了血色，手也不由自主地哆嗦起来。蕙质兰心目不转睛地盯着肖春凤脸上表情的变化，等待着肖春凤的反应。

为了不使自己过于失态、不使抖动的手抖得更厉害，肖春凤把胳臂肘支在饭桌上，还特意故作镇静地端起水杯喝了一口水，然后，屏着急促的呼吸，尽量平缓着口吻说："这些，都是些无聊的游戏！我知道，月海只是和这女人做做游戏而已。无论怎样，我是他的妻子，他是我的丈夫，既然这女的，愿意成为月海游戏的玩物，那就任由月海玩吧。等月海玩够了、玩累了，自然就会抛掉她了。我就等着看她的热闹了！"

肖春凤说完这番话，竟还能把哭腔变成了怪异的笑声。这笑声着实把蕙质兰心搞蒙了。本来看着神态有了变化的肖春凤，竟还能这样坦然大度起来，蕙质兰心万分地不理解。她想，如果要是换作自己听到、看到老公这个样子，那一定会像被激怒的老虎一样，去把搞到一起的两个人撕个稀巴烂！

肖春凤一边慢慢收起照片，装到自己的挎包里，一边对蕙质兰心说："谢谢你的好意，你的摄影水平真好，拍得这样艺术、到位、清晰，既然是送给我的，那我就收下了！"

这顿饭，肖春凤是吃到嘴里、喝到胃里了，那也只是为了掩盖自己情绪变化而机械做出的样子。肖春凤觉得自己吃的喝的都是炸药，把肖春凤炸得伤痕累累。肖春凤暗自舔舐着伤口，她愤怒地想，要以牙还牙，要用这颗炸弹炸烂那个可恶的狐狸精。

于是，肖春凤就把蕙质兰心给她的这些"炸药"，添加上自己偷偷储存下的"原材料"制作成了一枚枚炮轰韩梅的"炸弹"。无论她怎样地恼怒辛月海，都还是极力保护他、维护他。所以，在那些照片上，把辛月海的面容，都做了遮挡处理。在他与韩梅聊天的称呼上，也隐去了辛月海的名字。而韩梅的则完全是赤裸裸的曝光。她的炮火，就是对准韩梅的。连同她对韩梅的咒骂，统统随着这些复印的东西一道投放到韩梅单位的每一个角落。

肖春凤把这些炸弹抛出的第二天，辛月海回来了。面对回到家里的辛月海，肖春凤表面上仍和以往一样嘘寒问暖，然后为他准备一桌他喜欢吃的饭菜。

尽管肖春凤表面上仍和以往一样，但心里却一直在打鼓。她不知道她投出去的炸弹会造成怎样的后果，她当时就是出于嫉恨和愤怒，为解一时之气，迅速而又冲动做出的这一切。

辛月海面上也和以往一样，平静地坐在沙发上，随意似的调换着电视频道。其实，他也是在借此掩饰和以往不同的心境。现在，他的心里装的都是韩梅。一想到从老家返回时，韩梅那恋恋不舍的目光，辛月海心里就一阵阵酸楚。

"月海啊，吃饭了！"肖春凤把晚餐摆上了桌子，一边解着围裙，一边招呼辛月海。

辛月海心不在焉地坐在了桌旁，正准备吃饭，手机突然响了。他拿出一看，屏幕上显示是"严冬"，他的心就怦怦地悸跳起来。"严冬"就是韩梅。自打他发现肖春凤对他有所警觉之后，他就把韩梅通讯录上的名字改成了"严冬"。韩梅从来不在他在家的时间给他打电话，而且还是在晚餐这个敏感的时间里，辛月海猜测一定是有什么特别着急的事情。这样一想，辛月海就毫不犹豫地接了电话，急切地问道："喂，怎么了？"

电话那边竟是一阵的沉默。辛月海更着急了，竟顾不得在身旁的肖春凤，脱口道："梅，你怎么了？！快说话啊！"

电话里隐隐传出韩梅嘤嘤的哭泣声。

"梅，究竟怎么了？你快说啊！"辛月海急得额上冒出了冷汗。

一阵哽咽后，韩梅才幽怨道："你还是问你老婆吧！"说完，电话就挂断了。嘟嘟的忙音像毛毛刺一样，刺痛着辛月海的心。辛月海锋利的目光望着肖春凤，厉声道："你究竟做了什么？！"

"我还没问你做了什么呢，你倒问起我了！"肖春凤强作镇静地回应着。

其实，当辛月海接听韩梅电话的时候，肖春凤就意识到她的炸弹已经爆炸，她仿佛听到了从远方传来大炮的轰鸣声。她拢了一下遮住半拉脸的头发，直视着辛月海，先发制人道："月海，咱们谈谈吧！"

"你先回答我，你到底做了什么？！"辛月海失态地大吼。这是他对肖春凤从来没有过的叫喊。

肖春凤用陌生的目光看着辛月海，一字一顿地说："好，我告诉你。"

于是，她就把她知道和掌握的一切，以及蕙质兰心交给她的照片，原原本本地讲出来，当然，包括她所做的这一切。然后紧紧咬着嘴唇，强忍住眼眶的泪花，一字一顿地问："你，也该跟我说点什么了吧？"

　　"有什么你冲我来，为什么使用这样恶毒的手段去报复韩梅？是，我是要和你谈谈了！既然你都知道了，那我就打开天窗说亮话吧！"

　　见到从来没有这样发怒过的辛月海，肖春凤的心有了惶然。她灰白着面孔，双手紧紧捏在一起，默默地坐在辛月海的对面，等待着她将面临的一切。

　　"我爱上了韩梅。她是我一生中，唯一爱的女人。不是苟合和游戏，是真正的相爱。"

　　辛月海的这番话，让肖春凤的嘴角抽搐起来，仿佛是被针猛刺了一下似的。她不想打断辛月海的话，她仍仰着灰白、臃肿的胖脸，做出要听完辛月海想说的话的样子。

　　"说实话，我压根儿就没有爱过你。从我俩相识到结婚，你给我的就是姐姐和母亲的感觉。你知道吗？当我们每次做完夫妻之事后，我都有一种深深的负罪感。我恶心！你知道吗？恶心——"

　　辛月海气急败坏地站起身，用拳头狠狠地砸着桌面，以至于桌上盘子一阵叮当乱响，菜汤溅了肖春凤一身。肖春凤害怕地向后缩了缩身子，脸色一片惨白。

　　"当我们有了儿子后，我仅仅感到你是儿子的母亲。我们之间仅仅是亲情。在你这里，我扼杀了一个男人对爱的渴望和冲动，甚至退化了一个男人的本能和欲望。可自打我认识了韩梅，自打我们相爱到一起，我才感到我是一个男人，才感到我的生活里有了阳光、有了希望。是韩梅给了我生活的乐趣，是韩梅让我还原了一个男人的本性！话既然说到了这份儿上，那我就明跟你说，我不会舍弃韩梅，她已经深深扎根在我的生命里。如果你能接受这个事实，我们的家，永远还是完整的家，我会永远记得我的承诺：对你不离不弃。如果你不接受，甚至还要对韩梅做手脚，那么，我们立马就离婚！"

听完辛月海这连珠炮似的话语，肖春凤的心彻底凉了。尽管她知道辛月海不爱她，但她可以忍受那种沉默下的"包裹"，可如今，听到辛月海这直白的心声，她彻底承受不住了。

她突然懊恼自己不该把这层纸捅破。如果有这层纸，毕竟还能有个遮挡，还能在遮挡下支撑这个家。可是，一旦这层纸捅破了，家这个堡垒也就瓦解了。没有了遮挡，就得直面所有的风风雨雨了。肖春凤的心就揪到了一起，她强忍住泪水，努力平静着自己的情绪。除了她父亲去世，她在辛月海面前从来没流过泪，她都是以一种母亲般的强大面对着辛月海。而这会儿，她同样不想现出自己的软弱和无助。

她松开自己一直紧紧握在一起的手，习惯性地拢了一下头发，挪动了一下座椅，在座椅与地面的摩擦声中，夹带出她的话语："啥也别说了，我都明白，我……成全你……"

辛月海直视着她，等待着她的下文。

"我，成全你，你可以继续和韩梅好，只要你还能把这里当家，还能对儿子尽一个父亲的责任，就由你吧。但是，无论如何，我，不会离婚！永远不会！"肖春凤似乎是嚼着苦莲说出的这番话。

她不能没有辛月海，辛月海对于她，不但是爱的全部，也是生命的全部。她可以没有辛月海的爱情，但她不能没有辛月海这个丈夫，只要他还能进进出出这个家门，只要名义和面子上，还是她的丈夫，她就可以忍受本不该忍受的一切。

这顿晚餐，谁也没心思吃。被冷落的饭菜静静地等在桌子上，有气无力地哈着热气。

辛月海匆匆赶到韩梅家。看到韩梅头发蓬乱地躺在床上，辛月海十分心疼，他把脸紧紧地贴在韩梅布满泪痕的脸上，喃喃道："不怕，不怕，一切都过去了。不会有谁把咱们分开，包括她。放心，她不会再对你有任何伤害。我爱的，永远是你！"

为了给韩梅一个安慰和交代，辛月海把他和肖春凤的"谈判"结果告诉了韩梅。韩梅紧紧搂着辛月海的脖子，心里像打翻的五味瓶，说不出什么滋味。她知道，在无奈的现实面前，对于辛月海的家庭或者他老婆而言，这已经算最大的让步了。韩梅并没想破坏他的家庭，也没想让自己取代肖春凤的地位，但她无法中断对辛月海的爱情。尽管肖春凤对自己做出那些伤害，但换位想想后，韩梅也就摒弃了记恨。

但是，炸弹的巨大杀伤力，让韩梅觉得这个单位已经不是自己的容身之地了。万般无奈中她决定离开，准备自己做点什么。

捅破了那层纸，辛月海就再不用找什么借口，也不用再那么小心谨慎，如今，他可以明目张胆地去韩梅那里了。

对于肖春凤这样的让步和容忍，辛月海并没有感到放松，相反一种无形的压力禁锢了他的所谓"自由"。现在，无论他在家里做什么，或者肖春凤为他做什么，似乎都失去了往日的真实性和自然性，都是一种伪装。这就让辛月海心里很不舒服。虽然肖春凤给他开了"绿灯"，但辛月海并没有在这"绿灯"下忘乎所以，相反，倒好像比原来更顾家了。

看到越来越苍老、为了维护住这个家委曲求全的肖春凤，辛月海觉得自己挺混蛋的，心里也隐隐产生一些愧疚。除了不能给予她夫妻之爱，在吃穿用度上都想着肖春凤，还会给她买一些穿的戴的。有个头疼脑热，也陪她去医院，给她买药，尽着名义丈夫的责任。

面对辛月海所做的这些，肖春凤也都显现出高兴的样子。尽管她知道，辛月海所做的这些，大多都来自对她的愧疚，退而求其次，肖春凤还是在得失之间，自我安慰地找到了平衡点。

面对出现在自己生命里的两个女人，他给予肖春凤的是名义上的家，却给予不了肉体和爱；他给予韩梅的，是爱和肉体，却无法给予她一个真正的家。这种无奈与矛盾相互撕扯，然后形成了一个巨大的旋涡，常常让辛月海深陷其中不能自拔。

辛月海会把一天的时间，合理规划好，尽量地都和韩梅在一起。恰好韩梅也不上班了，两人在一起的时间也就更充分了。但无论怎样，家一定是要顾的、要回的。辛月海也会在某一个休息日或什么节日，在家里和肖春凤一起度过。特别是儿子回来时，一家三口表面上也是其乐融融的。

辛月海的心里是苦涩的。看到一家三口聚到一起的场景，他就会想到孤身一人在家的韩梅，想到此时的韩梅，如果知道他们三口之家的相聚，心里该是怎样的滋味！

对于假期要回家的儿子，辛月海既盼着、又怕着。因为他一回来，不仅减少了他去韩梅那的次数，晚上还要睡到肖春凤的床上。虽然，他与肖春凤是一颠一倒着睡，但那种发自内心深处的别扭感，常常让他无法正常入眠。肖春凤也深知辛月海是身在曹营心在汉，所以，也识趣地不再把手伸到他的被窝儿里。

为了不招致辛月海的反感和厌恶，她几乎是一动不动地平躺着。漆黑中，她悉心地体味着辛月海身上的气息，同时，也想象着他在韩梅身边时该是什么样子。一想到这儿，冰凉的泪滴就顺着眼角往外流淌着。她不敢深睡，怕不知不觉中踢到辛月海，也不舍得把这与他同床的时间浪费在睡梦里。

当辛月海离开家去韩梅那里的时候，肖春凤往往是眼含泪水，把头伸出窗外，望着灰蒙蒙的天空，想着在同一个城市里，在同一片天空下的另一个楼窗里面，辛月海是在和别的女人在一起，心就如同刀割一般疼痛。她越告诫自己不要去想这些，却越是事与愿违，直到心被绞得七零八落。

蕙质兰心把辛月海和韩梅的照片交给肖春凤之后，再就没见肖春凤的面。她隐隐约约觉得，应该是弄出点声响了。事后，又感觉着自己这事做得不太地道，无论是冲辛月海、韩梅，还是肖春凤，她都不该煽风点火。如果火真的烧起来，以后她怎么面对这几个人啊！想想，她就后悔。因为心虚，她也就不想见这三个人了。可是，偏偏她就见着了辛月海，而且是在雄鹰面前。她压根儿想不到辛月海会知道雄鹰住院的消息，更想不到他还会去医院看望雄鹰。

当她推开病房的门，蓦地看到辛月海时，刹那间，心就呼地悬了起来，脸上也像挨了一巴掌似的，滚烫滚烫的。她冲着辛月海语无伦次道："哦，月、月海啊！你……你怎么、你咋来了？"慌乱中，差点儿没把盒饭扣地上。

"嫂子，你今天怎么了？怎么感觉你气色不太好呢？雄鹰一直是我好大哥，我咋就不能来看呢？怎么会不知道呢？我什么都知道！"

辛月海目光犀利地盯着蕙质兰心，一语双关道。

雄鹰见蕙质兰心这反常的神态，感到很奇怪。她一向说话都像是连珠炮似的嘎巴脆，别说是老熟人了，就是陌生人都是自来熟。可今天这是怎么了？

见雄鹰疑惑地看着自己，蕙质兰心就更心虚得手足无措了。她借故抓起雄鹰床下的一件衬衣，说是要去洗洗，就想溜出病房。

可雄鹰却喊住了她："不急着洗。月海大老远来的，你陪月海唠唠嗑，我这嗓子刚做完手术，不敢多说话。"

见雄鹰这样说，辛月海也迎合道："是啊，好久没见了，咱们既是曾经的邻居，又是群友，就不想叙叙旧啊！"

蕙质兰心只好硬着头皮，讪讪地坐在辛月海对面的空床上。要是以往，她一定会拉开话匣子讲个没完，可这会儿，像卡了壳的机关枪，哑巴了。

聊啥啊？叙什么旧啊？是能问肖春凤怎么样？还是能问韩梅怎么样？能够谈到的人也就这两个，可是，这两个人，都是被她的炸药捻子点燃了的人。

辛月海深知蕙质兰心的心虚和尴尬，也就把话题和目光从蕙质兰心那里收回到雄鹰身上。他一边替雄鹰掖了掖被角儿，一边安慰着雄鹰说："好好养病，没什么大事，既然是良性的肿瘤，手术后，就好了。你休息吧，现在不能多说话，那我走了！等你好了后，咱们好好聚聚。"

辛月海说完，从兜里掏出 500 元钱，不容雄鹰拒绝，就硬塞到雄鹰的枕头底下。

见辛月海要走，蕙质兰心马上起身做出送客状。她一边随着辛月海挪动着脚步，一边说："走啊？真是让你费心了！看看就行，还给钱干吗！"说着的工夫，也就到了门口，可她却停住脚步，只是打开房门，看着辛月海走出去。

见蕙质兰心这个样子，躺在床上的雄鹰急了，沙哑着嗓子冲蕙质兰心嚷道："你倒是出去送送啊！"

"不用不用，请回吧！"为了给蕙质兰心一个台阶，辛月海反手把门关上。关于她偷拍照片又提供给肖春凤这事儿，辛月海对蕙质兰心很是憎恨，但一想，毕竟事情都过去了，也就不想继续纠缠了。有些事情能化解就化解，没必要弄得大家都没面子。

12

　　春节假期一直开业的小巷茶舍，还真就不冷清。好多放假在家的人们，嫌家里吵、家里挤，特意跑到小巷茶舍躲清静。喝喝茶、聊聊天，省得在家受累忙活着吃，也省去了因打麻将输了钱而心疼。大过年的，凡是到这里喝茶的，几乎没有白喝的，即便是寻个座位和角落聊天、静坐的，临走时，也都要买个一包两包茶，买个一瓶两瓶酒，生意一点没有因为假期而受影响，反倒增加了不少人气儿。生意的链条，始终衔接着，利润的箭头始终向上攀升着。这就让卢山和于淼很是开心。

　　当假期结束的正月初八，于淼在该来茶舍的时间没有来，卢山的心马上又提了起来。这次，不想再等，而是摸过手机就要打过去。恰好这时于淼的电话先打了过来，卢山马上接听。电话里就传来于淼的声音："师傅，他回来了。"听到这个"他"字，卢山的心一揪，随之"哦"了一声，焦急不安地等待于淼的下文。

　　"他是回来和我协议办离婚手续的。他跟我直截了当摊了牌，他跟外面那个女人已经有了孩子，是个女孩，都4岁了。那个女人让他必须离婚，给孩子一个完整的家，他让我成全他。"

"那你怎么说？"卢山的心又莫名其妙地提了起来。

"我同意了。我不是成全他，而是拯救我自己。所以，今天上午我们就去民政局办理离婚手续。今天，我就不能去茶舍了。"

于森的声音很平静，就像是说一件与己无关的事情。

卢山本想要对于森说点什么，或者是劝劝什么，可是，又不知如何说。只是顺着于森的话题说了句："那你就去吧。无论如何你都要注意自己的情绪和身体，茶舍不用急着来，把自己的事情办好。"

于森"哦"了一声就挂了电话。

这个电话，让卢山魂不守舍。没有于森的小巷茶舍，如同掏空了卢山的心。满屋都是顾客，但他的心却是空的。

对于森离婚，卢山心里十分矛盾。他说不清是希望于森离婚，还是不希望她离婚。但无论哪种，他都希望是出于于森的本意。

没有于森的一天，漫长得好像一年似的。

可算是熬过了这一天，又熬过了这一夜。第二天一早，于森和往常一样又出现在小巷茶舍里。这就让卢山感到乌云散去，露出了太阳一样。他着意观察于森的神情，于森依然是充满阳光，没有一丝一毫异样的状态，卢山始终提着的心才算放下。

"完事了？"卢山小心翼翼地问。

"完事了。其实离的就是一张纸。至于人，我们早就离了。你想啊，他跟外面那个女人的孩子都4岁了！"于森自嘲地笑了笑。

卢山点了点头，安慰说："死亡的婚姻，离了也没啥可惜。你毕竟还年轻，未来的路还很长。"

于森好像没听到卢山这番安慰，一边从挎包里掏出一个塑封盒，一边微笑着对卢山说："师傅，我买了牛排，今天中午我做米饭煎牛排，很好吃的！"

"好啊，还没吃呢，我就好像已经闻到了香味。"卢山顺着于淼的话题答着。

虽然表面上看，离婚没让于淼受到太大的伤害，但内心深处还是有很大的失落。谁都知道，只要那张纸在，即便这人总不回来，也算有个家。可这张纸一旦没了，家也就彻底地没了。她可以不在意那个人，但却不能不在意这个家。想到这些，于淼的神情就像明媚的阳光被一缕浮云遮住了似的。

卢山观察到了于淼每一个细微的神情变化。为了让她转移心思，只要是空闲的时候，卢山就总找一些幽默、诙谐的话题，逗于淼开心，博她一笑。只有于淼开心了，卢山的心才会轻松起来。

年一晃就过去了，冰雪消融的时候，一辆又一辆的大卡车，把一车车石头、沙子、水泥、钢筋、青砖等建筑材料卸到小巷茶舍所在的这个河沿小区的臭水沟旁。紧跟着，挖掘机、钩机也都相继上阵，一场大规模的水上公园绿化带建设开始了，连带着小区更新改造。居住在这里的人们兴奋地奔走相告，终于要摆脱破旧的环境和污染的空气了。从立在臭水沟旁的远景规划图上可以清晰地看出，这个小区竟然是水上公园绿化带的中心。风景秀丽的画面，即将把破旧偏僻的河沿小区彻底覆盖了。随之而来的就是小区房价的大幅上涨。卖给卢山门市房的两个房主，悔得肠子都青了。当时，他们1500元一平方米卖掉的，现在却暴增到4000多元一平方米。卢山不仅赚了房价，小巷茶舍的生意前景更是一片光明。

因为小巷茶舍离臭水沟很近，所以改建完成后，茶舍的位置正好处在水上公园的中心附近。紧邻臭水沟的房后，还有将多出20多平方米的小空地，卢山和于淼就开始勾勾画画地设计着在这个紧邻水边的地方，准备搭建一个室外观景小茶台。这样，可以让茶客，沐风临水，悠然品茶。

春回大地，绿意萌生，昼夜施工的水上公园已初现规模。计划五一国际劳动节全部竣工开放。这时，卢山和于淼共同设计、打造的水榭小茶台也已经完成了，映衬着身后新注入的碧蓝河水和岸边垂柳，颇有点江南水乡的韵味了。

河沿小区，就由原来的旧城区变成开发区，不少开发商陆续在这里大兴土木。小巷茶舍也就迎来了更多、更大的商机。卢山瞅准时机，又在小巷茶舍原有的基础上有所提升，内部也重新进行了装修。小巷茶舍这个"丑小鸭"，变成了一只"白天鹅"，光临的顾客与日俱增。

无论怎样忙碌，毕竟还是有点空闲的时候，这个时候，卢山和于淼要么相对而坐，品茶闲聊，要么就一同整理整理这个，摆弄摆弄那个，共同享受在一起的每一个恬淡、美好的瞬间。

于淼为失去婚姻偶尔生起的失落，就被卢山带给她的充实和愉悦填平了。心里就深深地感激着卢山，正如卢山在心里深深感激着于淼一样。

五一国际劳动节，阳光明媚、热闹喜庆，水上公园就在五一这天隆重启用开放了。卢山和于淼共同打造的水榭小茶台更是张灯结彩。新购置的成套茶具，晶莹剔透，各种样茶，分别装在统一形状的玻璃器皿中。

卢山在小巷茶舍和水榭小茶台之间，修建了一条长廊通道。并且，安装了摄像头和可视荧屏。有了这个通道，观光游走的人，有的也会顺着通道走到前面的小巷茶舍来。而对于两下兼顾的卢山和于淼来说，也便利了些，两个人分别忙前忙后着。小巷茶舍的生意更是活泛了起来。

直到夕阳西下，水榭小茶台才逐渐安静下来。西沉的半轮红日，倒映在波光粼粼的水面上，岸边的垂柳，在温柔的风中袅袅地摇曳着。远处的小船，剪影般地划行在细碎的光芒中。

卢山和于淼对坐在水榭小茶台里。卢山沏好了茶，桌上摆上了一些水果和点心，然后充满柔情地望着于淼说："于淼，累够呛吧？增加了水榭小茶台，咱们的工作量增加了不少。"

"师傅，我不累。我喜欢这样的充实和忙碌。"于淼现出轻松的样子说。

"于淼，今天是什么节日？"

听了卢山的问话，于淼扑哧一声笑了，调皮地说："师傅，你又在琢磨什么笑料呢？今天是儿童节。"于淼也在逗着卢山。

"今天是五一劳动节。你知道我为什么问你吗？就是让你知道'劳动'俩字的分量。不仅有劳动节，还有劳动法。于淼，这也是我今天要郑重其事跟你说的事儿。"

看卢山的表情，可不是以往的幽默和调侃了，那正襟危坐的架势和一本正经的神情，让于淼的心有点紧张起来。

于淼放下杯子，郑重地看着卢山："师傅，什么事儿这么严肃？"

"于淼，其实，你早已不单单是我的徒弟了，还是我的助理、我的高参、我的合作伙伴、我的妹妹、我的……永不忘记的挚友，和……红颜知己。你为了小巷茶舍付出那么多，劳动都是要有报酬的，都是要劳有所得的。我说过，小巷茶舍有你一半的功劳。也就是说，在利益分配上也要有你的一半。特别是你现在孤身一人了。你记住，有师傅我在，就会让你有依靠、有安全感。我即便成为不了高山，但最起码，能够成为你遮风挡雨的墙壁！以后我要给你发工资，给属于你的劳动报酬。于淼，这就是我今天要跟你说的话。"

听了卢山的话，于淼的心海泛起层层涟漪，她把融着夕阳余晖的眼眸投向黛蓝色的水面，长长地吁了一口气，幽幽地说："师傅，你的这番话，让我感到特别温暖。当初，你能够接受我这个徒弟，真是给了我最大的帮助，是师傅让我重新找回了自信，我已经很满足了。至于你说的什么劳动报酬，我不图这个。钱财对我来说是身外之物。这些年来，我婚姻上的空白，都是用钱填充的。我不缺钱，缺的是自信和……"

说到这里，于森面色微红，她垂下眼眸，继续说道："能和师傅在一起忙生意，我感到生活很充实，我很知足了。只要精神上能有寄托，就行了……"说到这里，于森的声音有些哽咽。

"不行，我定下的事情，是不会改变的。师傅记得你的情分，你也一定要让师傅感到心里坦然，感到轻松。这个话题就不说了。来于森，咱们喝茶、吃点心，也看看风景。你看这景色多美啊！还有咱们整改修建后的小区。"

卢山站起身来，递给于森一张纸巾，顺手刮了一下于森的鼻子，亲昵地说道："傻丫头，你可真傻！"

卢山怕于森太累了，主要是想给于森一个自由活动的时间，就想再雇一个人。人选都是现成的，就是他唯一的男徒弟小四。小四人老实厚道，工作又认真肯干，对小巷茶舍也非常了解，包括一些客户和供应商也比较熟络。小四在水厂打工，每月还不到 3000 块钱，他到茶舍来给他 3500 块，至少比他送水多 500 块，劳动强度也比送水轻松不少。

卢山把这想法告诉了小四。能够从师傅的徒弟变成师傅门下的店员，并且工资收入还高于水厂，小四当然开心，于是就欣然接受了。

小四虽然说话语迟，有点结巴，但心里特别敞亮明快。他早就看出师傅对大师姐于森的器重和偏爱。他来了之后，只要是看见师傅和于森同在一个地方，他一定会避开他们，到另一个地方去忙活，反正小巷茶舍地方大，要忙的事情也有很多。

第十章

离开了单位的韩梅，这阵子正在琢磨着自己干点什么合适。在学校时，她就擅长写作和演讲，口才特别好，时常主持一些有规模的节目。现在，她又喜欢上了摄影，摄影技术也不错，所以她就想开一个婚庆公司。

就在韩梅要把这想法告诉辛月海的时候，辛月海在单位干部考核中不合格被内退了。那是因为平日里，单位中常常看不到他的身影，即便是去了，大多也都是晚去早走。他所负责的工作，多次出现漏洞。领导找他谈话时，除了说了一大堆工作上不尽职的事例外，还点了他生活作风问题。

提前退休的辛月海，心里一片茫然。他忽然觉得自己的肩头一下子没有了承受力。原本是两个肩头，肩负着两个家两个女人，可是，自己这一"退休"，不仅自尊心受挫，人也矮了半截。经济上损失更大，每个月几乎少了一半收入。

辛月海还是先把这件事告诉了肖春凤。不过，肖春凤并没给他压力，相反还意外地得到了安慰。

"这算啥，不就是一个小干部吗？无官一身轻。我也养得起你，别太当回事儿啊！"

肖春凤语调轻松，让辛月海听了，心里说不出是啥滋味。

肖春凤的确有那么点"幸灾乐祸"。她不希望辛月海高升，只要辛月海身心都在家里、都在她身上，她就心满意足了。

辛月海被"退休"的第二天就去了韩梅那里。辛月海仍和以往一样，给韩梅买了一些蔬菜和水果，还有家里需要的生活用品。

当他怀着忐忑不安的心情把这件事告诉韩梅之后,韩梅先是一愣,随后马上拥住辛月海,柔声说:"我知道,这一定都是因为我。从打咱俩在一起,你就光顾着我了。别上火,你记着,就算你扛筐要饭去,我也拄着棍儿跟着你!"

韩梅的这番话,像一阵春风,让辛月海布满乌云的心里透出一丝光亮。他捧起韩梅的脸,忘情地热吻了起来。

一番缠绵之后,韩梅扯着辛月海坐到沙发上,顺势撒娇地坐在他的怀里,一本正经地说:"我正要跟你说我想开一个婚庆公司的事儿呢。这回倒好,不用找合作伙伴了,就咱俩一起干吧。咱们先从小做起,摸索出经验后再扩大规模。大海,你觉得怎么样?"

辛月海提着的心,终于彻底放下了、轻松了。这种轻松的感觉,决然不是肖春凤给予他的那种。对于辛月海来说,韩梅总能成为他苦恼的终结者。他兴奋地握着韩梅的手说:"好,咱俩一起干!同舟共济。资金上,你就不用操心了。"

仅仅几天工夫,他们就在市中心附近租了一套房子。里面布置、装饰得简洁又挺有品位,牌匾上是几个烫金大字:梅海婚庆公司。名字是两人不约而同想到的,各取两人名字中的一个字。

等开张的事宜都准备妥当后,辛月海才把开办婚庆公司的事告诉给肖春凤。毕竟涉及要从家里往外拿钱,辛月海觉得如今也没有好对肖春凤隐瞒的了。他觉得肖春凤应该会支持他的。

可这次却出乎辛月海预料。

当肖春凤听辛月海说了这事后,脸色瞬间就苍白起来,嘴角不由自主地抽搐着,她坚定着口吻说:"我不同意!你和她这样一合开公司，不就是等于公开两个人关系了吗？现在你们已经弄得满城风雨了，你再这样不遮不顾地和她一起抛头露面，别人不是更有可说的了吗？你是啥也不顾了，可是，你也得顾及下我的脸面吧？我毕竟是你老婆啊！暗地里，我已经给你开了绿灯，已经容忍了很多女人所不能容忍的。可是，这面儿上，你咋也得想一想我的感受吧！你总不能在光天化日之下和她出出进进、到处展现你们多么多么恩爱吧？"

说到激动处，肖春凤呼吸急促起来，灯光下，眼睛里的泪花闪烁着细碎的光亮。

"我现在跟你说的，不是商量，而是结果。我们已经都筹备好了，就等着开业了！"辛月海黑着脸对肖春凤说。

"你这是先斩后奏啊！不行！"肖春凤扔下这句话，转身就回了自己房间，嘭的一声关上了门。她这决绝样子，是辛月海从来没有看到过的。

辛月海呆呆地坐在客厅里，好半天才颓然地回了自己房间。合衣躺在床上，脑子一直在飞快地运转着。

肖春凤的话发自肺腑，除了包含一个妻子应有的自私外，考虑更多的还是他和他们的家。

可是——可是——这好多的"可是"，把辛月海的心搅得乱糟糟的，就好像自己正被一团团乱麻一层层地缠绕着、包裹着，使他越来越喘不过气来——

"月海，月海，你做噩梦了吧？快醒醒！"

辛月海睁开眼睛，才知道是自己真的做噩梦了，是他有些愣怔地看着肖春凤。此刻，肖春凤眼睛红红的，本就下垂的眼袋显得更泡肿了。没有血色的面庞被夹杂白发的头发遮挡着。显然，她一直都没睡。看到肖春凤这个样子，辛月海对她的厌烦似乎淡了些，更多的是心酸了。他忽然感觉，她真的是母亲吗？辛月海真的不知道，是生活欺骗了他，还是他欺骗了生活。

他慢慢坐了起来，揉了揉眼睛，轻声对肖春凤说："我没事了，你去睡吧！"

肖春凤并没有走，迟疑了一下，长长地叹了一口气，说："准备啥时开业啊？"

"后天，只是告诉了几个朋友，就是个小场面，有几个人凑个气氛。"

"我，能去吗？"

这句话把辛月海问愣了，他一时没弄明白啥意思。这是同意了，还是想去搅局？

肖春凤目光看着黑洞洞的窗外，如同梦呓似的说："开业吧！我同意了。其实，我同意不同意又有什么关系呢？你也还是要开的，我是怕你今天一夜睡不好觉。看你这阵子瘦成啥样了？身体造垮了，还能做什么事啊！"

说到这里，肖春凤突然哭了，一点声息都没有，只是不时抬起手臂，用袖子抹着不断流淌的泪水。

辛月海的心紧了紧，欲言又止。

肖春凤咬了咬嘴唇，充满着恳求地说："只是，我有个要求，也算是恳求吧，开业那天我也去。我想见见韩梅，认识认识她。你放心，我不是找她打架去，不会伤害她半点儿。我是去向她道歉，毕竟是我往她单位发了那些东西，才让她不得不离职的。再一个，我去无论是对你，还是对我，还是对韩梅，都是有利的。在你和韩梅的关系上，我才是你们最好的'挡箭牌'。"

辛月海怀疑自己是不是还在梦中，他无论如何想不到肖春凤能有这样的想法，他真不知怎样地回应她，只是觉得有一股热流，在他心里的某个角落里涌动。

　　他狠狠地抓了抓自己的头发，目光定定地看着肖春凤，充满疑惑地问："你，真是这么想的吗？"

　　"嗯。"肖春凤表情木然地答着。

　　"时间不早了，你休息去吧，你容我再想想。"辛月海说完这句话，又温软着口吻补充了一句，"你也别想太多了，你记着我说的话，我对你永远不离不弃，无论什么情形，我们的家，永远存在！"

　　肖春凤抽了一下鼻子，无声地从辛月海身旁走了出去，在给他关上房门的时候，轻声说了句："你好好地睡一觉吧，明天，你还得去她那里——你也跟她说说我的想法。"

　　然后，房门就被她轻轻地、很无力地关上了。留给辛月海的是一片深夜的寂静。

　　梅海婚庆公司开业那天，肖春凤真的去了。她刻意把自己收拾了一番。她不是为了给韩梅看，只是不想让辛月海丢了面子。

　　那是个很热闹的地段，又恰逢春节前夕，卖灯笼和对联的店铺、商家，把那条街掩映得红彤彤一片。这就给隐在其中的梅海婚庆公司，增加了不少喜庆的气氛。

　　可那一片喜庆的红色，在肖春凤眼里，就像是一摊摊恐怖的血水。这血水不断地在她眼前渗透着、流淌着、凝聚着。肖春凤忽然感到了胸闷。她手捂着胸口，定定地站在那里。仰头看着梅海婚庆公司的牌匾，在灯光映照下，"梅海婚庆公司"闪烁着刺眼的光芒。肖春凤下意识地把手挡在眼前，平缓了一下情绪后，才重新迈动了脚步。

她一眼就认出了韩梅。进入她视线中的韩梅，比蕙质兰心照片上的女人还要美。

韩梅穿着粉红色的羊绒大衣，走动中，时而露出里面月白色的毛衫和米黄色的阔腿裤。高高挽起的发髻，衬托着她那娇美的面庞，不折不扣一个漂亮美丽的女人。肖春凤感觉自己的呼吸火一样烫人，这让她不得不屏住呼吸，唯恐那股灼热的气流会把心中的怒火点燃。

就是这个女人，霸占了自己的丈夫！就是这个女人，让自己空守无数个孤寂痛苦的夜晚。肖春凤死死地盯着她，恨不能扑上前去，把她撕个稀巴烂！

可是，她不能。她知道，自己绝对不敢与韩梅短兵相接，她没有丝毫的能力和底气与韩梅对抗。那样的话，只会让韩梅和辛月海顺理成章地成为真正的夫妻，只能拱手把家让给他们。

肖春凤无数次地告诫自己：她唯一能做的，就是包容，就是忍受，就是感化。只有这样，她才能保住这个家，才能不让丈夫完全投入到韩梅的怀抱。

肖春凤加快了脚步。她已经不顾忌自己跛脚的步伐，已经不顾忌自己黄脸婆的样子。因为，当她什么都能够去忍受的同时，什么顾忌就都不存在了。

"韩梅！"肖春凤迈进梅海婚庆公司的大门，就扬起手率先向韩梅打招呼，声音既亲切又轻柔。

韩梅当然知道这是肖春凤。虽然没见过她，但这个女人，与她无数次愧疚嫉妒的较量中整合出来的形象几乎完全重叠。于是，她快步迎上前去。

"是大姐吧？你来了！"

肖春凤点着头，故作平静地仰脸看了看店面，然后，冲着韩梅和一旁的辛月海说："不错，地方挺好，祝公司开张大吉啊！"

开业庆典进入到高潮，听见别人喊着肖春凤嫂子，韩梅的心里隐隐泛着酸。这声"嫂子"，一下子就把辛月海和肖春凤连在一起了，自己完全是个局外人。

肖春凤亲昵地拉着韩梅的手，笑吟吟地说："咱俩到里间屋喝点水吧，也唠唠嗑儿！你一定也累够呛吧？"

肖春凤的言行举止，让韩梅摸不着头脑。特别是肖春凤的样子，让韩梅感到实在勾不起半点"情敌"间的竞争欲来。

韩梅以店主的身份，主动给肖春凤沏茶。她一边娴熟地操作，一边说："大姐，怎么样？这店铺还不错吧？"

肖春凤就迎合着说："不错不错。你和月海都喜欢摄影，这回，可派上用场了。"

肖春凤说到这，话题一转，道："韩梅，我今天到这来，主要是想见见你。你和月海好这么长时间了，怎么的也得让我认识一下啊！再一个，也是来向你道个歉，我一时冲动，往你们单位发了那些东西，导致你……真对不起！"

"别说了，没啥对得起对不起的，一切都过去了。不管怎么说，也是我先也对不住你的。我……"

"韩梅，快中午了，咱们准备一下吧，一会儿领他们去饭店吃饭。"

还没等韩梅把话说完，辛月海就进来打断了。他是有意打断她们交谈的。

韩梅站起身，笑着对肖春凤说："走吧，大姐，咱们一起去吧!"

肖春凤有自知之明。她怎么会去呢?她若是去了,那桌面上该是怎样的气氛啊!她只能做只蜻蜓,只能在这里点水似的露一面,听别人叫她一声"嫂子"也就够了。

"我就不去了,这不,我下午还有课呢,回去得准备一下,你们去吧!"

她说这话的时候,目光正好和辛月海的目光撞到一起,辛月海立马应和道:"既然你下午有课,那你就先回去吧!"

辛月海的话像一只冰凌,刺在肖春凤的心里寒冷且疼痛。但无论心里怎么难受,她面上都竭力做出平和的样子。她走近辛月海的几个朋友,热情地说:"谢谢你们前来捧场,我学校有事得赶紧回去,就不去饭店了,你们吃好喝好啊!有空去家里做客,嫂子亲自给你们炒几个菜!"

看着他们远去的背影,肖春凤的眼泪就像孟姜女哭长城似的,瞬间就奔涌出来。她甚至后悔自己不该来,这不是自己为难自己吗?

眼前的街景,在她闪烁的泪光中,变成了一片模糊的光影。她紧紧地咬着嘴唇,深一脚浅一脚往前挪动着脚步。

没走多远手机就歌唱起来。电话是辛月海打来的。肖春凤多么希望辛月海的这个电话是召唤她回去的啊,但肖春凤再次失望了。她接听到的是另一番话语:"你回家先随便对付一口,晚上等我回去,咱们一起出去吃点什么。好了,挂了。"

辛月海的声音很小,周围环境嘈杂。肖春凤猜得出,他一定是避开韩梅,躲在一边给她打的电话。他一定也是觉得太冷落了她,才不得不打这样一个安抚电话。

肖春凤猜得没错。

当辛月海和韩梅带着那几个朋友一同走向酒店时，他竟不由自主回头看了一眼相背而行的肖春凤。就在他回头的一刹那，肖春凤那有着微微驼背和一踮一踮走路的样子，让辛月海的心一阵疼痛，这是以前从来没有过的感觉。随即，愧疚的泪水就夺眶而出了……

这天晚上，辛月海不仅回来挺早，还给肖春凤买了她爱吃的草莓。如他电话说的那样，他要带着肖春凤出去吃饭。

肖春凤也说不出自己是出于委屈，还是出于感动，竟像个孩子似的，在辛月海面前哭了起来。

"难得你回来这么早，还出去吃什么啊！我都准备好了，咱俩还是在家吃吧！"肖春凤一边抹着眼泪，一边系上了围裙进了厨房。

"行，那就随你，咱俩在家做着吃吧！"

辛月海没有像以往那样坐沙发上随意地调频道看电视，而是破天荒地随着肖春凤进了厨房。不仅给她打下手，还亲自给她炒了一个韭菜鸡蛋，两人一同忙活，很快就做出了四个菜。

辛月海还提出陪肖春凤喝点葡萄酒。辛月海一边吃着，一边对肖春凤说："你已经不年轻了，以后，家务上自己别太逞强了，我能做的就帮你做做。"

肖春凤感觉自己在做梦。从打她和辛月海结婚以来，辛月海从来没有像今天这样对待过她。虽然她清楚，辛月海这样做只是出于愧疚，可心里还是特别欣慰。

肖春凤想不到辛月海变化得这样快，炒菜做饭，家务活儿，样样都做得有模有样。她断定这是韩梅打造出来的，这简直就是神一般的锻造啊。想到这些，肖春凤刚刚涌起的欣慰，就被酸醋完全稀释了。

吃过晚饭，辛月海就想像以往一样回自己房间。肖春凤却希望这也能有所变化，希望辛月海能回到她的房间。就是什么也不做，和她待一个房间里，她就心里很满足了。

肖春凤借故说酒喝多了有点上头，半倚半靠着辛月海，扯着他往自己的房间里挪动着。

"葡萄酒，没事儿的，再说，咱都喝得很少。你快回屋休息吧！"

当肖春凤倚靠在他身上的瞬间，辛月海就从心里涌起一股排斥。凭良心讲，他可以为肖春凤做任何事情，但唯独不愿触碰她的身体，更谈不上夫妻间的事情。

肖春凤见辛月海依然回到自己的房间里，依然把房门反锁上，就知道自己已经完完全全被辛月海关在"心门"之外了。

说来也怪，也就是从这天的晚餐开始，肖春凤的身体大不如从前，时常眩晕迷昏，也就真不能像以前那样操持、独揽着所有的家务和家里大大小小的事情了，也就渐渐习惯了辛月海替她分担大部分家务。

梅海婚庆公司的生意还算不错，春节前做了好几个婚庆订单，节后预约的也有好多个，两人忙得团团转。

可就在这时，韩梅的身体突然出现了不适。食欲不振，浑身乏力，吃什么吐什么，根本就去不了公司。这可把辛月海急坏了，看到韩梅难受的样子，他心里就跟猫抓猫咬似的难受，不容分说就关了店门，带韩梅去了医院。

检查的结果令两人目瞪口呆，韩梅怀孕了！这个事实，令两个人都怀疑是不是拿错了检查报告，或者医生误检。韩梅明明是被医生确诊了不能生育的。前夫鲁阳也正是因为她不能生育才跟她离的婚。可眼前的结果，的的确确是怀孕了。

为了能够确凿事实，两人又去了另一家医院，检查结果仍是怀孕。望着孕检报告，韩梅和辛月海旁若无人地抱在一起，连声嚷嚷道："我们有孩子了！我们有孩子了！"

　　这特大的意外惊喜，着实让两人都沉浸在巨大的幸福里。可是，平静下来之后，严酷的现实又摆在了他们面前。有了孩子和没有孩子，局面决然是不一样的。

　　二人回到韩梅家里后，什么也干不下去了。面面相觑，似乎彼此都在等待对方一个正确明了的回答。辛月海首先想到的是：自己有家，自己绝对不能离开这个家，更不能与肖春凤离婚。可是，韩梅怎么办？她肚子里的孩子怎么办？

　　见辛月海一直沉默着，韩梅耐不住性子了，试探地问："留还是不留啊？"

　　回过神儿来的辛月海不容置疑地说："留！"

　　韩梅紧跟着问："是流产的'流'？还是留下的'留'？"

　　辛月海一把握住韩梅的手："是留下！"

　　"现在是三比三。你们一家三口是一个完整的家，可咱们也将是一家三口。你们的三口之家，毕竟你们的儿子快大学毕业了，已经成人了，可咱们的孩子还没有出世。"

　　韩梅的话直捣辛月海的软肋，虽然她没有明说让辛月海和肖春凤离婚，可话里话外已经表明了态度。

　　一时间，辛月海真的不知如何回答。他抓了抓头发，坚定地回答说："这孩子是我们的骨肉，办法总是有的！"

　　但实际上，辛月海整个心都是乱糟糟的，感觉自己就像颠簸在茫茫大海上的一叶小舟，看不到岸边；又好像隐隐约约中，见得一方岛屿。

　　那方"岛屿"，就是辛月海的意愿：他臆想着肖春凤能够出于更大的容忍和包容，出于对这无辜生命的善心和慈爱，主动提出离婚，这样，他良心上就能避免受到更大的折磨。对于韩梅而言，也是最好的结果。

但是，只要不是肖春凤主动提出离婚，辛月海是无论如何不能提出离婚的。这无论是出于他的良心还是曾经的承诺，都是不允许的。

韩梅又开始呕吐了，辛月海赶紧扶着她去了卫生间。此时辛月海的心，正像被一把大锯来回地锯拉着。锯的那一边是肖春凤，锯的这一边是韩梅。

韩梅的这个样子，更是需要他照顾，他怎么能够走得了呢？可家里边肖春凤状况也不是太好，近日血压升高，时常昏迷。况且，他一定要把这件事告诉给肖春凤。

尽管韩梅什么都吃不下，可辛月海还是给她做了一碗打卤面。安顿好一切后，才对韩梅说："我得回家一趟，肖春凤也病着，我得回家给她做饭。"

韩梅没有说什么，只是一只手捂着嘴巴，另一只手做着让他走的手势。辛月海就是在这种情形下，忧心忡忡地走出了房门。

他回家的时候，肖春凤正默默地坐在饭桌旁，桌上的饭菜都扣着盘碗，显然是在等着辛月海回来一起吃饭。不知为什么，她就有一种预感，就觉得今晚辛月海能回家吃晚饭。

辛月海一进门，肖春凤立马就起身去了厨房，然后端着一个鱼盘出来："月海，洗洗手，快吃饭吧，我做了你最爱吃的清炖平鱼。"

辛月海答应着，坐到肖春凤的对面。肖春凤递给他一双筷子，随口问道："今天有生意没有？"

"今天没接。"

"是没人去，还是就是没接？"肖春凤对辛月海说的话，没太明白，就又问了一遍。

"今天……今天……就没开门，去、去医院了。"

辛月海边思考着，边支支吾吾地吐出这几个字。他琢磨着怎么把话题引到他要说的事情上。

"去医院？咋了？你咋了？"肖春凤撂下筷子，紧张地直视着辛月海。

"不是我咋了，是、是……韩梅，她……"

辛月海伸进菜盘中的筷子，夹住又放开，放开又夹住，犹豫不定的样子。

肖春凤松了一口气，重新拿起筷子，不疼不痒地问了一句："她怎么了？病了？"

"不是，是……"

肖春凤再次把目光凝聚在辛月海脸上："是什么？"

辛月海抬眼看了肖春凤一眼，欲言又止："算了，还是先吃饭吧，等吃完饭告诉你。"

"你让我揣着疑团吃饭，我能吃得下吗？你就说吧，怎么了？"

辛月海觉得也该说出来了，就直愣愣地道："她怀孕了。"

"什么？你再说一遍！"肖春凤简直不敢相信自己的耳朵。

"她怀孕了，两个医院检查的结果都是。"辛月海又说了一遍。

辛月海的话犹如一记闷棍，重重地砸在肖春凤的头顶上。她的心禁不住一阵狂跳，脸色苍白，嘴角又不受控制地抽搐起来。

"那……那……你想怎么办？"肖春凤放下了筷子，下意识地捂着胸口。

"我也正想问问你。"

"我？那她怎么想的？"

"韩梅已是快40岁了，原本医生诊断是不能生育，没想到就怀上了……这个孩子对她来说非常重要，是求之不得的，是她的生命，她一定是要留下的。"

"你先等等！"肖春凤踉跄着起身，去抽屉里拿出救心丸扔嘴里几粒。然后半倚在沙发里，声音都有些颤抖了："你跟我说这事儿，问我怎么办，不会是让我离婚成全你们吧？"

肖春凤的嘴唇和面庞一样苍白了。

"不是，我是想跟你说有没有什么更好的办法？"辛月海有气无力地解释着。

"什么好办法？办法只有两个，一个是让我提出跟你离婚，一个是让她把孩子做掉，除了这两个，还能有什么办法？！你是想怎么样？"

辛月海双手狠狠揪着自己的头发，嘴唇抿成了一条线。

一阵沉默后，肖春凤慢慢站起身艰难地走向门口，抓过衣架上的防寒服套在身上。

辛月海惊讶地望着肖春凤："你这是要干什么去？"

"我快憋死了，我得出去换换气！"

外面已经万家灯火，寒风夹杂细碎的雪粒从空中落下来，撞得人脸上生疼。肖春凤感觉自己从里到外、从头到脚都像被注入了冰水似的。她的身子不住地颤抖，心也在颤抖，冰凉的泪水顺着眼角滚落下来。她失魂落魄地向前挪动着沉重的脚步，不知哪里才有自己的安身之地。

一辆出租车摁着喇叭放慢了速度，从她身后驶来。她突然转过身，不假思索地招招手。一瞬间她就确定了自己想去的地方：她要去找韩梅。

　　肖春凤知道韩梅的家住在哪里，但她一直没对辛月海说。这还是辛月海没被退休之前，肖春凤接到一封匿名信。信的内容只有几行字：和平区昌盛路繁花小区6栋3门512号，是辛月海与一个女人姘居之所。不要再蒙在鼓里了，看好你的丈夫。落款是：知情者。

　　肖春凤先去水果店买了很多水果，然后按照地址，找到了繁花小区6栋3门，跛着脚一踮一踮地上了楼。

　　打开门，韩梅一下子愣住了。她以为是辛月海，万万没想到竟然会是肖春凤！

　　"韩梅，你不请我进去坐坐？"肖春凤上下打量着韩梅，最后把目光停留在她肚子上。

　　韩梅讷讷地轻唤了一声："大姐。"身子向后退了一步，忐忑地把肖春凤让进了客厅。

　　韩梅猜想着，辛月海和肖春凤肯定发生了争吵，肖春凤来肯定是找茬闹事的。可是，看到肖春凤手里提着很多水果，面容平静，又似乎不像。

　　"我听月海说你今天去了医院检查，怀孕了，我特意过来看看你。这个时候，你肯定是吃不进什么的，那就多吃些水果吧！"

　　"谢谢大姐——"韩梅刚说半截话，就又连连作呕起来。肖春凤赶紧从一旁拿过痰盂，一只手接着，另一只手轻轻捶打着韩梅的后背。待韩梅吐完后，肖春凤又拿着去卫生间倒掉。

　　虽然韩梅还没有听到肖春凤说到正题上，但眼前发生的一幕，让她有些感动。她当然知道，肖春凤突然到家造访，绝不是为了看她，而是有重要的话要说。

肖春凤给韩梅倒了杯水，然后拉着她坐在自己的身边，语气温柔地说："韩梅，是不是有了孩子，心里特别高兴啊？女人都是这样的。不过，你想没想过这样一个问题啊？如果孩子生下来，你怎样面对眼前的事实呢？月海毕竟是有家庭的人，他给不了你和孩子一个真正完整的家。我作为他的老婆，我可以忍受、包容他对我的背叛，我可以忍受一切痛苦和委屈看着他对你好。可是，韩梅，咱们都是女人，换位思考一下，你就能体会出我的感受吗？"

肖春凤的声音都有些颤抖了。

"韩梅，我可以把月海整个人都让给你，宁愿他把所有的爱都给你，可是，我不能把婚姻也给你。婚姻是我的命，这也是我父亲临终前最大的牵挂——"

说到这儿，肖春凤哽咽了。

"现在孩子还只是个胚胎，没有任何感知，韩梅……"肖春凤顿了一下，下决心似的说，"还是，做掉吧！我亲自给你伺候小月子……"

"不行！"一直没有说话的韩梅，突然打断了肖春凤，情绪激动地说，"你来，就是要跟我说这个的吧？我告诉你，我不会做掉孩子的！"

韩梅又呕吐起来，肖春凤赶紧拿起痰盂，仓促中，韩梅吐了她一手，肖春凤并没有嫌弃，待韩梅吐完才去卫生间洗了手。

就在这时，韩梅的手机响了。是辛月海打来的，他问了韩梅感觉怎么样，又嘱咐了一大堆话，最后又说："梅，今晚我就不过去了，她正躺在床上，刚吃完药，离不开人，明天一大早我再过去。"

听了辛月海这弥天大谎，韩梅的心一下子沉了下去。原来，辛月海竟然在对她撒谎！那么，以前说过的海誓山盟里是不是也夹杂着谎言呢？他还说肖春凤躺着呢，这么说，他是没在家？不知道肖春凤出来？这样一想，韩梅心里又有些疑惑。

韩梅这边刚刚挂断电话，肖春凤的手机就适时响了起来。打电话的也是辛月海，声音里充满了急切："你在哪儿？我出来找了你半天了！都这么晚了，你怎么还不回家？我很担心你……"

"不用找了，我在一个你想不到的地方！"说完，肖春凤立即就挂断了电话。

因为电话声音很大，就算没用免提，韩梅还是听得清清楚楚。同样，肖春凤也听到辛月海和韩梅的对话。

韩梅一直呕个不停，吐到最后全都是水。见她这个样子，肖春凤说："光这样吐哪能行？肚里一点东西没有就没有抵抗力了。你不是想要这个孩子吗？那就为孩子想想，胎儿是需要营养的。我给你弄点吃的。就你这个样子，一个人在家还真不行，今晚我不走了，陪着你。你家厨房在哪儿？"

韩梅随手指了指旁边的门。看着眼前这个苍老的、跛着脚忙活的肖春凤，韩梅的心一下子柔软下来，眼睛有些湿润。她不明白，肖春凤是怎么做到这样对待一个抢了她丈夫的女人的。

由于肖春凤腿脚不利落，忙活的时候，一个趔趄，差点没滑倒。韩梅看在眼里，脱口喊道："小心点，大姐——"

后面想说的话，被哽咽截断了。

肖春凤给韩梅蒸了一个鸡蛋羹，热了一杯牛奶，拿了两片面包，用托盘端到韩梅的床头柜上，温柔地说："来，吃点吧！就是吐了也要吃，不然，身体会虚脱的。"

韩梅含着眼泪，一把握住肖春凤的手："大姐，没想到你能这样对我，我会永远记着。你放心，虽然我坚决要生下这个孩子，但我永远不会让你们的家散伙的。"

肖春凤也满眼泪水，她紧紧咬着嘴唇，一边点着头，一边用力地握紧韩梅的手。

韩梅没有马上吃这些东西，而是掏出手机，给辛月海打了过去。只响两声，辛月海就接了电话，没等他先问什么，韩梅率先说道："大姐在我家，你就别在外面瞎找了。她今晚住我这儿，不回去了，你放心吧！"说完，也不等辛月海说什么就果断挂断了电话。

13

　　孙兰香知道卢山雇用了徒弟小四之后，心里倒轻松了几分。因为有了一个人横在了卢山和于森两人之间，毕竟不仅仅是卢山和于森两个人了。但马上又觉得心里不是滋味了。为啥自己家人不用，却让肥水流入外人田？

　　对于雇用了于森和小四，是卢山亲口跟孙兰香说的。卢山特意把于森和小四，同时用了一个"雇"字。这听起来，也很在情理之中，两人都是自己的徒弟。并且，于森无偿地为小巷茶舍做了那么长时间的贡献，现在茶舍生意好了，理所当然要有一定的报酬。卢山之所以告诉孙兰香，是想让她知道钱的去处，是想让她少上一点"税"。

　　自打小巷茶舍扩大了规模效益好了之后，孙兰香就不满足卢山每月仅仅负责家庭开销了，而是张大了嘴巴，让他出更多的钱。说由她去支配家庭开销，这也是让他省份心。她怕卢山不肯，就率先承诺道：只要他给足了家里钱，她就不去小巷茶舍，也不参与他生意上的事情。

为了能持续保持这种经营的自主权，也为了耳根清净，卢山就答应了孙兰香的要求。这一次次由钱引出的争执，也就让卢山感到他和孙兰香之间，越走越远了。远得最后，只能用钱来维系了……

　　时光真是快得让人措手不及。转眼之间，又是一个春节了。

　　为了于淼，卢山本想还像去年一样，把她和她奶奶再一同纳入到他们家中一起过年。可这一次，于淼断然拒绝了。她不想再给师傅添麻烦，不想让孙兰香心里泛酸。特别是失去了家庭的自己，更不想被别人家庭的氛围刺痛着。但她还是给娇娇买了礼物，也给孙兰香和卢山老妈买了礼物。她不能因为不在一起过年了就悄无声息。就是单单冲师傅，于淼也一定要做得不失礼数。

　　面对师傅那不容推卸的诚意，于淼只好谎说是和奶奶一同去姑姑家里过年。并且，已经都定好了，都是本家族的人。于淼说得跟真事儿似的，卢山也就不能再强行按自己的意思办了。但隐隐地总有一种担忧，像浮云一样缭绕在心头。

　　"于淼，有事吱声，无论遇到什么事情，需要帮助的时候，一定要告诉我！记住了吗？"

　　于淼紧咬着嘴唇，使劲地点着头。

　　在共同经营茶舍的每一个日子里，两人的一个眼神、一个微笑、一段话语，举手投足间，都是那么默契。

　　卢山给于淼的报酬和小四不同。小四是每月工资3500元，从不拖延。于淼的则不是，他怕于淼拒收，也不愿于淼再把个人应得的报酬东一下、西一下地花费在茶舍上，所以，他以于淼的名头，给她办理了一个8万元的活期存折。于淼还想推辞说什么，卢山正色道："打住！啥也别说。该说的我都说了，这是你该得的。收好!"说完，又拿出一个红包，塞到于淼手中说："这是给奶奶的。我就不买什么东西了，这点钱让她压兜吧，老人都喜欢这样。"

面对卢山那不容置疑的神情，于淼也只好都收了起来。

卢山觉得，既然于淼春节有了别的去处，小巷茶舍也就没有必要再像去年一样不放假了。他也就决定和别的商家一样，初八开业，也想在家好好陪陪老妈。还有一个打算，就是想于淼去完亲戚家过年回来后，约她出去溜达溜达，散散心。他清楚，没了家的于淼，过年时的心情肯定是难受的。从于淼到小巷茶舍，两个年头她就是一直坚守在茶舍里，从来没有外出过，更不要说是两人同行。

于淼并没有把自己离婚的事告诉奶奶，也没有告诉其他亲属，只告诉了师傅卢山。

她不想让奶奶跟着着急上火，还是谎说丈夫那边生意离不开人没赶回来。所以，大年三十儿这天，她装作很坦然、很高兴的样子，帮奶奶准备着吃喝的东西。

于淼奶奶就一儿一女。儿子，也就是于淼的父亲，壮年时就因公故去，所以她对失去父亲的于淼格外宠爱。那个女儿也不在本市，很多年前嫁给了一个窑厂的老板，根本没时间回来，逢年过节，只是通过于淼打过来一些钱而已。

当于淼强颜欢笑地跟奶奶吃了年夜饭后，就想立刻回到自己家里。因为她实在有些挺不住了，就想一个人躲在自己家里，放下面具，把心中的苦楚全部释放出来，让屋子里的空落和寂寥，把自己深深掩埋起来，挨过这个漫长的假期。

于淼在喜庆的鞭炮声中，打的回到自己家。打开房门的刹那，她就好像被一张饥饿了很久的猛兽一口吞进了肚子里一般。黑漆漆中，被胃酸样的东西侵蚀着、消化着、痛楚着……她没有开灯，而是一头扎在床上，呜呜地哭了起来……

而此时此刻的卢山，似乎有了什么感应似的，总是觉得心里特别沉重，像是压上了一块石头，看什么都没有色彩，吃什么都没有胃口。他知道，于森之于他，就好像一粒种子，不知不觉就在他心里生了根、发了芽，不知不觉中就长成了参天大树。眼前一旦没有了她的身影，他的心就会空荡荡。好几次，他冲动着想去于森奶奶家看看，可又觉得不妥。想给于森打电话，又怕她在亲戚家不方便接听。于是，就发了微信，可是却始终没收到回复。他就猜想，可能是环境太吵，也可能正在忙碌，要么，就是和家人们一起聊天说话。卢山真希望是这些情形。

　　因为平时于森几乎不怎么回自己家，所以冰箱里也没有多少可吃的东西，只有一瓶没开封的腐乳，几个鸡蛋、两根大葱，外加几个土豆和胡萝卜，再就是几包方便面和一袋饼干。反正她也没什么胃口，觉得这些东西足够她吃几天了。

　　于森度日如年，昏昏沉沉挨到了大年初三，身上老是忽冷忽热的，一点力气也没有，感觉有一块大石头压在身上，似乎喘气都困难了。她忍着剧烈的咳嗽，找到体温计测了一下，吓了一跳，自己竟然在发烧。她想找些退烧药，却发现小药箱里根本没有储备。就在感觉自己要失去知觉前一刻，她挣扎着拨打了120。

　　于森再次醒来，已经是三天后，她发现自己躺在市传染病医院的病房里，护士告诉她，是患上了很严重的支原体肺炎。

　　懵懵懂懂还没太弄明白怎么一回事时，手机就接连不断地响了起来，大有不接听就一直响下去的势头。打电话的是卢山。

　　护士边给她输液边对于森说："你昏迷了三天，你的电话都快打爆了，赶快联系你的家人吧。"

　　于森犹豫着按下接听键。手机里卢山的声音焦急而沙哑："于森，你现在在哪里？什么情况？为啥信息一直不回？电话不接？你在哪里？现在哪里？！"

"哦，我……我一直在、在姑姑家，师傅，你怎么了？你的嗓子怎么哑了？感冒了吗？"于淼低迷无力的声音，忽然高了起来。

"于淼，这只有你知道！"卢山扔下这句话，就挂了电话。

于淼没有告诉卢山自己病了在住院，她不想让他为自己分心。他毕竟有家，就想把这个假期，完整地归还给卢山。

住了几天院，烧退了下来，人也清醒了许多，想到自己走得突然，家里电热毯都没拔，心里就有些着急，趁着下午输完液，就偷偷从医院里溜了出来，打车回了自己的家。

打开房门，于淼看到门口放着许多吃食，有牛奶、有蛋糕，还有一些生活用品。她马上打电话给奶奶，才知道东西是卢山送来的。奶奶就告诉她说："这些东西都是你师傅送来的。他还一个劲儿地问你在哪儿，我就按你说的，没在你自己家，在姑姑家了。没想到你还真没在家，去哪了？"

"我……和几个同学在一起。"于淼搪塞着。

想到刚才电话里师傅沙哑的声音，于淼就想象得到，找不到自己，师傅一定很着急。

的确如此。几天没见到于淼，就让卢山感觉有几年那么漫长。再加上于淼不回信息和电话，就更是让他坐卧不安。因为从来还没有分开过这么久，所以，也还从未体味过这种感觉。而现在这种感觉渗透到身体的每一个细胞里，让卢山不得不承认，自己已经无可救药地爱上了于淼。曾经无数次默默抽打自己的，我是师傅，她是徒弟，我绝不能有超越师徒关系的"鞭子"，已经变得毫无力度，再也无法把他从爱的边缘上赶回去了。他已经纵身跃入了爱的深渊，不能自拔。只几天的工夫，卢山嘴上就起了好几个大泡，嗓子也疼痛难忍。

卢山沙哑的声音，让于淼也坐卧不安了。她几次摸过手机想打过去，可都是打开又关掉，关掉又打开。她清楚，他不同于自己。他可以随时随地把电话打过来，但她却不能随时随地把电话打过去。因为他是在家里，是在老婆女儿身边。

这时，于淼竟盼着卢山能再次打来电话。她几乎手机不离手地等候着，可是，手机一直都保持缄默。实在忍不住，她就给卢山发了一个信息：我很好，不用惦记。

很快卢山就有了回复：明天我去看你。

于淼吓了一跳，连忙回复：不用了，师傅，我现在和同学在一起，过几天咱们茶舍见吧。

于淼虽然特别渴望见到师傅，但想到自己得的是支原体肺炎，有很强的传染性，自己怎么能见他呢？等养好身体再说吧。

于淼也不敢在家里耽搁太久，简单收拾一下，就重新打车回了医院。

可没过两天，于淼突然接到她家楼下邻居打来的电话，说她家的水龙头忘关了，一直流着水，以至于顺着棚顶淌到她家，邻居让她立即回家处理。

事关重大，自己必须得回去一趟！于是，于淼戴上口罩，再次偷偷溜出医院。

回到家，才发现自己并不是没有关闭水龙头，而是水龙头出现了故障，怎么关也关不严，还弄了一身的水。没办法，只好打电话给物业，这才把漏水问题解决了。于淼本来就虚弱的身体，哪里经得起这么折腾？重新发起烧来，晕晕乎乎的，连路都走不了。此时被孤寂和惶恐包围住的于淼，陷入到了绝望之中。

"以后，无论有什么事，需要我的时候一定吱声！"这个关键的时刻，于淼耳边忽然响起师傅的声音。对，我还有师傅！于淼哆嗦着手指，拨通了师傅的手机号。

手机迅速就被接通了，听筒里就传出卢山急切的声音："你怎么样？"

听到师傅的声音，于淼竟说不出话来，只是嘤嘤地哭。这一哭，可是让电话那边的卢山更是焦急，声音沙哑着连声问："怎么了？说话啊！究竟怎么了？"

"师傅，我……我发烧了，在家里。我害怕……"

"别急，别怕，有我呢。我这就过去。"

师傅的话，一下子安抚了于淼无着无落的心，但随即又担忧起来，我这病是有传染性的，传染给师傅怎么办？！于淼想我还是尽快回医院吧，可下了床，还没走到门口就摔倒在地上，她挣扎着够到手机，给师傅发了一个信息：师傅，我得了传染病，你别过来了！

好像没过多大工夫，又似乎一个世纪那么漫长，门终于被敲响了，于淼听到了师傅焦急的声音："于淼，快开门，你还好吗？"

于淼挣扎着站起身，给自己戴了好几层口罩，才勉强打开门。

房门打开的瞬间，卢山就冲了进来，看到倒在地上的于淼，不管不顾地揽在怀里。

卢山的怀抱那么坚实，那么温暖，让于淼无助而又惶恐的心顿时安宁下来。她一边哭一边自责："师傅，对不起，这得给你添多大的麻烦啊！"

卢山也紧紧搂住于淼，柔声说："傻丫头，什么时候了，还说这样的话啊？"

卢山习惯地想在于淼高挺的鼻梁上刮一下，伸出手时才意识到，占据了当下最重要位置的口罩，已挡住了于淼大半个面庞。但露在外面的眼睛，却坦露着她的心扉。两个人都有许多话想和对方说，却又都不知从何说起。此时此刻，似乎只有深情的拥抱，才能表达彼此的心情……

好一会儿，两个人才平静下来。卢山摸着于森滚烫的额头，着急地说："这么烫！我带你去医院。"

"师傅，我得了支原体肺炎，就是从医院里偷偷跑回来的。"于森把前因后果说给卢山。卢山一边听一边叹息，心疼地责备："你呀！怎么不告诉我啊？咱们赶紧回医院去，师傅陪着你！"

于森眼里闪烁着泪花，用力地点点头。但随即又摇摇头，嗫嚅道："可是，师傅，我这病传染给你怎么办？"

"我不怕，我是你师傅，听我的。"卢山说着，就伸手去抱于森。

于森想自己站起来，可身体根本不听从自己支配，也只好由着卢山了。这样暧昧的亲密接触，让两个人的心跳都加快了。此刻的于森，身体虽然虚弱，但心里却充满了幸福……

一个多星期后，在卢山的精心照料下，于森痊愈出院。两个人打车回到于森的家。卢山还想再次把于森抱上楼，于森却说邻居看到不好，虽然她在内心深处，十分渴望再次体验与卢山身体亲密接触的感觉。

卢山搀扶着于森上了楼，安顿好一切，才笑着对于森说："我猜你这几天都没吃好，饿了吧？我去给你做饭，你想吃什么？"

"知我者，师傅也。在医院里整天人心惶惶的，想吃也吃不下啊！"

在于森家里与她同锅共灶，和在小巷茶舍里的同锅共灶，感觉上是不一样的。在小巷茶舍里，可以说那是工作餐，在这里就地地道道是家的感觉了。

传染期还没有过，两人依然戴着口罩。两人这般情形的相聚也很是无奈。但目光是不需要有遮挡理由的。此时，两人正是凭借

着彼此的深情眼眸，在述说、在传递，那暖暖的柔情，那浓浓的
爱意……

随着夜色的降临，于淼心变得越来越慌乱。她催促卢山赶快回
家，卢山却说："我早就和我家领导打报告了，跟她说老同学聚会，
得在外地待好几天呢，你现在让我回去，我也不放心你啊！"

于淼虽然很希望卢山留下来，但却不知道两人将怎样度过漫
漫长夜。是同居一室？还是各居一室？如果师傅他……她又该怎
样办？

卢山的心更是七上八下。这个走进他心里、入驻他梦中、占领
他渴望的于淼就这样活生生站在眼前，似乎唾手可得。那缠绵过他
无数次的幻想和梦境，跟眼下情境多么契合啊！不管他嘴上承认不
承认，他都在用心爱着于淼，他知道于淼也爱他。可越是爱，就越
是害怕伤到她。

卢山的目光，无意中落到了于淼书架中的五子棋上，于是岔开
话题："于淼，你会下五子棋吧？"

"会走几步。师傅，你……想下棋吗？"

"想……嗯，想……"卢山言不由衷地回答。

"这下长夜好挨了。"于淼长舒了一口气。

"你说什么？"

"我说……这个长夜好可爱——"于淼调皮地打着马虎眼。

"师傅，那咱俩就把今晚当大年三十儿过，下他个通宵，看究
竟谁赢！"

"啊？好，咱俩……就、就下他个通宵。"

这个时候，天已经很晚了。窗外一片寂静，只有幽冷的月光，
心灰意冷地普照着沉睡的大地。

棋子在两个人的手中没有章法地移动着。两颗心，在看似下棋

的状态中，相互碰撞、交融、缠绕、点燃着。

不知道谁输，也不知道谁赢，他们的那些心思，早已跑到对方的心里去了。

"阿嚏——"于淼突然打了个喷嚏。

"冷了吧？"卢山关切地问。

"嗯，有点儿。师傅你能……"

简洁的对白，让两个人都无法再矜持下去。一个张开怀抱，一个主动投入。这种拥抱，不是刚刚进屋时，那种重逢的拥抱，而是全身心，刻骨铭心的相拥，是情不自禁的表达。他们眼睛对着眼睛，几乎同时摘下了口罩，抛却一切担忧、抛却一切恐惧、抛却一切世俗，热烈地亲吻在一起。

这个长吻，是那样忘我，是那样持久，是那样缠绵……

也不知过了多久，逐渐冷静下来的卢山问："你怕吗？"

"我不怕，你呢？"于淼问。

"我更不怕。就算我也传染上了，就算到了那个世界，我也会一直陪着你！"

"如果真是那样，我也愿意，那样，我们就再也不会分开了！"

两个人就是在梦呓似的昵语中，在无休止的热吻里，缠绵着。

当爱的欲火就要摧毁最后一道防线的时候，于淼紧紧地握住卢山的手，幽幽地说："还是留住这最后的一点点吧，你和我不同。我已经很知足了。"

"于淼，我们为什么不能真正地做回自己？"

"可是，我们毕竟生活在现实中，有些东西真的不是我们所能主宰的！"

夜已经很深，于淼翻来覆去始终睡不着，头脑也变得格外清晰。看着睡在身边的卢山，满心都是浓得化不开的爱意。她就这样目不转睛地看着卢山的面容，听着他均匀的呼吸，忍不住在卢山的额头上印上一个香吻。

怕打扰到卢山休息，于森努力把注意力转移到手机上，无意间就翻到了那部小说。想着这些日子，一直没腾出时间好好收听，于是戴上耳机，轻轻按下了播放键——

第十一章

接到韩梅这个电话，辛月海简直蒙了，手机依然贴在耳旁半天没有放下来。他咋也想不到肖春凤会知道韩梅的住处。听韩梅的口气，两人又似乎没有发生什么不愉快，相反，倒像是挺友好的。

独自守在家里的辛月海，忽然感到了无边的空落和茫然。虽然以前都是和肖春凤分房睡，虽然他希望肖春凤能够远离他的视线，可是，当她突然从这个房间里消失后，竟然感到了不适。他和衣躺在床上，脑子里一直想象着两个女人在一起的情形。脑袋像是塞进了乱糟糟的棉絮，一整夜都处在半睡半醒之中。早晨去卫生间，无意间在镜子里发现自己的鬓角竟然有了白发。至此，他才相信，真的会一夜白头。

辛月海好不容易熬到了东方露出鱼肚白，穿上衣服要去韩梅那里。刚要打开房门，就听见锁孔的钥匙声。

肖春凤回来了。

驻足间，辛月海定睛注视着肖春凤。她特别地憔悴，身上夹裹的寒气，带着浓浓的速效救心丸的味道。她翕动了下嘴唇，沙哑着声音说："你去吧！我知道你一定会早去的，所以，我就早早地回来了。"

"她——你——都没什么事吧？"辛月海一时不知道该怎

样问才恰当，只好支吾着问一句。

"没事。"肖春凤一脸淡漠，闪身进了屋，晃晃悠悠走向自己的房间。辛月海一脚门里一脚门外，见肖春凤的样子，他很想问问她的身体情况。可是犹豫中，他还是迈出了门外，还是心急如焚地奔向了韩梅。肖春凤难受的样子，让他心里隐隐作痛，然而，韩梅是更让他牵挂的女人。他只觉得自己就像一个越来越枯朽的木桩，正被两个女人拿着锋利的大锯，来来回回地拉扯着……

韩梅妊娠反应特别强烈，无法去婚庆公司上班，而她还需要照顾，辛月海只好把刚刚起步的婚庆公司暂时关闭了。

原来的三点一线，变成了两点一线，那就是韩梅的家和自己的家。在韩梅家，辛月海包揽着一切家务；在自己家里，真的病倒了的肖春凤也需要他照看。

看到日渐消瘦的辛月海，肖春凤恨着他、又疼着他。她实在不忍心看到辛月海为了这一明一暗两个家、两个女人操劳着、奔波着。

要强的肖春凤，硬是不想让自己倒在床上。她一边靠吃药维持，一边自理着自己的生活，把辛月海不得不照顾她的时间，更多地留给了韩梅。一想到韩梅肚子里的孩子，再看看被现实挤压得喘不过气来的辛月海，肖春凤想到了离婚。因为眼下只有离婚，只有自己做出牺牲，才能让辛月海和韩梅以及他们未出生的孩子，有一个幸福圆满的结局。自己老了，儿子也大了，有什么是放不下的？还是成全他们吧！

肖春凤想到这里，无奈、痛苦的泪水就涌了出来。这又咸又涩又苦的泪水，打湿了她两鬓的白发。

肖春凤并没有把自己的想法告诉辛月海。她想就要过春节了，儿子放寒假也要回来了，就等一起过完这个团圆年再说吧。

肖春凤和往年要过春节时一样，强撑着洗洗涮涮，把家里也收拾得干干净净。

肖春凤再也没有去韩梅家，但隔三差五的，她会网购一些补品或水果什么的送到韩梅家里。韩梅也时常地给肖春凤挂个电话，问问她的身体情况。

辛月海的儿子放寒假回来了。

饭桌上，肖春凤很平静地对儿子说："今年春节，咱家能热闹一点儿了，因为多了一个人。"

肖春凤的话让辛月海十分惊讶，他抬头目不转睛地盯着肖春凤。可肖春凤却压根儿没有看他，依然平静地对儿子说："这是我的一个好姐妹，在这个城市没什么亲人，又刚怀着宝宝，我想让她在咱们家过个春节。儿子，你看行吗？"

"妈，你总是这么善良，既然是你的好姐妹，又挺可怜的，咋不行啊！让她来吧，四个人，还真够打扑克或麻将呢！"儿子高兴地表着态。

这时，肖春凤才把目光沉沉地落在辛月海的脸上："月海，你说呢？你替我把她接来吧，明天就是大年三十儿了，咱们一起过个年吧！"

"这事儿，你咋不先跟我说呢？这……你觉得合适吗？"辛月海快速地瞄了一眼儿子，继而重新回到肖春凤脸上。辛月海当然明白肖春凤是让他把韩梅接过来，省得他两头忙活两头跑了。辛月海默不作声地吃着饭，算是默认了肖春凤的建议。

但辛月海当天并没有就去接韩梅，看到辛月海讪讪的表情，肖春凤心里就明白了。

于是，肖春凤又去了一次韩梅家。她清楚，这是第二次，也是最后一次去韩梅那里。韩梅真是弄不明白肖春凤为何能够这样容忍他们、包容他们。听了肖春凤的打算，韩梅半晌没转过弯来。

其实，她倒希望肖春凤能对她大打出手，能跟她鱼死网破，像所有的情敌那样，有你没我，有我没你地较量。如果真是那样，她有信心打败肖春凤，那样，她就不会有那么多的愧疚了。

可是，肖春凤全然不是这样。她给韩梅的感觉，不是情敌，到像是亲人、姐姐、慈爱的母亲。

"大姐，谢谢你，我不去了，等我告诉大海，这阵子，就在家好好陪陪你和儿子，一家三口好好聚聚。我没事的，独居惯了。再说，我现在好多了，妊娠反应也没那么强烈了。"

面对肖春凤的邀请，韩梅婉言谢绝着。如果真的去了，不就等于用刀不遮不顾地剜她的心吗？

"去吧，我是真心地请你去的。如果你一个人在这里，我们都过不好年。你会很孤独，月海也会因为放不下你心烦意乱，我也不放心。去吧，我跟我儿子已经都打过招呼了，说你是我的一个好姐妹，他也欢迎你去的。快，听话，简单收拾收拾，拿些必用品，咱这就走。"

听着肖春凤这番贴心的话儿，韩梅的心里热乎乎的，眼泪夺眶而出。

"那这样，大姐，你先回去，我在家里也简单收拾收拾，然后我就过去。"

韩梅从衣橱里拿出一个包装考究的方盒，塞在肖春凤手里说："大姐，过年了，我给你买了件羊绒开衫，就当个心意吧。"

"谢谢你！还是你留着吧，我这个样子，穿什么也不好看的！别白瞎了东西。"肖春凤自嘲地苦笑了一下，把方盒放在鞋柜上，开门出去。

当肖春凤走后不久，辛月海就急匆匆地赶到了韩梅那里。韩梅就把肖春凤刚才说的话告诉给辛月海。

辛月海问："你想不想去呢？"

"你说呢？"韩梅反问道。

"你一定不想去，一定是希望咱俩在一起过年吧？"

没等韩梅回答，辛月海紧接着说："你要是想咱俩在一起过年，那我就过你这儿来，既然她都能接你去我家里过年，那她一定也不会反对我到你这儿来。反正，她已经都接受了现实。至于我儿子那儿，我会找出理由跟他解释的。"

"大海，我知道你的心都在我这儿，可是现在越是这样，我心里越是不舒服。她挺不容易的，她的容忍已经到了极限，咱们不能在她的伤口上撒盐了。我想好了，这个春节我自己过，你在家好好陪陪他们娘儿俩……"

"那怎么行！我怎么会让你一个人过年？要么，你就过去；要么，我就过来！绝不能把你一个人扔在家里！"没等韩梅把话说完，辛月海就打断了她的话。

"你别过来，我也不过去，我就是要自己过这个春节。如果你想让我的心里好受些，你就听我的，如果你硬要过来陪我过年，那我会很难受，会很不安。所以，你必须听我的！"

辛月海有些急了："不行！你一个人孤孤单单的，我不放心！"

"我现在可不是一个人了，有咱们的宝宝陪着我呢。"

韩梅故意做出调皮轻松的样子说："我给你放四天假，在家好好陪陪他们，初五你再回我这儿来。我和宝宝等着你！"

无论是年夜饭，还是年夜饺子，对辛月海来说都是味同嚼蜡。他不住地摸出手机，不住地给韩梅发送信息，可是韩梅只是简单回复一条："按我说的做，别心不在焉，四天后见。"之后，就再也收不到韩梅的回复了。

辛月海的心思，肖春凤当然再明了不过了。看着辛月海那抓心挠肝、心神不定的样子，小声对辛月海说："你过去吧，这接神饺子一吃，鞭炮一放，年也就算过完了。"

辛月海无语。他真的恨不能马上飞到韩梅身边。可是，韩梅一再叮嘱的话儿，又在耳边响起。为了尽量不让儿子看出他的失态，辛月海强颜欢笑，没有走。

当儿子跟他下棋时，他竟然把"卒"当"车"横冲直撞到河的对岸。他完全把他对韩梅的牵念，融入到棋盘中了，惹得他儿子一再地叨咕着："爸，你怎么了？是眼睛花了，还是玩赖啊！咋还把卒当车呢？"

一旁的肖春凤就打着圆场说："都有了吧！"

除了不知内情的儿子，肖春凤和辛月海一样，也无心过年。

大年初二，儿子和同学约着去了冰雪大世界度假。肖春凤看着度日如年的辛月海，冷冷地说："咱俩离婚吧！"

"你说什么？"辛月海愣住了。

"我是说，咱俩离婚吧，毕竟一家三口把这年过完了。这样，你就彻底解脱了，棘手的问题也就解决了。只是别让咱儿子知道。等到咱儿子有了女朋友或结婚的时候，你面上还能让别人感觉咱们是完整的一家就行。我没别的要求了。"

听了肖春凤的这番话，辛月海说不清是突然看到了光明，还是瞬间钻进了黑暗。

"怎么了，这不正是你希望的吗？"肖春凤看着两眼发直的辛月海问道。

从来没在肖春凤面前哭过的辛月海，这会儿，竟然流下了眼泪。

"今天，咱们就把这事情决定了吧！因为我有韩梅的手机号，在微信里，我已把我想说的话跟韩梅说了，就等她回复呢。因为近期我的身体不太好，补习班我也就不干了。现在协议离婚特别快，况且，咱们分居都快二十年了，早就符合了法律限定的离婚条件。等初八都上班了，咱们就去办理了吧。"肖春凤机械地说着。

辛月海就像是被灌了铅水似的，一动不动地坐在那里。满脸泪迹的面庞，失了原有的红润。

两个人就这样面对面坐着，沉默中，只有挂钟嘀嗒嘀嗒，不紧不慢地行走着。

终于，肖春凤手机微信的提示音打断了这难耐的寂静。肖春凤打开手机。微信里，韩梅发过来一段很长的文字。

肖春凤举着手机，试探着问辛月海："要不要你先看看？"

"还是你看吧！我只想知道，她现在怎么样了？"

辛月海说着，就摸出自己的手机，没有避开肖春凤就拨通了韩梅的电话，直截了当地问："先告诉我，你现在情况怎么样？"

"正常。"韩梅简单回答了这两个字后就挂了电话。

肖春凤在辛月海的一声轻叹中，看了韩梅发来的微信：大姐，看了你的微信，我感到很意外，我没有想到你能主动提出离婚。说心里话，当初我希望过，奢想过。我爱大海，大海也爱我，残酷的现实，已经不能阻碍我们相爱。特别是发现怀孕后，我更是希望你们能离婚，给我肚子里的孩子一个完整的家，也给我一个完整的爱人。

我只希望你能像对待敌人一样对待我，可是，我错了，你不仅没把我看作仇人、情敌，反而像姐姐、像亲人那样对待我。就是铁石心肠的人，也会被你感动。

大姐，从感情上讲，我真的是离不开大海，大海也离不开我。我宁愿戴着第三者的帽子，宁愿肚子里的孩子成为私生子，我也不会让你们离婚。无论你俩是谁提出来的，我都不会这样做的！

大姐，我对不起你！我已经夺了你的爱，我绝不能再夺你的婚姻。

你已经牺牲得太多太多了，千万不要提出离婚，我也绝不会允许你们离婚。

这是我的真心话。你如果非要这么做，那你就等于要害死我！

请你不要害死我！我的肚子里还有个小生命啊，求求你！我的好大姐！！！

肖春凤看到最后的时候，泪水抑制不住地流了出来。放下手机，头重脚轻地走回自己的房间。没有关门，鞋也没脱，她就躺在床上。

刚好这个时候，辛月海的手机响起了信息提示音，他紧忙打开，是韩梅微信发过来两大段密密麻麻的文字。韩梅截屏了她和肖春凤的微信内容。

辛月海一口气儿看完了两个女人的微信，心里说不上是什么感觉。他抬起头，把目光转向肖春凤的房间。房间里，肖春凤就那样静静地躺着，仿佛没有了声息。辛月海轻手轻脚地走了进去，轻轻脱掉了肖春凤脚上的鞋，然后又慢慢地把她搭在床沿上的双腿挪到床里。

肖春凤任由泪水决堤一样流淌，身体一动不动，唯恐自己动一下，会让辛月海停止手里的动作。她奢望着这份温暖能够无限延续下去。

辛月海又把一条被子轻轻盖在肖春凤身上，这才悄悄走出房间，轻轻把门关上。

年过去了，就是正月，正月过去了，就是春天了。

辛月海和韩梅的婚庆公司，已经转包给了原来摄影群里的两个群友。因为辛月海实在是抽不出身来干这个营生了。已经显怀的韩梅，突然有了流产的征兆，因此按医嘱在家静养保胎。辛月海几乎是全天候地照顾着。

肖春凤的心脏病时好时坏，血压也是忽高忽低，完全靠着药物维持着，所以，也不能像原来那样，对整个的家都独当一面了。辛月海在照顾着韩梅的同时，还要顾及肖春凤。韩梅苦笑着说辛月海："你这是一肩挑两头，两头一样重啊。"

有着身孕的韩梅，时刻希望着辛月海能够在自己身边，可一想到疾病缠身的肖春凤，她又常常把辛月海往他家里撵："你回去吧，你该做的、该准备的都有了，我没事，你赶紧回去看看她，时常量量血压，做点她想吃的。"

可是，辛月海若是真的按她说的回家照顾肖春凤了，韩梅的心又马上泛起酸来。一想到辛月海回到老婆身边端水拿药，而自己却这样无名无分地怀着孩子，过着被人指点和谴责的日子，再一想到孩子出生后的一系列的现实问题，她的心就特别烦躁。脾气上来时，饭碗都摔了好几个了。

辛月海当然理解韩梅的心情，最后干脆住到韩梅这里。至于肖春凤那边，他雇了个钟点工。有时，约摸着菜吃没有了，就给她网上叫外卖。可是，刚刚住了两个晚上，辛月海就又被韩梅撵回去了。韩梅眼里噙着泪花，连声嚷嚷着："不行，你赶紧回去，我心里总是不落忍，她那个样子，也怪可怜的，一个人怎么行？毕竟我年轻，可她——她老了——"

韩梅怀孕6个月的时候，肖春凤住院了。这一住院，辛月海就得以那边为主了，做饭、送饭、陪护。他只能趁着回家做饭的空当，跑韩梅那里看看。要么给她买点现成的，要么给她多做些饭菜，带出第二顿的。

为了照顾好两边，辛月海往往连吃饭时间都没有。看着辛月海瘦得眼窝都深陷了下去，肖春凤仅仅住院一个星期，就说啥也住不下去了，非要回家。她知道，只要回了家，辛月海就不必这样操劳地两头跑了，他会省下很多时间去照顾韩梅。

可医生不允许，说病情这样重，怎么可以回家呢？回家是会有危险的。无奈之下，肖春凤自己雇了一个护工，这样，就把辛月海给解脱了出去。

当辛月海腾出身来回到韩梅那里后，韩梅第一句话就问："她出院了？"

"没有，她自己雇了护工，这样也好，我就可以回这边照顾你了。"

听了辛月海的话，韩梅不但没有高兴，反而不住地埋怨他："这样做，你不怕别人笑话吗？她有老公不照顾，而要去雇护工？你咋想的！"

韩梅说着就下地穿衣服，要去医院看看肖春凤。辛月海就拦着她说："前几天你已经去看过了，你现在刚刚把胎保住，千万别有什么闪失，就别去了！"

"行，那我就不去了，但你现在马上过去，让她把那护工辞了，她住院的日子，你就去护理吧。我这边你偶尔过来看一眼就行。再说，有啥事，微信我就会告诉你的。"

无头苍蝇似的辛月海，只好按照韩梅的吩咐，就又跑回医院，让肖春凤辞了护工。韩梅那里，也就只好偶尔过去看看。缺少什么，辛月海就叫外卖送到家里。辛月海暗暗庆幸着这刚刚兴起的网购。

后来，辛月海连"偶尔"，也不能实现了，因为肖春凤最终要做心脏搭桥手术，这是一刻都离不开家属照料的。

没有辛月海陪伴的日子，韩梅在屋子里这走走那看看，到处都是昔日两人的影子和回忆。她捧着越来越大的肚子，默默地坐在窗前，看着对面的楼房。她就在想：每一个窗户里都是一个家，家里面有妻子，有丈夫，也有孩子，他们都在享受着家的温暖。他们都可以理直气壮地走在大街上，走在阳光里。他们的孩子可以甜甜地喊着妈妈、爸爸。可是自己呢？辛月海是她丈夫吗？不是。因为他有老婆。是情人吗？也不是了，因为一般情况下情人是不会要孩子的。那是孩子的父亲吗？是的。可在现实面前，在法律面前，他能理直气壮地喊自己的儿子吗？能够让所有人都知道他有一个私生子存在吗？他们能像别人家父母那样，一人拉着孩子的一只小手，大大方方地走在光天化日之下吗？如果有一天，两人百年后都故去了，他能和自己葬在一起吗？不能。因为他有老婆，就算是死了都要和老婆葬在一起。

不能。这么多的不能，那自己又算是什么呢？

当韩梅有了这大把独守的时间，也就有了这漫漫无际的遐想。而这些遐想，像一朵朵乌云，渐渐笼罩住她的心头；像显像药水似的，把现实的底片清晰地显现出来。但呈现在她眼里的，不是彩色，而是黑白。

也就在这个时候，一个将改变眼前这一切的人出现了。

这个人，就是鲁阳——韩梅的前夫。

那天，当韩梅听到手机铃声，还以为是辛月海，马上就拿起来接听。可话筒里传出的是一个陌生而又熟悉的声音，韩梅一下子愣住了。

"喂，韩梅，是我，你听出来了吧？"

这个声音韩梅怎么会听不出来呢？虽然好几年音信皆无，但留在记忆中的一切，还是根深蒂固的。

"鲁阳？！"

"看来你还没有忘记我。其实，我一直没有忘记你！我有好多话要跟你说。我们加个微信吧。"鲁阳说完就撂了电话。

韩梅听得出，他是急于要先加自己微信。迟疑了半天，才慢慢拿过手机，接受了鲁阳的添加好友请求。

很快，鲁阳就发过来一串文字：韩梅，我是鼓了好多次勇气才给你打了电话，好在你手机号码一直没换。

其实，就是你换了电话号码，我也会去咱们曾经的家找你的。虽然咱俩分手了好几年，但是你的状况我一直都是知道的，包括现在。

我不单单是通过住在你附近的表姐知道你的一切，其实通过别人那里，我也知道了很多。

韩梅，我的很多话，真的是不好当面对你说，所以，在这里说，还能遮挡些我的羞愧。

韩梅，是我对不起你！实在是对不起！！！

不瞒你说，咱俩分手后，我又结了婚，可是婚后仍然没有孩子。后来，我们都去做了检查才真相大白：是我压根儿就没有生育能力。

这个时候，你知道我该是多么痛苦和后悔吗？我痛苦冤枉了你，后悔不该和你离婚，也憎恨该死的医院，一定是弄串了你的检查单，才导致你蒙受如此大冤。

因为我没有生育能力，那个女人和我离了婚。后来，我就一直没再找。

韩梅，说心里话，如果你现在依然是原来的你，或者是你已经结了婚，我是绝不会打扰你的，更是没有资格奢求你。可是，当我知道了你目前的状况后，当我听到关于你的事弄得满城风雨后，我才鼓起勇气来找你。

其实，我躲在暗处，偷偷地看了你好几次。当然，也看见了你身旁的那个男人。至于别人，我没必要多说，还是说你，说你肚子里的孩子。你现在是什么情况你最清楚。那个男人给不了你婚姻，给不了你真正的家。

你想过吗？私生子在咱们国家，该是多么受人歧视！

韩梅，我一直还想着你、爱着你。当初咱俩分手，不是感情原因，完完全全是一场误会。

我们复婚吧，你还是我的妻子，你肚子里的孩子，我会当成自己亲生的。

我说的一切都是发自肺腑的心里话！

韩梅，我期待你的回答。不急，我等你，反正还有后半生的时间……

两天时间过去了，韩梅没有给鲁阳回复。

从打肚子渐渐大起来，韩梅就很少外出了。因为她不愿意听到那些喊喊喳喳的声音。可今天，她却想出去走走，想出去换换空气。于是，她穿上一件宽松的大衫，戴上一顶遮着大半张脸的凉帽，慢慢下了楼。有一个人正好往上走。因为大檐儿帽又压得很低，所以，韩梅只是看到对方上楼的脚。韩梅停住脚步闪身想让那人先过去，那人却停了脚步。就在那一刹那，韩梅心跳加速，她想用手把帽子掀开，一只大手就搀扶在了她的胳臂上。一个低沉而又熟悉的声音在耳旁响起："天都要黑了，你这个样子怎么还敢自己下楼？"

是鲁阳！韩梅感觉得没错。她很奇怪：为何自己没有看到他的脸，就能在刹那间感觉得到是他呢？

"别下去了，刚刚下了小雨，现在外面还很滑，咱们还是回家吧！"

鲁阳的这句一个"咱们"，一个"回家"，说得是那样自然、亲切。是啊，这曾经的确是他的家，是他和韩梅的家。他的这句话，在韩梅听来一点不陌生、不突兀、不做作。虽然分开这么多年，但是仅就这一句话，就让韩梅觉得一下子把他俩拉近了，似乎又拉回到了当年……

"你怎么来了？"韩梅停下脚步问鲁阳。

"我就是想过来看看，想看看这个家。这个家经常在我梦里出现，毕竟——是我曾经的家呀！韩梅，我能进去看看吗？"

韩梅迟疑了好一会儿，才重新迈动了脚步，不是继续下楼，而是转身往楼上走。她并没有挣脱鲁阳搀扶在她胳膊上的手，而是任由他搀扶着。一切都是那样自然、那样平和，没有丝毫的陌生感。

进了屋，鲁阳很自然地哈下腰，替韩梅脱鞋。韩梅摘下了帽子。鲁阳正好站直了身子，两人就面面相对了。那种眼睛与眼睛的对视，那种无言的相望，似乎一下子就还原了曾经的那种亲近感。鲁阳在韩梅眼里，没有什么大变化，只是隐约看到他的眼角有了鱼尾纹。

鲁阳一把抱住韩梅，抚摸着她的长发喃喃自语："你没有变，还和原来一样漂亮。"

此时的韩梅心里很乱，乱得像一团麻。

"你……又回到了这个城市了？"

"没有，我是特意回来见你，也是接你。如果你觉得我说的一切有道理，如果你相信我，为了孩子，为了你自己，也为了我，我们就一起走吧！离开这个地方。在我去的那个城市里，我买了一套房子。没有大富大贵，衣食无忧还是有保障的。我想，我能给你和你肚子里的孩子一个幸福的家。"

鲁阳的话，像是在韩梅面前展开了一幅温馨、美好、幸福的画卷。

韩梅脑际划过辛月海，心就又沉了下来。这幅画卷立刻就像深秋里的芦花，飘散了。回想她和辛月海相守的日子，回想他们在一起的一幕一幕，她又怎么舍得离开？

"你还没有吃晚饭吧？想吃什么，我给你做，或者是我出去买点？"鲁阳的话，打断了韩梅的沉思。

"那就点个外卖吧！"韩梅说。

"不用，还是我出去一趟吧！"鲁阳说着，就迅速下了楼。

这也是韩梅希望的。因为她想在这个空当里，看看辛月海的微信。辛月海几乎不打电话了，因为他不知道韩梅什么时候会睡着，怕惊醒她。所以一律是微信。

微信里，她看到了辛月海发来关于肖春凤的消息。说术后状态一直很好，再过一周左右就可以出院了。还发了好多亲吻的表情，说特别想她，说等肖春凤出了院，第一时间跑过来看他。还说了他的打算，说肖春凤出院后，给她雇个保姆，这样，他就可以接着照顾护理她了，毕竟越来越临近生产了。

韩梅一边看着辛月海的微信，一边梳理着自己乱麻一样的心绪。只是简单地回复了几句：不要考虑我，还是先把她照顾好，出院后，更是需要好好地休养和照顾的。保姆总不如家里人吧？

不是面对面的时候，韩梅一直称呼肖春凤："她"。她从来没有与辛月海单独提及肖春凤时叫过大姐。

鲁阳回来了，双手都拎了一大堆东西。他买了两个人的晚餐，还给韩梅买了一个大果篮。他很娴熟地把这些东西放好，然后，轻车熟路地给韩梅拿出餐具，准备着晚餐。他的这种娴熟，让韩梅觉得既亲切又温暖。

"来，吃吧，趁热。"鲁阳一边说着，一边递给韩梅餐具。

"我能够这样陪你，我知道他是来不了的。他那边的情况，我也了解。既然我是奔你而来，我就要了解一切。放心，我不会让你难堪，也不会让他难堪，我说了，我会给你时间考虑的。"

鲁阳说着，拂去挡在韩梅额头上的一缕头发，温和地看着她。

韩梅抬眼看看鲁阳，轻轻叹了口气，又重新垂下了眼帘。

鲁阳没有再过多说什么。两人吃完饭，鲁阳麻利地收拾好厨房，连同卫生间和厨房垃圾桶里的垃圾都收纳在一起，然后拎到门口。抬头看了下表，对韩梅说："时间不早了，你早点歇着吧！窗户放放空气就行，别总开着，小心感冒。"

打开房门，鲁阳回过头来："对了，我那边的建材公司最近有很多事需要我回去处理，我最多只能再待两天。所以……所以，你也再考虑两天。韩梅，我希望你别让我带着失望和痛苦走！"

韩梅木偶似的呆愣在房间里，侧耳倾听着鲁阳那渐渐远去的脚步声。

鲁阳这边，还有两天时间。辛月海那边，肖春凤马上就要出院。钟表的嘀嗒声，仿佛是在催促韩梅尽早做出决定。

在反复的权衡与纠结中，韩梅终于下定决心：跟鲁阳走！只有自己离开，辛月海才会得到解脱，肖春凤才会有所依靠，自己的良心才会得到安宁。

鲁阳和韩梅来到古城关门口角楼下，回首城关，韩梅忍不住失声痛哭。

突然间，狂风大作，忽高忽低的呼啸声，好像是女人的哀号，仿佛是从远古而来，幽怨，凄凉。这呼啸的风声让韩梅更觉伤心，她靠在城墙上，泪水涟涟。鲁阳看到韩梅身后的一块巨石上，刻着几个血一样鲜红的大字：孟姜女哭倒长城处。

在肖春凤的精心照料下，躺了整整半个月的辛月海，刚刚有了点起色。这天他正准备下地走走，手机响了。他已经不敢有什么奢望了，因为他对韩梅能够打给他电话的奢望，已经被无数个失望打碎了。但顽固的电话铃声，让他不得不打开手机。果然，他得到的依然是失望。

电话是雄鹰打来的，还是一如既往的大嗓门："月海啊，你这阵子都忙啥呢？怎么微信一点信息也没了，我知道你一定是忙什么，也就不好打扰你。可今天，实在憋不住了，还是打个电话问候问候！"

雄鹰停顿了一下，显然是在等辛月海回应。

"哦，我是忙了。"辛月海有气无力地答着。

"月海，我要告诉你，我现在是自由人了，我离婚了！我提出来的。我这大半辈子净受她的气了。原先还摆脱不掉，这回好，她见我也老了，身体也不好了，没啥大能耐了，也就爽快同意了。我可解放了。以前，憋憋屈屈地过着；现在，我要为自己好好活活了。我想告诉你，我在乡下买了个小房，和两个同学在那弄个鱼塘，养养鱼，下下棋，好着呢。你要有时间，可以随时过来玩啊！想带谁来，就带谁来。哈哈——"

"哦，挺好的。我挺佩服你的！祝你永远开心快乐啊！"

辛月海唯恐他提及韩梅，敷衍几句就挂断了电话。只要想到"韩梅"两个字，就万念俱灰。

现在的辛月海仿佛丢了魂儿似的，人瘦成了皮包骨，整个人都轻得没有一点分量。

辛月海找了韩梅两年，终于得到了一条看似准确的消息：两年前，韩梅在生产时大出血，死在手术台上。幸免于难的孩子，随同鲁阳一起消失在生活多年的城市里，踪迹全无……

听到最后，于淼已是泪流满面。恍惚间，仿佛自己就是书里的那个韩梅。韩梅的一颦一笑，和镜子中的自己一点点重合，一点点同化着……

在于淼这里度过三个夜晚之后，卢山终究牵挂着家里，他打理好于淼生活所需的一切，才恋恋不舍地离开。

于淼一个人在家，百无聊赖，无所事事。她同样想念卢山，但却不敢随便打扰他。所以，大部分时间都是在看电视、刷手机。忽然就想起那部小说里让女主角韩梅泪流满面的歌，也不知道那首歌是不是真的存在，于淼就试着搜索了一下，没想到就真的找到了名叫《致独一无二的你》的歌曲：

> 记得不要活在别人眼里
>
> 而要活在自己心里
>
> 该坚强就坚强
>
> 该善良就善良
>
> 想哭的时候就放声哭泣
>
> 记得不要在乎别人非议
>
> 要习惯性选择忘记
>
> 把所有冷眼嘲笑都当作一种鼓励
>
> 就不会觉得有多委屈
>
> 无所谓平凡与伟大
>
> 这世界赐我们独一无二的你

这首歌仿佛是在生活重压下发出的挣扎。此时此地，在看不到未来的无助中，这样一首心灵鸡汤似的歌曲，一下子就击中了于淼的软肋。她听了一遍又一遍，每次都听得泪眼蒙眬，不住地感慨叹息。然后，她第一时间把歌曲的链接发给了卢山：我感觉这首歌好像就是在写我，建议你也听听。

听了歌曲后，卢山给于淼发来几个字：在我眼里，你当然是独一无二的。后面是一长串拥抱的表情。

治愈了支原体肺炎于淼出院了。还有一定的传染性，怕真的传染给卢山，于淼就打电话督促着他去医院做体检。得知卢山并没有因为那几天的疯狂而被自己传染，于淼悬着的心才算放下。为了卢山的健康，于淼就嘱咐卢山说，这几天都不要过来，我会照顾好自己的。卢山虽然不放心，但听到于淼口气十分坚决，也只好放弃。

不过，每天都会偷偷用微信联系于淼，时刻关注着她这边的情况。

本地近期经济不景气，卢山的小巷茶舍和所有的商家一样，都处在低迷状态。他生意上的财源支柱——黄金海岸洗浴中心也面临着倒闭的危险，从此，似乎所有财路都断了。

因为生意萧条，没了顾客，小巷茶舍也就失去了往日的热闹，但还是硬撑着天天开门。这个时候，卢山只有一个目的，就是为于淼有这个去处，也为了自己能每天见到于淼。

小巷茶舍生意好的时候，两个人几乎没有时间交流，常常是刚想多聊几句，就被客人打断了。如今，老天爷似乎故意给了他们大把大把的时间，让他们促膝长谈。况且，两个人的关系比从前更亲近，所以聊天的话题也就更广泛了。也不知怎么着，两个人就聊起了卢山小时候生活过的古城。

卢山说："从我们这里往北十公里就是古城，到今天差不多有上千年的历史了。那里脚下踩的、眼睛看的、手上摸的随随便便都是古董，捡块不起眼儿的破砖头，都可能带明万历或清康熙的字样。"

"真的啊？"于淼满脸都是向往。

"你没有去过？"

"没有，以前出去旅游都是奔着名头大的地方，咱们这儿的古城还真没去过。"

卢山看出于淼眼神里的期待，便提议说："要不一会儿我就带你去转转？"

"好啊，可是……茶舍怎么办？"于淼很开心，随即又为茶舍担心起来。

"这不还有小四吗？反正也快下班了，他一个人完全应付得过来。"

两个人打车来到古城时，天已经黑了下来。卢山带着于淼从宽不到十米的胡同口走进去，月光下，走了千年的青石板铺成的小路，经过无数先人的踩踏，棱角圆润，被千年岁月包浆成了稀世珍宝，乌黑发亮像一双双古人的眼睛，注视着每一位路过的行人。嗒嗒嗒嗒的脚步声，清脆悦耳，似乎是在传递来自远古的音讯。沿着幽深的胡同往前走，仿佛一步步走回了悠远的历史中——

走到胡同深处，卢山告诉于淼说："上小学之前我一直住在这里。"

顺着卢山手指的方向，于淼看到一个坐北朝南的北方四合院。门口的石狮子不知在什么时候被人砸破了脑袋，却依然值守在原本的岗位上。门扇上的黑漆早已剥落，只有上面一对黄铜门环，睁大眼睛警惕地注视着远方。当卢山的手电光照射到铜环上时，镜面一样的铜环立即回敬出一道炫目的金光。

卢山感叹道："这里到处都是看着我长大的眼睛！"

抚摸着光滑的门环，卢山回忆说："每次生活中遇到了沟沟坎坎或者有了特别高兴的事情，我都会来这里，然后就莫名其妙地流下眼泪。当那咸咸泪水从心灵的窗口下涌动出来后，仿佛是给我疲惫的心灵洗了一个澡，每次从这里离开时，我都从里到外感到轻松。"

从来没见过师傅落泪的于淼，此刻看到卢山大滴大滴的泪珠滚出眼眶，不由得担心地叫了一声："师傅，你……没事吧？"

过了好一会儿，卢山才好像从梦中醒来，不好意思地抹了一下眼睛，道："没事，就是有点感慨。对了，你饿了吗？前面大街上有一个古城特有的小吃，叫梓椤叶饼，你吃过吗？"

"没有。"

"我带你去，就是不知道现在还营业没有。这梓椤叶饼也有六七百年的历史了。它还有一个名字叫'戚家饼'，相传明朝大将戚继光率领的'戚家军'镇守边塞山海关，戍边士兵中以浙江人居多，北方面多米少，且以粗粮为主，士兵难免不适。长城两侧长满了梓椤树，梓椤树的叶子碧绿，大如手掌，还有淡淡的清香。士兵们都喜欢用它来包裹饭团，伙房的人也时常用它来替代笼布，这么一来二去的，慢慢就衍生成了如今的梓椤叶饼。"

卢山一边讲着这个小吃的来龙去脉，一边带着于淼向古城特色小吃城走去……

小四依然忠心耿耿地跟着师傅，他跟师傅说，效益不好，工资就免了，等好转时再说。卢山也诚心愿意小四在这里。不用明说，大家心里都亮着一盏灯。

有一天，于淼送给小四一个精致的红木小挂件，微笑着对他说："小四，师傅是好人，你也是好人，你就好好跟着师傅干吧。总有一天，生意会重新好起来的。"

小四点着头谢过师姐后，说："大师姐，咱们永远在一起干。"

于淼笑了。

于淼竟然收到孙兰香的短信：于淼，我是孙兰香，我想求你办点事儿，你能出来一趟吗？我在小区东门明都商场门口等你。咱女人的事，你不要跟卢山说。

于淼愣了半晌：孙兰香从来没跟自己有过单独联系，今天能求我什么事呢？既然定在明都商场，是不是让我帮着参谋买什么衣服？

想到这儿，于淼马上回复道：好的，我这就过去。

她真按孙兰香说的那样没有告诉卢山。

到了商场，看到孙兰香的面色很不好，露出的笑容也是勉强挤出来的。她招呼于淼在靠窗的一个座位坐下来，然后开门见山地说："于淼，我求你离开小巷茶舍吧！求你了！从打你来到小巷茶舍，卢山简直就像变了一个人。不瞒你说，我俩已经快两年没有夫妻生活了，有几次，我厚着脸皮跟他提出，他竟然掏出一把钱丢给我……我在他眼里是什么？是一个只爱钱的陌生女人吗？我知道，我哪样也比不上你，也压根儿没有跟你竞争的底气，只能以他老婆的身份求你。你是个善良的人，就算为了我，为了我们这个家。求求你，离开茶舍、离开他吧！"孙兰香红着眼圈一口气说完，最后又补充道："于淼，我觉得我就要死了，我现在真的是生不如死啊！"

于淼淡淡地笑了一下说："嫂子，你就是不找我，我也会找你，告诉你一件事，我早就打算离开了。不仅是离开小巷茶舍，而且是离开这个城市，去我儿子所在的地方。所以说，你的这番劝说，就没意义了。你放心，师傅不是你想象的那种人。只要你理解他，成全他的事业，目前的一切都会改变的，慢慢会好的！嫂子，如果你没别的事的话，我就告辞了！"

于淼说着站起身，礼貌地对孙兰香说："嫂子，我就不说再见了，多保重吧！"说完，头也不回就转身离开了。

回到小巷茶舍的于淼，心情格外地沉重。她默默地这儿瞅瞅、那儿看看，昔日和师傅一起忙碌的身影和往事，一幕幕闪现在眼前。她忍住泪，叫过师傅和小四，笑着说："师傅，师弟，咱们可很久没有像以前那样像模像样地品茶了。来，今天，我亲自给师傅、师弟展示一下我的技艺，看看会不会青胜于蓝！"

"那好啊！大师姐泡茶特别有范儿。"小四赞许道。

"于淼今天挺有雅兴啊！行，正好没顾客了，咱们师徒也好好切磋切磋。"卢山高兴地回应着。

于淼很认真、很正规地施展着自己领悟的茶艺。三个人品着、聊着、笑着，但于淼的心却早已被苦涩淹没……

看着师傅开心的样子，于淼万分地不舍，她想起师傅带她去的古城，说出了自己最后一个要求："师傅，你能再带我去古城看看吗？我怕以后……"

"没问题，你收拾一下，咱们现在就出发。"

翌日，于淼在该来的时间没有到，卢山的心就又不安起来。他正想给于淼打电话，于淼的电话就打了过来，很简单的一句话："师傅，看微信吧。"说完就挂断了电话。

卢山感到很奇怪，赶忙打开微信，于淼一大段一大段的留言呈现在他的眼前：师傅，我不知下了多少次决心，才做出这个决定。我准备离开你，离开小巷茶舍，带着两年来的回忆，去我应该去的地方。谢谢你师傅！谢谢师傅这两年来对我的关心、关爱和帮助，我会永远永远把这些美好珍藏在记忆深处。师傅，你还记得我得病的那晚我说过的话吗？在这里，我就不重复了，那都是我的心里话。

原谅我不辞而别吧。师傅，还有一件事我隐瞒了你，还记得那部咱们每天都收听的小说吗？我觉得自己好像就是上辈子的韩梅。我不知道这个韩梅是作者虚构出来的人物，还是真实存在着。总之，小说中许多细节仿佛都历历在目，听了前面的内容，我就好像能预知下一章会发生什么。有一段时间，我一闭眼，就好像能看到肖春凤吃力地挪动着那只跛脚向我走来，目光里全是乞求和哀怨。

我也不知道自己是不是在梦中，在一个伸手不见五指的夜晚，我孤零零来到一座寂静阴森的石桥边，朦朦胧胧的，从一个女人干瘦的手里接过一碗汤，刚刚想喝，就被从浓雾中冲出来的男人一下子打翻在地上……一连几次都是如此。这个场景不止出现在夜里，有时白天也会在我眼前出现。让我不得不怀疑，这是上苍在警示我，让我不要忘记自己的前世。

这辈子错了，下辈子还会重蹈覆辙吗？我不知道。最近，我总是恍恍惚惚的，似乎梦醒了，又似乎还在梦中……

韩梅无数次出现在我的梦中，她俊美俏丽的身影，太阳花一样的笑脸，那么真切地浮在我的眼前。我问她：是什么时候离开这个世界的？韩梅是不是你的真名实姓？然而，梦中的韩梅总是笑而不答，仿佛故意在隐藏着一个巨大的秘密，每一次我从梦中惊醒过来，又觉得自己还在梦中。为了验证这一切是否真实，在一个乌云密布的清晨，我面朝大海大声呼喊：如果我的梦是真的，就让太阳对我露出笑脸吧！

远方，海天一线处，大团大团的黑云像帷幕一样徐徐拉开，转瞬间，海浪金子一般铺满海面，一轮又圆又大的太阳喷薄而出，绽放出万道金光。面对海天，我热泪盈眶。我虔诚地跪在沙滩上，许久许久，面对越来越明亮的太阳，默默地磕了三个头。

至此，我才彻底下定离开的决心……

师傅，你千万别因为我的离开，影响了你的生活，一定要把小巷茶舍经营好。我会默默地关注你，祝福你！如果，你真的想我的时候，就拿出玉坠看看吧，那是我一直佩戴着的……

此时，我的泪水已经模糊了手机屏幕，真的不愿离开你，不愿离开小巷茶舍，可我只能选择离开。有的时候，人可以不畏惧死亡，但却畏惧现实；可以与死亡抗衡，但却不能不与现实和解。

师傅，不要找我。我不在奶奶家，也不在我自己家。一个人的行囊很简单，也许在你看完这些文字的时候，我已经踏上了旅途。

师傅，我走了……

文字的最后，是一长串拥抱和亲吻的表情。

卢山泪流满面，痛哭失声。

小四马上跑过来，焦急地问道："师傅，你……你这是咋了？"

"她走了……"

"谁，谁走了？"

"你大师姐，于淼，离开小巷茶舍了！"卢山泣不成声。

"师傅，你、你说啥，大、大师姐走……走了？去……去、去哪了？"小四眼圈也红了，一着急口吃得更厉害。

"不知道。我……"

卢山怎么可能甘心于淼就这样离开呢？看了看表，猛地站起身，抓过衣帽架上的外衣，胡乱地穿上，骑上摩托就去了于淼奶奶家。奶奶还是按于淼吩咐说出门了，问去哪了，却不住地摇头。

卢山又去了于淼家，任凭怎样敲门都毫无回应，直敲得对门探出头来："别敲了，她上午就走了，好像是出远门的样子。"

卢山彻底失望了，她究竟能去哪里呢？于淼的电话一直处于无人接听状态，卢山就在微信里不断发着语音，期待于淼能够回复他，但，什么都没有，卢山一度怀疑是不是自己的手机欠费或者坏掉了……

卢山一病不起，茶饭不思，夜不能寐。

此时的于淼正坐在高铁列车上，去往儿子所在的城市洛阳。她的心就像一直被车轮碾压着似的，疼在路上，碎在路上。她完全能够想象得出卢山该是怎样着急，该是怎样去找她。每当手机没完没了地振动和没完没了的微信提示音一再响起的时候，她的心都像是被扔在一堆尖刺上，扎着、刺着，让她痛不欲生。可她还是强忍着不去理会。她告诉自己，必须这样做！长痛不如短痛，必须斩断这不该继续疯长的情丝！他有家，有妻子，她绝不能做争夺别人丈夫的女人。

她特意让卢山对她失望，特意让卢山觉得她冷酷无情。只有这样，才能让卢山渐渐忘了她，才能不让他太过痛苦。

看到病倒了的卢山，孙兰香心知肚明是咋回事。由此，她也更看明白了，卢山对于淼有多么眷恋。尽管她心里恨着、气着，可表面上，还装出特别心疼关心的样子，做这吃的，做那吃的，一会儿摸摸头，一会儿量量体温，想趁这个机会，让卢山重新觉出她的好，真正不离不弃、关心体贴他的还是自己的老婆。可心里，却恨得牙根直痒痒。

小四一直替师傅坚守着小巷茶舍。看到师傅无精打采的样子，就对师傅说："师傅，要不要我去问问她的情况，我也有她的号码。"

"她不会告诉你的。"

"那我干脆告诉她，你病了，她就一定能回来。"

"不，我不想让她着急。她既然走了，就不会回来的。我知道她的性格。"

"那……那师傅，你、你看我能、能为你做……做点啥呢？"

卢山颓然地摇摇头，自言自语道："时间也许会治愈一切吧……"

小巷茶舍逐渐恢复了以往的样子。卢山没有再雇人，更没有再收徒弟。小巷茶舍的一切布局和格调，始终保持着原样，因为那都是于淼和他一同打造的。每一个细节里面，都有于淼的影子和痕迹。特别是于淼生病时曾用过的沙发床，他更是不容任何人触碰。在他不想回家的时候，他就住在茶舍里，躺在于淼躺过的睡袋里，悉心体味残留在里面于淼的气息。

于淼用过的专用茶杯，也成了卢山的专用。每当他像当初那样沏茶、泡茶的时候，手里就捏着于淼的茶杯，脑海里就闪现着于淼的身影和音容笑貌。再去看水花翻滚、冲撞壶壁的时候，就想起和于淼在一起的夜晚……

已经是深秋了，站在小巷茶舍水榭的小茶台前，回首看暮色中的茶舍。卢山忽然觉得茶舍门外似乎少了些什么？少了什么呢，卢山努力地想，眼前忽然就出现了于淼一袭红裙，站在桃花灯下，仰头赏灯的情景。心就狠狠地一疼，那盏桃花灯呢？

卢山慌忙回到茶舍门前，四处寻找，却无所踪。他立即打电话给小四，问他知不知道桃花灯去了哪里。

小四回答说："前几天还、还在啊，雪白雪白的。"

"什么雪白？桃花灯明明是红色的，你是色盲吗？"

"我、我不色盲啊，就是白色的啊，我还、还奇怪呢！原来是、是红、红色的，我想问你来着，后来一、一打岔，就、就忘了……"

卢山神情恍惚，自己这么些天一直都没有注意桃花灯，怎么就这么悄无声息地消失了呢？是被人拿走了？还是被风吹跑了？按说，那么大一盏桃花灯，不可能就这样无声无息没了踪影。

桃花灯于那个漆黑的夜晚神秘地飞来，如今又于这样凄冷的深秋神秘地消失，似乎承载着某种无法预知的使命。

卢山觉得，那盏桃花灯的消失，一定与于淼的离开有着某种特定的关联。找到桃花灯，也许于淼就能重新回到小巷茶舍，回到他的身边来。于是，卢山锲而不舍，开始一个楼门一个楼门，一个小区一个小区地寻找。似痴似癫，逢人就问："你见到过一盏漂亮的桃花灯吗？"

也不知出去多长时间，脏兮兮的卢山终于回来了，没找到于淼，他却找到了一个非得回家的理由……

卢山看到了古城小巷里一个担着箩筐的男人在卖菜，他一会儿吆喝着青菜的菜名，一会儿把古城里流行甚广的民谣送进了自己的耳朵。

　　　　男人挑起八根绳
　　　　根根麻绳系人命
　　　　上有爹娘要供养
　　　　下有老婆和孩童
　　　　生活再难咧咧嘴
　　　　就是不能把挑子扔
　　　　…………

　　　　　　　　创作于 2023 年春，完成于 2024 年春